리처드 3세

나남
nanam

이 성 일

1943년 생.
연세대학교 명예교수.
한국시 영역집으로 *The Wind and the Waves: Four Modern Korean Poets*,
The Moonlit Pond: Korean Classical Poems in Chinese, *The Brush and the
Sword: Korean Classical Poems in Prose*, *Blue Stallion: Poems of Yu Chi-
whan* 등이 있고, 고대영시 현대영어역인 *Beowulf and Four Related Old
English Poems: A Verse Translation with Explanatory Notes*를 펴내었다.

나남 셰익스피어 선집 ❸
리처드 3세

2012년 7월 15일 발행
2012년 7월 15일 1쇄

지은이_ 윌리엄 셰익스피어
옮긴이_ 李誠一
발행자_ 趙相浩
발행처_ (주) 나남
주소_ 413-756 경기도 파주시 교하읍
　　　출판도시 518-4
전화_ (031) 955-4601 (代)
FAX_ (031) 955-4555
등록_ 제 1-71호(1979. 5. 12)
홈페이지_ www.nanam.net
전자우편_ post@nanam.net

ISBN 978-89-300-1903-3
ISBN 978-89-300-1900-2(세트)
책값은 뒤표지에 있습니다.

나남 셰익스피어 선집 3

리처드 3세

윌리엄 셰익스피어 지음 | 이성일 옮김

나남
nanam

King Richard III

by

William Shakespeare

nanam

故 오화섭(吳華燮, 1916~1979) 교수님께

셰익스피어의 작품 번역에 임하며

　가끔 셰익스피어의 작품들을 우리말로 무대에 올리곤 한다. 공연이 있을 때마다 내가 의아하게 생각하는 점이 하나 있었다. 그것은 공연을 홍보하는 리플릿이나 프로그램에 번역자의 이름이 나타나는 경우가 거의 없다는 사실이다. 누구의 번역을 가지고 공연에 임하는지 확실히 밝히지 않는 처사를 보고, 처음에는 나름대로 공연의 윤리적 측면에 대해 의구심을 가졌다. 그러나 나는 곧 그 이유를 알게 되었다. 한 편의 연극을 무대에 올리고자 하는 연출자는 극의 대사가 얼마나 무대 위에서 극적 효과를 살려낼 수 있으며, 또 과연 배우들이 정해진 극 진행 속도에 맞추어 대사를 효과적으로 전달할 수 있느냐를 고려하지 않을 수 없다. 번역되어 이미 활자화된 텍스트를 읽으며, 연출자들은 그네들이 목표로 하는 무대 공연의 효과를 위해 어쩔 수 없이 텍스트를 손질하여 공연에 임하게 되므로, 실상 번역자가 누구라고 밝히는 것 자체가 어려운 일이 되고 만다.

　이는 무엇을 의미하는가? 연극에 있어서 공연대본 제공자(번역극에서는 번역자)와 연출자 사이의 관계를 생각할 때, 작곡자와 연주자 사이의 관계를 대입하여 보면, 문제는 쉽게 정리된다. 악보대로 연주할 책임이 부과된 연주자가 악보의 여기저기를 바꾸어가며 곡을 들려줄 때, 그것을 바람직한 연주라고 할 수 있을까? 아무리 연출자의 의도가 중요한 것이라 해도, 주어진 작품의 변형을 시도하는 것은 바람직하지 않다. 극문학의 생명은 무대 위에 선 배우들이 들려주는 대사인데, 그것이 연출자의 생각대로 변형, 축소, 압축, 또는 개조된다면, 그 공연은 이미 셰익스피어의 작품 공연이 아니다. 한 작품의 줄거리만을 살려 무대 위에 형상화했을 때, 그것을 셰익스피어의 작품 공연이라고 부를 수는 없다. 셰익스피어는 많은 경우에 이미 잘 알려져 있는 이야기를 소재로 하여 작품을 썼기 때문에, 같은 '스토리'가 무대 위에서 전개된다고 해서 그것을 셰익스피어의 작품 공연이라고 부를 수는 없다. 셰익스피어 극문학의 본질은 그가 써 놓은 행들에서 그 에쎈스를 찾아야 한다. 가장 이상적인 공연은 셰익스피어가 쓴 원전 텍스트를 그대로 무대 위에 재현하는 것임에 틀림없다. 따라서 번역된 텍스트가 셰익스피어가 써 놓은 영문 텍스트를 반향하는 것이 아닐 경우, 우리는 그 공연을 셰익스피어의 작품 공연이라고 불러서는 안 된다.

셰익스피어의 극작품들은 무대 공연을 위한 대본을 제공하려는 그의 노력이 낳은 결과물이라는 사실을 우리는 결코 잊어서는 안 된다. 셰익스피어의 작품들이, 몇 군데 특수 효과를 위해 산문으로 쓴 부분들을 제외하고는, 거의 다 'blank verse'〔(약강오보격무운시(弱強五步格無韻詩)〕의 형태로 쓰인 데에는 이유가 있다. 영어에서 가장 자연스러운 무대발화(舞臺發話)는 — 시의 경우와 마찬가지로 — 약강오보격이다. 그리고 작가가 특별한 의도를 가지고 시도하지 않는 한, 각운(脚韻)은 자연스런 일상 대화에서는 쉽게 나타나는 현상이 아니다. 무대에서 가장 자연스럽게 들리고 또 배우들이 편안한 호흡으로 대사를 들려주는 데에는 'blank verse'처럼 좋은 것이 또 없다. 셰익스피어가 인위적으로 만들어 낸 시형(詩形)이 아니라 자연스레 나타난 대사 발화의 형태가 'blank verse'인 것이다. 그렇다면, 번역에서도 원작이 갖는 말의 음악이 되울림하여 들려야 할 것이다. 작품에 담겨 있는 철학적 내용이나 작품 형성의 테크닉과 같은 문제를 떠나, 우선 셰익스피어 문학의 탁월성은 그가 들려주는 '말의 음악'에서 찾아야 할 것이다.

셰익스피어의 작품 번역에서 가장 중요한 것은 두 가지 요소이다. 원작자가 시도한 것이 청중이 쉽게 따라갈 수 있는 평이한 일상적인 대화에 가까운 대사를 제공하려는 것이었으므로, 번역문도 무대에서 배우들이 편안한 호흡으로 들려주고 청중들이 쉽게 따라갈 수 있는 대사여야 한다는 것이 그 하나이다. 또 하나는 셰익스피어가 쓴 시행들을 반향하는 번역 ― 우리말로 치환된 셰익스피어의 시행들 ― 을 만들어내야 한다는 것이다. 셰익스피어의 'blank verse'를 우리말로 전환하는 것이 아예 불가능한 일이라고 생각하고 산문으로 번역한 분들도 있었다. 산문 번역이 반드시 나쁜 것은 아니지만, 종래의 산문 번역에서 감지되는 것은 원문의 의미를 설명하는 '뜻풀이'의 성격을 띤 번역으로 나타난 경우가 더러 있었기 때문에, 무대 공연에 있어 필수적으로 요구되는 극적 긴장감과 대사의 간결함을 결한 경우가 없지 않았다는 사실이다.

나의 번역은 산문 번역도 아니고 운문 번역도 아니다. 다만, 나는 셰익스피어의 시행들을 그 리듬에 있어 근접하는 행들로 번역하였다. 우리말에서 각운은 있지도 않거니와 필요치도 않다. 어찌 보면 우리말은 오히려 두운(頭韻)을 지향하는 속성을 지닌다. 그러나, 그렇다고 해서 두운이란 것이 의도적으로 시도한다고 해서 나오는 것도 아니다. 우리말이 갖는 속성을 따라 자연스럽게 두운이 나타나는 것은 조금도 이상할 것이 없다. 문제는 약강오보격으로 진행되는 'decasyllabic'(10음절의) 행을 어떻게 평이한 우리말로 옮기느냐이다. 그런데 이 문제도 어떤 의도적 노력을 필요로 하는 사안이 아니라는 사실을 번역하는 중에 깨닫게 되었다. 원작의 시행이 갖는 리듬을 우리말에서 살려내되, 행이 너무 길어지지 않도록 하고, 리듬 면에서 상응하면 되는 것이다. 번역에 있어 번역자가 행들을 '만들어낸다'고 생각하면 안 된다는 것이 나의 소신이다. 행을 만들어내는 주체는 번역자가 아니라, 원작의 시행들이다.

원작의 시행들을 읽을 때 번역자로 하여금 그에 상응하는 우리말 행들을 적어나가도록 만들어 주는 것은, 번역자의 의식이 아니라 원전이 갖는 말의 마력인 것이다.

나는 셰익스피어 번역에 임하면서 원작의 시행 전개를 그대로 내 번역에 투영시키고 싶었다. 그런 연유로 셰익스피어가 썼던 그대로의 시행 전개를 번역에서도 시도하였다. 이를테면, 원작에서 행이 바뀌면 나의 번역에서도 행이 바뀐다. 물론, 말의 구조와 문법체계가 다르기 때문에 다소간의 변형은 불가피한 일이다. 나타난 결과는 원작에서 한 장면이 갖는 행수와 내 번역에서의 행수가 거의 일치한다는 것이다. 다시금 강조하거니와, 셰익스피어가 작품 활동을 한 유일한 목적은 공연 일정에 맞추어 연극 대본을 제공하는 것이었다. 학자들로 하여금 '연구'를 할 자료를 주려는 것이 아니라, 배우들의 입에 쉽게 오를 수 있고 청중이 듣고 즐길 수 있는 대사를 마련하려는 것이었다. 그렇다면 셰익스피어의 우리말 번역도 무대 위에서 대사를 들려주는 배우들이 편안한 호흡으로 객석을 향해 전해 줄 수 있는 공연 대본을 염두에 둔 것이라야 할 것이다. 배우들의 자연스런 호흡과 일치하고, 무대 위에서의 몸의 동작과 동떨어지지 않는 압축된, 그러나 관객이 편안하게 따라가며 즐길 수 있는 공연 대사, 그것을 제공하는 것이 셰익스피어 작품의 우리말 번역이 지향하여야 할 목표라고 나는 생각한다.

오랜 세월 해묵은 숙제처럼 마음에 두기만 하고 지내오다가, 정년퇴임을 하고 나서야 비로소 실행에 옮김에 때를 맞추어, 셰익스피어 극문학 번역을 단계적으로 출간하기로 결정해 주신 나남출판 조상호 사장님께 깊은 감사를 드린다. 그리고 맞춤법, 띄어쓰기, 지면 도안 등 제반 사항에 세심한 주의를 기울이며 편집에 임하고 계신 방순영, 이자영 선생께도 고마운 마음을 전한다.

이 성 일

1. 이 번역의 근간으로 삼은 텍스트는 Antony Hammond가 편집한 *King Richard III* (The Arden Shakespeare of the Works of William Shakespeare, Methuen, 1981)이다. 그러나 최종적인 번역문에 이르기 위해 Hardin Craig가 편집한 *The Complete Works of Shakespeare* (Scott, Foresman & Co., 1961), G. B. Harrison이 편집한 *Shakespeare: The Complete Works* (Harcourt, Brace & World, 1968), 그리고 G. Blakemore Evans가 편집한 *The Riverside Shakespeare* (Houghton Mifflin, 1974)에 담겨있는 텍스트도 Hammond 편집의 단행본 못지않은 비중을 갖도록 하였다. 어느 한 텍스트에만 얽매이기보다는, 서로 다른 어구나 단어들이 나타날 경우에 역자가 가장 합리적이고 타당성이 있다고 판단하는 것을 취하였다.

2. 셰익스피어가 쓴 그대로를 우리말로 치환하여 놓음으로써, 원전을 읽을 때의 감흥을 독자가 우리말 번역문을 읽는 동안에도 가져볼 수 있을지도 모른다는 희망을 가지고 번역에 임하였다. 그래서 가능한 한 원전의 시행 전개를 벗어나지 않고 그와 일치하는 번역을 목표로 작업에 임하였으므로, 원전과 번역이 거의 동일한 시행 전개를 보이는 결과를 낳았다. 물론, 이는 다분히 의도적인 것이기는 하지만, 역자는 여기서 조그만 희망 하나를 가져본다. 영문학도들이 원전을 읽으면서 원전의 시행들이 과연 어떤 의미를 갖는지 재확인하고 싶을 때, 조금이라도 도움이 될 수 있지 않을까 하는 소박한 희망이 그것이다.

3. 위의 욕심을 채우려 애쓰는 동안에도, 역자는 이 욕심이 꼭 충족될 수만은 없다는 것을 새삼 깨달았다. 셰익스피어의 '무운시'(*blank verse*)는 '약강오보격'(*iambic pentameter*)에 충실하다. 따라서, 화자가 바뀔 때에도, 두세 명의 등장인물이 잇달아서 짧은 대사를 이어갈 때, 원문의 편집자는 음절 수에 따라 이를 한 행으로 처리하는 경우가 많다. 그러나 번역문에서, 화자가 바뀌는데도 불구하고 이를 한 행으로 묶어버릴 수는 없다. 번역문에서는 화자가 바뀌면 자연히 행도 새로이 시작된다. 이런 연유로 번역문에서의 시행 숫자가 원전에서의 그것과 가끔 달라질 수밖에 없었던 것을 밝히고자 한다.

4. 《리처드 3세》는 작품 속에서 언급된 역사적 사실에 대한 예비지식이 없으면 읽어나가는 데에 어려움이 많은 작품이다. 번역이 학술논문은 아니기 때문에 상세한 주석을 필요로 하지는 않는다. 그러나 독자의 이해를 돕기 위해, 역자가 필요하다고 생각한 설명은 각주로 처리하였다.

리처드 3세

───────────── 차 례

등 장
인 물

리처드	글로스터 공작, 후일 리처드 3세
조지	클라런스 공작, 리처드의 형
로버트 브래큰베리 경	런던 탑 책임자
헤이스팅스 경	왕실 시종장
앤	죽은 웨일즈 왕자 에드워드의 부인
트레슬	앤의 종자
버클리	앤의 종자
창 든 병사	
신사	
엘리자베스	에드워드 4세의 왕비
리버스 경	엘리자베스의 오라비
그레이 경	엘리자베스의 아들
도세트 후작	엘리자베스의 아들
버킹엄 공작	
스탠리	더비 백작
마가레트	죽은 헨리 6세의 부인
윌리엄 케이쓰비 경	
자객 둘	
에드워드 4세	
리처드 래트클리프 경	
요크 공작부인	에드워드 4세, 클라런스 공작, 리처드의 어머니
클라런스 공작의 아들과 딸	
런던 시민 세 사람	
요크 대주교	

에드워드	웨일즈 왕자, 에드워드 4세의 장남
요크 공작	에드워드 4세의 둘째 아들
버치어 추기경	캔터베리 대주교
런던 시장	
헤이스팅스	문장관보 (紋章官補)
신부	
토머스 본 경	
엘리 주교	
노포크 공작	
로벨 경	
사법서사	
성직자 둘	
사동	
제임스 티렐 경	
크리스토퍼 어스위크 신부	
윌트셔 지방장관	
리치몬드 백작	후일 헨리 7세
옥스포드 백작	
제임스 블런트 경	
월터 허버트 경	
써레이 백작	
윌리엄 브랜든 경	
혼령들	클라런스, 헤이스팅스 경, 앤, 리버스 경, 그레이 경, 버킹검 공작, 에드워드 4세의 두 아들, 헨리 6세의 아들 에드워드, 헨리 6세
전령들, 경비병들	
도끼창잡이들, 신사들	
귀족들, 시민들	
시종들, 병졸들	

1막 1장

런던의 어느 거리. 글로스터 공작 리처드 홀로 등장

리처드

이제 우리를 불만으로 침울케 하던 겨울은

요크의 태양[1] 아래 찬란한 여름으로 바뀌고,

우리 가문을 험상궂게 위협하던 구름장은

대양(大洋)의 깊은 품에 잠겨버렸구나.

이제 우리들 이마는 승리의 화환으로 둘리우고,   5

전흔 남은 갑주들은 기념품으로 전시되고,

준엄한 비상동원령은 즐거운 모임의 소식으로,

삼엄한 행군은 상쾌한 무도(舞蹈)로 바뀌었구나.

찌푸렸던 군신(軍神)도 이마의 주름을 폈으니 —

겁에 질린 적들의 영혼을 두려움으로 떨게 하려   10

철갑 두른 군마(軍馬) 등에 오르는 대신 —

이제는 여인의 내실에서 선정적인 비파의

---

1 'son'으로 읽느냐, 아니면 'sun'으로 읽느냐는 편집자들 사이에 의견이 다를 수
있으나, 무대에 선 배우가 대사를 들려줄 때, 관객은 그 어느 쪽으로 들어도 좋
을 뿐만 아니라, 사실은 이 두 단어가 동음이의어〔同音異意語(homonym)〕로서
갖는 의미의 복합성으로 인해, 그 불분명성이 오히려 효과적이다. 그러나 번역
자는 그 중 하나를 택할 수밖에 없다. 에드워드 4세의 문장(紋章)이 태양이었
고, '찬란한 여름'이라는 구절과 연결된 심상으로서 '아들'보다는 '태양'이 더 적
절하다고 판단되어 역자는 후자를 택하였다.

탄주에 맞춰 날렵한 발걸음으로 뛰노는구면.
헌데 나는 여자 재미 보는 건 꿈도 못 꾸게 생겨,
몸치장하려 거울 들여다볼 엄두도 나지 않아.   *15*
나는 되는대로 생겨 먹어서, 교태부리며 가벼운
발걸음 옮기는 계집 앞에 나설 만한 매력도 없어.
나는 우아한 신체의 균형도 빼앗긴 상태이고,
교활한 자연의 농간으로 준수한 용모도 박탈되어,
일그러진 미완의 상태로, 사지 이목구비를 절반도   *20*
갖추지 못한 채, 이 세상에 때도 안 되어 태어났지.
절름대며 걷는 것이 하도 볼썽사나운 모습인지라,
내가 절뚝거리고 가면, 개들이 나를 보고 짖지.
이런! 이처럼 한가롭게 평화를 구가하는 시절에
나는 시간을 즐겁게 보낼 아무런 방법이 없군.   *25*
있다면, 햇빛 아래 나타나는 내 그림자나 보면서,
내 뒤틀어진 육신을 보며 투덜대는 일밖엔 —
그렇다면, 간드러진 말이나 주고받는 이 시절에
어울리는 구애로 사랑을 쟁취하기는 다 틀렸으니,
악당의 진면모를 보이고, 이 시절의 안일한   *30*
쾌락을 증오하겠다는 결심이 내게 섰단 말씀이야.
음모를 꾸며 놓았지 — 아주 음험한 계획이거든.
취중에 지껄이는 예언, 음해, 꿈 —
뭐 이런 것들로, 내 형 클라런스와 임금을 서로
철천지원수로 만들어버릴 계획이란 말씀이야.   *35*
내가 교활하고, 위선적이고, 간특한 만큼이나
에드워드 전하께서 고지식하게 받아들인다면,
바로 오늘 클라런스는 꼼짝없이 올가미에

걸려드는 거야 — 'G'로 시작하는 이름 가진 자가[2]
에드워드의 자손들을 살해할 것이라는 예언 때문에 —   *40*
생각아, 내 영혼 속에 숨어라. 클라런스가 오는군.

클라런스와 브래큰베리[3] 등장. 호송하는 자 뒤따른다.

형님, 안녕하시오? 무장을 한 호송인이
형을 모시고 가는 건 어쩐 일이요?

클라런스
전하께서 내 안위를 염려하시어, 나를 이렇게
런던 탑으로 안내하라는 분부를 내리셨다네.   *45*

리처드
무슨 이유로?

클라런스
내 이름이 조지이기 때문일세.

리처드
저런, 그게 어디 형님 탓입니까? 그게 이유라면,
형의 대부(代父)들을 처넣어야죠. 아마 전하께서는

---

2 클라런스 공작의 이름이 'George'였다.
3 Robert Brakenbury가 런던 탑 책임자(간수장)로 임명된 것은 1483년이었고, 클
  라런스 공작이 런던 탑에서 살해된 것은 1478년이었으므로, 역사적 사실과는 일
  치하지 않는다.

형을 런던 탑 안에서 새로이 세례 주시려는 게지요. 4   *50*
헌데 어쩐 일이요? 이야기 좀 해 줘요, 클라런스 형.

클라런스
그러지, 리처드, 알게 되면 말이야. 난 아직도
무슨 영문인지 모르겠어. 하지만 내가 알기로는,
예언이니 꿈이니 하는 것들을 믿으셔 가지고,
그 많은 철자들 중에서 'G'를 뽑아내신 거야.   *55*
점쟁이 하나가 'G'로 시작하는 이름 가진 자가
전하의 후손이 앉을 자리를 빼앗을 거라 했다네. 5
헌데 내 이름이 'G'로 시작하기 때문에,
전하께서는 그게 바로 나라고 생각하신 거야.
내가 알기로는, 무어 이런 우스운 풍문 때문에   *60*
전하께서 나를 가두어 버릴 생각을 하신 걸세.

리처드
남자가 여자 치마폭에 싸이면 이 꼴 난다니까.
형님을 런던 탑으로 보내는 건 전하가 아니라오.
전하가 이 극단적인 처사를 하도록 몰아가는 건
전하의 어부인이신 그레이 여사예요, 6 클라런스.   *65*

---

4 리처드는 여기서 표면상으로는 새 이름을 지어 줄 모양이라는 뜻으로 말하고 있
   지만, '처형할 의도인 것 같다'는 의미가 감추어져 있다. 하는 말이 두 가지 뜻
   을 내포하도록 하는 것[equivocation]은 리처드의 특기이다.
5 물론 여기서는 'George'란 이름이 암시되지만, 리처드가 'Duke of Gloucester'이
   므로 관객은 'Gloucester'의 'G'를 떠올릴 수 있다.
6 에드워드 4세의 왕비 엘리자베스의 첫 번째 남편은 존 그레이(John Grey)였다.

이 여자가, 그 경건하신 분 — 그 오라비 되는
안소니 우드빌7 — 과 함께 졸라대어, 전하로 하여금
헤이스팅스 경을 런던 탑으로 보내게 했잖아요?8
바로 오늘 출옥하기는 했지만 말예요.
험한 세상예요, 클라런스, 험한 세상이라니까요.   70

클라런스
두 발 뻗고 잘 수 있는 사람은 아무도 없는 것 같아.
있다면, 왕비전하의 피붙이, 아니면 전하와 쇼어 부인
사이를 분주히 오가는 야간 전령들뿐이겠지.9
헤이스팅스 경이 방면되기 위해 쇼어 부인에게
얼마나 간곡히 청원했는지 들어보지 않았어?   75

리처드
쇼어 부인에게 무슨 여신에게라도처럼
간원을 해서, 시종장이 풀려났다지요.10

---

7 안소니 우드빌(Anthony Woodville)은 리버스 백작(Earl of Rivers)의 본명인데,
  에드워드 4세의 아내인 엘리자베스의 오라비이다. 리처드는 왕비와 그 오라비
  를 비하하기 위해 고의적으로 그들의 공식 명칭을 생략하고 있다.
8 윌리엄 헤이스팅스(William Hastings, 1430?~1483)는 요크가를 오래 섬긴 사
  람인데, 그가 런던 탑에 투옥되었다는 기록은 없는 것으로 알려져 있다.
9 런던의 금세공인의 아내였던 제인 쇼어(Jane Shore)는 에드워드 4세의 정부(情
  婦)였다. 부정(不貞)을 저지른 여인의 예로 문학작품에서 자주 언급되었는데,
  *A Mirror for Magistrates*에 들어있는 Thomas Churchyard가 쓴 〈쇼어 부인의
  이야기〉가 유명하다.
10 William Hastings는 에드워드 4세 통치기간에 'Lord Chamberlain'(1461~1483)
  의 지위를 보유했다.

내 말 잘 들어요. 전하의 총애를 잃지 않으려면,
쇼어 부인 편이 되어서, 여보란 듯 그쪽
사람인 시늉을 하는 게 좋을 것 같아요.   80
질투심으로 지친 과부[11]와 쇼어란 여자가
— 형님 전하가 두 여자들 신분을 올려놓아서 —
우리 왕국 안에서 막강한 존재가 되었다오.

브래큰베리
두 분 공작님께서는 저를 용서해 주십시오.
전하께서 엄명하시기를, 신분의 고하를 막론하고,   85
아무도 클라런스 공과 사적인 이야기를
나누어서는 안 된다고 하셨습니다.

리처드
그랬군요. 그렇다면, 브래큰베리 나으리,
우리들 나누는 이야기를 들어도 상관없어요.
우리가 모반을 획책하는 것도 아니고, 다만 전하께서는   90
현명하시고, 후덕하시고, 또 그분의 고귀한 왕비께서는
연만하시고, 아름다우시고, 질투도 안 하신다는 얘기였소.
또 쇼어의 여편네는 발이 예쁘고, 입술은 앵도 같고,
눈은 사랑스럽고, 말씨는 기막히게 달콤하고, 그리고
왕비전하의 일족이 모두 고귀한 신분이 되었다는 것도 —   95
어떻게 생각하오? 이 모두가 참이 아니라고 하겠소?

---

11 왕비 엘리자베스가 John Grey의 과부였으므로 하는 말.

브래큰베리
제게는 아무 관계가 없는 일입니다, 공작님.

리처드
쇼어 부인과 아무 '관계'가 없다고? 이보시게,
그 여자와 무슨 '관계'를 맺고 싶으면, 한 사람만 빼고,
몰래, 혼자 있을 때, 하는 것이 좋을 거야.   *100*

브래큰베리
그 '한 사람'이 누굽니까?

리처드
여자 남편 말이야, 못된 놈! 누굴 궁지에 몰려고?[12]

브래큰베리
공작님, 제 말실수를 부디 용서해 주시고, 제발
클라런스 공작님과의 사담은 자제해 주십시오.

클라런스
브래큰베리, 그대 소임이 무언지 잘 아니, 따름세.   *105*

---

12 리처드가 '한 사람만 빼고'(99행)라는 말을 했을 땐, 의심할 나위 없이 '임금만 빼고'라는 뜻이다. 이 말을 들은 브래큰베리는 듣기에 민망하기도 하려니와, 자신은 아무것도 모르고 있다는 시늉을 하며 그 '한 사람'이 누구냐고 묻는다. 리처드는 '당연히 쇼어의 남편이지 누구겠느냐'고 응수하며, '너는 내가 임금을 모함하는 것으로 생각하느냐? 왜 생사람 잡으려 하느냐?'라고 되받아친다. 리처드의 교묘한 말솜씨와 둘러치기의 좋은 예이다.

리처드

우린 왕비전하의 종복이니, 따를 수밖에 —

형님, 잘 가시오. 난 전하께 가서,

내가 무슨 일을 하기를 형이 바라든 간에 — 설령

그것이 에드워드 임금의 과부 아내를 '형수님'이라

부르는 것일지라도 — 형이 방면되도록 해 보리다.   *110*

그건 그렇고, 이 형제 간의 깊은 불화가 내겐

형이 상상도 못할 정도로 깊은 아픔이라오. 〔울먹이며 **클라런스를 포옹한다**〕

클라런스

그야 우리 둘 중 누구에게도 즐거운 일은 아니지.

리처드

형이 오래 갇혀 있도록 하지는 않을 거예요.

풀려나도록 하든가, 아니면 내가 뒤집어써 볼게요. 13   *115*

그동안 좀 참고 계세요.

---

13 원문은 'I will deliver you, or else lie for you.' 리처드가 하는 말에는 두 가지
의미가 동시에 들어있는 경우가 많다. 바로 앞줄에서 '오래 갇혀 있도록 하지는
않을 거'라는 말을 할 때, 곧 풀려나도록 하겠다는 의미도 되지만, 감옥에서 오
래 지낼 필요 없이 곧바로 저세상으로 보내버리겠다는 의미도 되고, 'deliver'라
는 단어를 썼을 때, 감옥에서 풀려나게 하겠다는 의미로 말하는 듯하면서, 사
실은 '저세상으로 보내버리겠다'는 뜻도 동시에 들어 있고, 따라서 'lie for you'
라는 구는 '대신 옥살이를 해 준다'는 의미로 들리지만, 객석에 앉아있는 사람들
에게는 당연히 '거짓말을 꾸며서 한다'는 뜻으로 들릴 수 있다. 우리말 번역에서
의미의 중복(*double entendre*)을 살려내기는 지난한 노릇이다. 여기서는 '내가
뒤집어써 본다'는 표현을 택함으로써, '대신 죄를 받겠다'는 의미와 아울러 '가면
(假面)을 쓴다'는 의미도 동시에 함축하려 했다.

클라런스
억지로라도 그래야겠지. 잘 있게. 〔호송인들과 함께 퇴장〕

리처드
가거라. 다시는 돌아올 수 없는 길을 밟는 거야.
단순하고 고지식한 클라런스, 난 너를 사랑하니까
네 영혼을 곧 천국으로 보내주마. 내가 보내는 선물을   120
천국이 받아들인다면 말이야. 누가 오지? 출옥한 헤이스팅스로군.

헤이스팅스 경 등장 †

헤이스팅스
각하께 문안드립니다.

리처드
시종장께서도 건안하시오이까?
바깥세상으로 나오신 걸 경하 드립니다.
옥살이를 어떻게 견뎌내셨습니까?   125

헤이스팅스
참는 수밖에요, 각하, 여느 죄수들처럼요.
하지만 제가 옥살이를 하게 만든 분들께
보답할 수 있도록 오래 살아야겠지요, 각하.

리처드
그야 여부가 있겠소? 클라런스도 그래야겠지요.

공의 적이었던 자들은 클라런스에게도 적이고,   *130*
공에게 그랬듯, 클라런스에게도 못할 짓 했지요. 14

헤이스팅스
솔개와 말똥가리가 제멋대로 먹이 사냥하는 동안
독수리들이 갇혀 있어야 한다니, 유감천만이지요.

리처드
무슨 새로운 소식 있소?

헤이스팅스
떠도는 소식치고 이처럼 나쁜 건 또 없겠지요.   *135*
전하께서 위중하시고, 심기도 울적하시답니다.
내의(內醫)들도 몹시 걱정들 한다고 합니다.

리처드
성(聖) 요한에 걸어 말하지만, 참으로 나쁜 소식이오.
아, 오랫동안 섭생을 잘 못하셨지. 15
그리고 옥체를 많이 상하게 하신 거요.   *140*
생각만 해도 안타까운 일이오.
어디 계시오? 침대에 누워 계시오?

---

14 1막과 2막을 통해서 리처드는 형수인 엘리자베스와 그의 일족이 해악을 끼치는
   존재라는 생각을 주변 사람들이 갖도록 함으로써 적대감을 불어넣고, 엘리자베
   스를 공동의 적으로 생각토록 만드는 가운데 유대감을 조성하는 술책을 쓴다.
15 이 말에는 에드워드가 쇼어 부인과 갖고 있는 방탕한 관계에 대한 시사가 숨어
   있다.

헤이스팅스

그렇습니다.

리처드

앞서 가시오. 난 뒤따를 테니.

〔헤이스팅스 퇴장〕

오래 못 살아, 암, 그래야지. 헌데 조지16를 하늘로   *145*
급살 양으로 보낼 때까지는 죽으면 안 돼. 들어가서
클라런스에 대한 미움을 더 크게 만들어야지.
무거운 죄목을 들어 보강한 거짓말로 말씀이야.
그래서 내 깊은 심중을 추진함에 차질이 없으면,
클라런스는 단 하루도 더 살 수 없는 거야.   *150*
그 일 끝나면, 하느님이 에드워드 임금을 데려가서,
이 세상을 내 마음대로 휘젓도록 놓아두는 거지.
난 워리크의 막내딸하고 결혼을 할 거란 말이야.
내 그것 남편하고 시애비를 죽였지만 무슨 상관이야?17
이 계집에게 보상을 해줄 수 있는 제일 적절한 방법은   *155*
그것의 남편이 되고 애비 노릇도 해주는 거야.
이건 뭐 사랑 때문이 아니라, 비밀스레 감춰진
내 의도를 성취하기 위해서이지. 그건 이것하고
결혼을 해서 내가 원하는 걸 얻고자 함이야.

---

16 형 클라런스를 말함.

17 'King-maker'로 불렸던 워리크 백작(Earl of Warwick)의 작은딸 앤 네빌(Anne
Neville)은 1470년에 헨리 6세의 아들 에드워드와 약혼을 하였지만, 실제로 결
혼은 하지 않았다. 따라서 '남편'이나 '시애비' ─ 헨리 6세를 지칭함 ─ 라는 호
칭은 정확하지 않다.

헌데 난 시장통으로 말을 앞서 달리고 있잖아?
클라런스 아직 숨 쉬고 있고, 에드워드 아직 살아서 통치하지.
이자들 가버린 뒤에 난 내 수익을 헤아려 볼 것이야. 〔**퇴장**〕

1막 2장

런던의 어느 거리.
도끼창 든 병사들에 옹위되어 헨리 6세의 시신을 운구하는 행렬 등장.
앤을 상주로 하여 트레슬, 버클리, 그 밖의 몇 신사들 뒤따른다.

앤
내려놓아요, 내려놓아요, 그 영예로운 짐을요.
관 속에 누워 수의에 감싸인 영예가 있을까만—
고매하신 랭커스터님이 때아니게 가신 것을
나 잠깐이나마 애도의 말로 되새기도록 말예요.
싸늘하게 식은 성스런 군왕의 초라한 형상이여,　　　　　　5
랭커스터 가문 다 타고 남은 파리한 재여,
군왕의 혈맥 끊기고 남은 핏기 없는 잔해여,
가련한 앤이 내는 비탄의 소리를 들으시도록
아버님의 혼을 불러내는 것을 허락하소서.
아버님의 아드님—아버님께 이 몹쓸 상처 입힌　　　　　10
바로 그 손에 살해된 에드워드—의 아낙이어요.
보세요, 아버님의 숨결 새어나간 이 창문에
제 가여운 눈 덧없이 흘리는 향유 부으오이다.
아, 이 상흔 생기게 한 그 손에 저주 있으리오.
이런 짓 할 마음 든 그 염통에 저주 있으리오.　　　　　15
이 고귀한 피 흐르게 한 그 피에 저주 있으리오.

아버님의 죽음으로 우리를 비참하게 만든

그 철천지원수에게 액운 덮치게 하소서.

독뱀이나, 거미나, 두꺼비나, 그 밖에 살아서 독을 뿜는

그 어떤 기어 다니는 미물에게 제가 바라는 것보다도요.　　　　　*20*

그자가 자식을 둔다면, 잘못 태어나게 하소서.

보기에 끔찍하거나, 때도 안 되어 세상에 태어나,

그 추악하고 정상을 벗어난 해괴한 몰골이

기대로 가득 찼던 어미를 질겁하도록 만들고,

자식의 불운을 물려받도록 하소서. 1　　　　　*25*

그자가 여편네를 갖게 된다면, 제 젊은 낭군과

아버님으로 인해 제가 겪은 것보다 훨씬

더 큰 고통을 그자로 인해 2 겪도록 하소서.

자, 이제 처트씨 수도원으로 유해를 옮기세요.

---

1 원문은 'And that be heir to his unhappiness.' 흔히 'his'라는 인칭대명사가 지칭
하는 것은 리처드라고 생각하고, '〔리처드의〕 악행이 낳은 결과로서 이런 비정
상적인 자식을 갖도록 해달라'는 의미로 읽는다. 나는 생각을 달리한다. 원문에
서 'be'의 의미상의 주어는 앞행의 'the hopeful mother'이다. 즉, 어미로 하여금
그가 낳은 자식의 불행 — 'his unhappiness' — 을 고스란히 물려받는 'heir'가 되
도록 해달라는 무시무시한 저주이다. 자식이 비정상적인 것은 물론이고, 그 불
행마저도 그 자식을 낳은 어미가 물려받아야 한다는 것만큼 끔찍한 저주가 또
있는가? 〈리어왕〉에서 리어가 큰딸 고너릴을 저주할 때에도 이와 유사한 대사
가 나온다(*King Lear*, 1막 4장, 275~289행 참조).

2 The Arden Shakespeare의 편집자 Antony Hammond는 'by the death of him'이
라고 읽었고, *The Riverside Shakespeare*의 편자는 'by the 〔life〕 of him'이라 읽었
다. 전자는 후자와 비교해 볼 때, 아이러니의 효과가 거의 없다. '내가 남편을
잃었을 때 느낀 고통보다 더한 고통을 그 여인의 남편이 살아있음으로 해서 갖
도록 해달라'는 희구는 '그의 죽음으로 인해 고통을 느끼게 해달라'는 것보다 더
욱 강렬하고, 저주의 심도가 더욱 깊다.

폴 성당으로부터 옮겨 모시게 된 거기로—3   30
잠깐, 무거워서 힘이 들 터이니, 쉬어요.
난 그동안 헨리 전하 시신 곁에서 애도할 테니—

리처드 등장

리처드
멈춰라, 운구하는 너희들, 그리고 내려놓아.

앤
어느 마술사가 이 악마를 불러내어
경건한 행사를 저지케 하는 것이야?   35

리처드
못된 것들! 시신을 내려놓아. 안 그러면,
성 폴의 이름으로, 불복하는 자는 죽는다.

호위병사
각하, 물러서시고, 운구를 막지 마소서.

리처드
버르장머리 없는 놈! 서라면 설 것이지.

---

3 Chertsey는 템즈강 남쪽에 있는 수도원. 헨리 6세의 시신이 성 폴 성당에 안치
　되었을 때, 시신에서 여전히 피가 흐르고 있었다고 홀린스헤드(Holinshed)의
　《연대기》에 적혀 있다. 55행 이하 참조.

네놈 창일랑 곧추 세우고 있어라. 안 그러면,   40
기필코 네놈을 내 발밑에 때려눕히고,
주제넘은 네놈 밟아버리겠다, 거지같은 놈.

앤
이런, 떨고 있는 거야? 다 겁이 난 거야?
그래, 탓할 게 아니지. 당신들은 사람이니까.
사람의 눈을 가지고 악마를 어떻게 견뎌내?   45
꺼져, 이 끔찍스런 지옥의 사자(使者)!
그분의 육신은 네 맘대로 하였지만, 그분의
영혼만큼은 네 맘대로 못해. 그러니, 꺼져버려.

리처드
아름다운 성인(聖人)이여, 제발 그리 심한 말은 마오.

앤
추악한 악마, 제발 사라지고, 괴롭히지 좀 말아.   50
당신은 행복한 지상을 지옥으로 만들었고,
그 지옥을 저주의 외침과 깊은 탄식으로 채웠어.
당신의 끔찍스런 행위를 보기를 즐긴다면,
당신이 저지른 살육의 표본인 이 모습을 보아.
아, 여러분! 보세요, 돌아가신 헨리의 상처들이   55
피 엉긴 입들을 벌리고 새로이 피 흘리는 걸 보세요.
부끄러운 줄 알아, 추악하게 뒤틀어진 몰골아,
더 이상 흐를 피가 없는 차갑고 빈 혈관에서
이 피가 흐르는 건 당신이 여기 있기 때문이야. 4

당신의 잔혹하고 자연의 법도 거스른 행위가   *60*
자연의 이치에 어긋나는 피의 홍수를 부르는 거야.
아, 하느님! 이 피를 만드신 분, 이분의 죽음 복수해 주소서.
아, 대지여! 이 피를 마시는 너, 이분의 죽음 복수해 다오.
하늘이 벼락을 때려 도살자가 급살 맞게 하든지,
아니면 땅아, 입을 쩍 벌려 그놈을 산 채로 삼켜라―   *65*
지옥의 사주를 받은 그놈의 팔이 도살한
이 훌륭하셨던 임금의 피를 네가 들이키듯 말이다.

리처드
부인, 자비의 법도를 모르시는 것 같소이다.
악을 선으로 갚고, 저주에는 축복을 베푸는―

앤
악당, 당신은 하느님의 법도 인간의 법도 몰라.   *70*
제아무리 사나운 짐승도 정이란 걸 얼마는 아는데―

리처드
그런데 난 그걸 전혀 모르니, 짐승이 아니구려.

앤
아, 놀랍군, 악마도 진실을 말하다니―5

---

4 살해당한 사람의 시신 앞에 그를 살해한 사람이 나타나면, 상처에서 피가 흘러
  나온다는 속설이 있었다.
5 리처드는 앤의 말(71행)을 받아, 자신이 정이라는 걸 모르니 짐승은 아닐 테고,
  그렇다면 인간이 분명한 게 아니겠느냐고(72행) 대꾸하지만, 앤은 이 말을 '짐

리처드

더 놀라운 건 천사가 화를 내는 거요.

여인의 미덕의 정화여, 그대가 말하는 범죄에 대해   *75*

그 정황을 상세히 설명하여, 내게 큰 허물이 없음을

밝혀낼 수 있도록 허락해 주어요.

앤

병마를 퍼뜨리는 인간,6 이미 알려진 당신의 악행을

조목조목 다시 짚어가며, 당신이 저주받은 자임을

입증할 수 있도록 허락해 주어요.   *80*

리처드

필설로 형언 못하게 아름다운 분, 참을성을 갖고

내 변명이라도 할 수 있도록 해주오.

앤

상상도 못할 정도로 추악한 인간, 스스로 목을

매는 것밖에는 어떤 변명도 통하지 않아요.

리처드

그런 절망에 빠지는 것 자체가 죄악이지요.7   *85*

승만도 못한 존재'라는 뜻으로 받아들이고, 리처드가 진실을 말한 것이 놀랍다
고 하는 것이다.

6 *The Riverside Shakespeare*를 편집한 G. Blakemore Evans는 이 행에 들어있는
'defus'd'(diffused)를 'misshapen'의 의미를 갖는 것으로 주석을 달았는데, 이는
잘못된 해석이다. 리처드가 몰골이 흉악하다는 의미보다는, 그가 저지르는 악
행이 병마처럼 온 영국 땅에 번져간다는 의미로 읽음이 옳다.

앤
하지만 다른 사람들을 명분 없이 살해한 당신
자신에게 스스로 복수할 명분을 갖도록 할 테니,
절망에 빠지는 것도 당신에겐 괜찮을 거예요.

리처드
내가 그 사람들을 살해하지 않았다면?

앤
그렇다면 그분들은 살해당하지 않았겠지.   *90*
하지만 그분들은 돌아가셨고, 악마, 네놈 짓이야.

리처드
난 당신 남편을 죽이지 않았소.

앤
아, 그래? 그렇다면 살아있어야지.

리처드
아니, 죽은 건 사실이고, 에드워드 손에 죽었소. 8

---

7 자살을 죄악으로 보는 것은 기독교 교리의 근간을 이룬다. 아무리 큰 죄를 지었
  어도 신의 자비가 있을 수 있다는 믿음을 저버리는 것 자체가 인간이 가질 수
  있는 교만의 발로라는 생각은 크리스토퍼 말로(Christopher Marlowe)가 쓴
  *Doctor Faustus*에서도 강조되고 있다.
8 여기서 '에드워드'는 현재 왕좌에 앉아있는 에드워드 4세를 지칭한다.

앤

더러운 목구멍으로 거짓말하는군. 당신 칼이   95
그분의 피로 김이 나는 걸 마가레트 왕비께서 보셨어.
심지어는 그 칼로 왕비전하의 가슴을 겨누기도 했지.
당신 형들이 그 칼끝을 쳐버리긴 했지만 말이야.

리처드

왕비의 지나친 욕지거리가 나를 자극했던 거요.
내 형들이 한 짓을 죄 없는 내게 들씌웠거든─9   100

앤

당신을 자극한 건 당신의 잔악한 마음이야.
생각하는 것이라곤 사람 죽이는 일밖에 없는─
여기 이 임금님을 당신이 살해하지 않았어요?

리처드

그 말 인정하오. 그랬소.

앤

인정한다고? 이 멧돼지!10 허면 그 용서 못할 짓 한   105
당신 저주받으라는 내 말을 하느님이 인정하시겠지.
아, 그렇게 온유하고, 온화하고, 인덕 높으셨던 분─

---

9 앤의 남편 에드워드 왕자의 죽음에 대해서는 〈헨리 6세〉 3부, 5막 5장 참조.
  현재 임금 자리에 앉아있는 에드워드 4세가 먼저 일격을 가했고, 클라런스가
  뒤를 이었다.
10 멧돼지는 글로스터 공작 리처드의 휘장(徽章)이었다.

리처드
천국의 왕이 이자를 곁에 두게 됐으니 잘된 일이지.

앤
이분은 천국에 계시고, 당신은 거기 못 가.

리처드
이자를 거기 보내주었으니 내게 고마워해야 해.   *110*
이자에겐 이 세상보다는 천국이 더 어울렸거든.

앤
그렇다면 당신에게 어울리는 덴 지옥뿐이야.

리처드
한 군데 더 있소. 거기가 어딘지 말해 드리리까?

앤
땅 밑 감옥?

리처드
그대 침실이라오.   *115*

앤
당신이 누울 방에는 불안만이 가득하기를—

리처드
내가 부인과 함께 누울 때까진 그럴 것이오.

앤
암, 그래야지 ―

리처드
그럴 수밖에 없소. 심성 고운 앤 부인, 이 날카로운
머리싸움은 그만두고, 어디 분위기 좀 바꿔봅시다.   *120*
헨리와 에드워드, 이 두 플랜타지네트 집안 사람들을
비명에 가도록 만든 원인을 제공한 사람도
살상행위를 저지른 자만큼 책임 있는 것 아니오?

앤
당신이 그 원인이고, 저주받은 주범이지.

리처드
그대의 아름다움이 그런 결과를 낳은 원인이었소.   *125*
잠들면 눈앞에 어른거리어, 온 세상을 다 잃는
한이 있더라도, 달콤한 그대 품에 단 한 시간만이라도
안길 수 있기를 바라게 한 그대의 아름다움 말이오.

앤
그걸 내가 알았다면, 이 살인자, 내 말 들어 ―
내 손톱이 내 뺨에서 그놈의 '아름다움'을 긁어냈을 거야.   *130*

리처드
내 눈은 그 아름다움이 훼손되는 걸 못 참을 거외다.
나 모르는 사이에라도, 그대 아름다움을 손상치 마오.

온 세상이 태양의 도움으로 생기를 유지하듯, 나 또한
그대 아름다움 때문에 산다오―나의 태양, 내 생명이오.

앤
칠흑 같은 밤이 당신 태양을 뒤덮고, 죽음이 당신 생명을― 135

리처드
곱디고운 그대, 자신을 저주 마오. 그대는 태양이자 생명이오.

앤
그랬으면 좋으련만―당신한테 복수할 수 있게 말이야.11

리처드
그대를 사랑하는 사람에게 복수를 한다는 말은
지극히 정상을 벗어난 궤변이오.

앤
내 남편을 죽인 자에게 복수를 한다는 건 140
정의롭고 이치에 합당한 귀결이오.

리처드
부인, 그대가 그대 남편을 잃도록 만든 자는

---

11 앤의 이 말은, 자신이 리처드를 직접 응징할 수 없으므로, 자기 자신의 목숨을
끊어버림으로써 리처드에게 죽음이 오도록 하였으면 좋겠다는 뜻이다. 리처드
가 앞에서 앤이 자신의 태양이자 생명이라고 한 말에 대한 응답이다. 그러나 이
말을 하는 순간 앤은 자신도 의식하지 못하는 가운데 리처드의 찬사를 수용하
고 있다는 아이러니가 감지된다.

더 나은 남편을 맞도록 해 드리려 함이었소.

앤

그분보다 더 좋은 남편은 이 세상에 없어요.

리처드

그자보다 그대를 더 사랑하는 사람이 있소.

앤

이름을 대요.

리처드

플랜타지네트.12

앤

그분이 바로 플랜타지네트요.

리처드

이름은 같지만, 품성이 더 나은 자.

---

12 셰익스피어의 영국사극 첫 번째 4부작(〈헨리 6세〉 1~3부와 〈리처드 3세〉)에서 자주 언급되는 가문의 이름. 앙주(Anjou)와 메인(Maine)의 백작 제프리(Geoffrey)는 금작화(金雀花) 가지(*planta gesnista*)를 그 가문의 휘장(徽章)으로 썼다. 그로 해서 'Plantagenet'는 그 가문의 명칭이 되었다. 그의 아들이 헨리 2세로 영국의 임금이 되었고, 따라서 그의 후손들인 랭커스터 집안과 요크 집안, 둘 다 '플랜타지네트' 가문의 계열이다.

앤

그게 누군데?

리처드

날 봐요. 〔앤이 리처드에게 **침을 뱉는다**〕13 왜 내게 침을 뱉소?

앤

그게 치명적인 독이었으면 — 당신에게 꼭 필요한 —

리처드

당신처럼 아리따운 사람에게서 독이 나올 수 없지요.

앤

아무리 흉측한 두꺼비라도 그런 독 서린 적 없어.
내 앞에서 사라져! 내 눈을 더럽히잖아!

리처드

그대의 눈이 내 눈을 어지럽혔다오, 부인.

앤

내가 바실리스크의 눈을 가졌더라면 — 당신 죽게 말이야.14

리처드

그랬으면 좋으련만 — 나 이 자리에서 죽어버리게 —

---

13 못 볼 것을 보았을 때, 있을 수 있는 해악을 미연에 방지하기 위해 침을 뱉었다.
14 바실리스크(*basilisk*)라는 전설적 동물은 파충류의 하나인데, 그 눈길에 독기가
 서려 있어 눈길이 마주치면 마주 본 사람은 즉사한다고 한다.

41
1막 2장

그대 눈길은 나를 죽이니, 살아도 죽은 것과 진배없소.

그대의 눈은 내 눈에서 소금기 머금은 눈물 자아냈고,   *160*

어린애 같은 방울들로 내 눈의 위엄을 손상시켰다오. 15

클리포드가 험상궂은 얼굴로 칼 휘두르며 달려들 때,

러틀랜드가 측은한 목소리로 애소하였단 이야길 듣고, 16

내 아버지 요크와 에드워드가 울었을 때에도,

또 그대의 용맹스런 아버지17가, 어린아이처럼,   *165*

내 아버지 죽음의 슬픈 이야기를 들려주다가

스무 번이나 말을 멈추고 흐느껴 울어, 주위에 있던

모든 사람들이 비 맞은 나무들처럼 뺨을 적실 때에도,

내 이 두 눈은 회한의 눈물 한 방울도 떨구지 않았다오.

그 슬픈 때에도 남자다운 내 눈은 눈물을 용납하지 않았소.   *170*

헌데 이런 슬픔 앞에서도 눈물 흘리지 않았던 내가

그대의 아름다움 때문에 울었고, 두 눈이 흐려졌었다오.

내 편이든 적이든 나는 간청이란 걸 해본 적 없고,

내 혀는 달작지근한 말로 아유하는 걸 배운 적 없소.

허나 그대의 아름다움이 내게 올 보상일진대,   *175*

내 자존심도 수그러들고, 몇 마디 하게 되는구려.

〔앤은 경멸에 찬 눈으로 그를 본다〕

그대 입술 냉소 짓게 마오. 그대 입술은 입맞춤을 위해서이지

---

15 리처드가 눈물 보이는 것을 스스로 금기시하였음은 〈헨리 6세〉 제3부, 2막 1
　　장, 79~86행에서도 언급되고 있다.

16 〈헨리 6세〉 제3부, 1막 3장 참조. 리처드의 둘째 형 러틀랜드는 클리포드에 의
　　해 죽임을 당했다. 클리포드는 자신의 아버지를 죽인 요크의 자식이라는 이유
　　만으로 아직 성년에 이르지도 않은 러틀랜드를 죽인 것이다.

17 앤은 'The King-maker'라고 불리던 워리크 백작의 딸이었다.

그렇게 조소 따라고 만들어진 것이 아니라오.
복수심에 불타는 그대 마음이 용서치 못할 양이면,
자, 여기 이 날카로운 칼이 있소. 원한다면, 이 칼을   *180*
이 진솔한 가슴에 꽂아, 그대를 연모하는 영혼을
저세상으로 보낼 수 있도록, 나 이렇게 맡겨 드리오.
그리고 이렇게 무릎 꿇어 죽여주기를 청원하오.
〔리처드 무릎 꿇고, 가슴을 젖힌다. 앤은 칼을 잡아 찌르려 한다〕
주저하지 마오. 나도 헨리 임금을 죽였으니 —
허나 나 그리한 건 그대의 아름다움 때문이었소.   *185*
자, 머뭇거리지 마오. 젊은 에드워드를 찌른 건 나요.
허나 날 그리하게 만든 건 천국 같은 그대 얼굴이었소.
〔앤 칼을 떨어뜨린다〕
칼을 다시 집으오. 아니면 나를 택하오.

앤

일어나요, 위선자. 나 당신 죽기를 바라지만,
내 손으로 죽이진 않을 거예요.   *190*

리처드

〔일어서며〕 허면 자결하라 말해 주오. 그리할 테니.

앤

벌써 그러랬잖아요.

리처드

그건 당신 화났을 때였소. 다시 말해 줘요. 그 말 듣는 순간,

그대 향한 사랑 때문에, 그대가 사랑하는 사람을 죽인 이 손으로,
그대 향한 사랑 때문에, 훨씬 더 진실된 사랑 품은 자를 죽이리다. *195*
그대는 두 사람의 죽음을 초래한 책임이 있는 것이오.

앤
당신 속마음을 알았으면 좋겠어.

리처드
내가 하는 말에 다 나타나 있소.

앤
둘 다 거짓인 것 같아.

리처드
그렇다면 진실된 자 결코 없었다는 거요. *200*

앤
자, 자, 칼을 거두어요.

리처드
그러면 화해한 거라 말해 주어요.

앤
그건 차차 알게 될 거예요.

리처드
하지만 희망을 가져도 되겠소?

앤
모든 사람들이 그러길 바래요.   205

리처드
이 반지를 끼어 주시구려.

앤
받는다고 준다는 건 아녜요.18

리처드
봐요, 내 반지가 당신 손가락에 꼭 맞잖소?
바로 이렇게 그대 가슴이 내 불쌍한 심장을 감싼다오.
둘 다 간직하오. 둘 다 그대 것이니 —   210
그리고 그대를 성심으로 받드는 가련한 종복인 내게
그대가 너그러운 마음으로 한 가지 소청을 들어준다면,
그것으로 나의 행복을 영원히 다짐해 주는 것이오.

앤
그게 무어죠?

리처드
제발 이 서글픈 장례 절차일랑, 그 죽음을   215
애도할 이유가 누구보다 많은 내게 맡기고,

---

18 리처드가 주는 반지를 받는다고 그것이 자신의 마음을 리처드에게 허락하는 것
   을 의미하지는 않는다는 뜻. 그러나 이 말을 하는 순간 앤은 이미 리처드의 구
   애를 받아들이는 것과 다를 바 없다는 아이러니가 감지된다.

즉시 크로스비19관(館)으로 가시오. 이 고매한
임금 시신을 처트씨 수도원에 엄숙히 매장하고,
참회의 눈물을 이분의 무덤에 흩뿌린 후에,
내 거기로 그대를 만나려 서둘러 갈 것이오.   220
그대가 모르는 여러 가지 이유가 있어서이니,
이 소청을 들어주기 바라오.

앤

기꺼이 그러지요. 당신이 이토록 참회하는 걸 보고,
내 마음 또한 기뻐요. 트레슬, 버클리, 나를 따라와요.

리처드

작별 인사나 해주오.   225

앤

당신에겐 가당찮아요.
하지만 감칠맛 나는 말 하는 걸 배웠으니,
작별 인사는 이미 한 것으로 생각해요. 〔**트레슬과 버클리 데리고 퇴장**〕

리처드

이봐, 시신을 모셔.

신사

처트씨로 모실까요, 각하?   230

---

19 리처드가 소유하였던 런던 저택 중의 하나.

리처드

아니, 화이트프라이어즈야.20 거기서 내가 오기를 기다려.

운구하는 신사들과 창 든 병사들 퇴장 †

이처럼 비탄에 젖은 여인이 구애를 받은 적이 있던가?
이처럼 비탄에 빠진 여인이 구애를 받아들인 적 있던가?
저것을 차지해야지. 하지만 내 곁에 오래 두진 않을 테다.
아니, 그래, 저것의 남편하고 그자 애비를 내가 죽였고,   *235*
그래서 저것이 절치부심하는 증오로 치를 떨지 않았나?
그 증오가21 당연함을 입증하는 피 흘리는 시신 곁에서,
입에서는 저주가, 눈에서는 눈물이 쏟아져 나오고,
하느님과, 저것의 양심과, 이 모든 장애가 막고 있는데?
그리고 난 내 입장을 두호해 줄 친구도 없고, 있다면   *240*

---

20 'Whitefriars'는 런던에 있던 카멜회(Carmelite) 수도원의 이름. 홀린스헤드의
  《연대기》에는 헨리 6세의 시신을 'Whitefriars'가 아니라 'Blackfriars'로 옮겼다
  고 되어 있다.

21 이 행은 'The bleeding witness of her hatred by'(Quarto; Hardin Craig,
  Antony Hammond 등)인데, *The Riverside Shakespeare*를 편집한 G. Blakemore
  Evans는 'her hatred' 대신에 'my hatred'(Folio)로 읽고 있다. 문맥상 'her
  hatred'는 앞서 나온 구, 'her heart's extremest hate'(번역문에서는 236행)를
  되풀이하는 것이고, 또 그래야 의미가 통한다. 'my hatred'를 택하면, 리처드가
  헨리 6세를 증오하였기 때문에 그를 죽였다는 이야기가 되고, 이는 리처드의
  성격과도 맞아 들어가지 않는 설명이다. 리처드는 그의 정략적 필요에 의해 헨
  리 6세와 그의 아들 에드워드를 살해한 것이지, '증오'라는 감정 때문이 아니었
  다. 여기서 'her hatred'로 읽어야 앤이 리처드를 증오하는 이유는, 리처드가 그
  의 남편은 물론, 시아버지까지 죽였고, 아직도 출혈을 멈추지 않는 시신을 운
  구하는 중에 리처드가 그 앞을 가로막았기 때문이라는 것이다.

청천 하늘 아래 악마와 교활하게 속이는 위선일 뿐—
그런데도 저것의 마음을 얻다니! 세상에 이럴 수가!
하!
석 달 전인가, 내가 화가 치밀어 튜크스베리에서
찔러 죽인 그 용감했던 왕자 에드워드를—   *245*
제 남편을 벌써 잊어버렸단 말인가?22
젊고, 용맹스럽고, 현명하고, 틀림없는 왕재였던,
자연의 아낌없는 혜택을 받아 태어난 에드워드—
그보다 더 출중하고 마음 사로잡는 젊은이를
이 넓은 세상에서 다시는 찾아보지 못할 것—   *250*
그런데 이 출중한 왕자를 삶의 전성기에 목숨 끊어,
저를 서글픈 청상과부의 침상에 눕게 만든 내게
눈길을 돌려 제 눈을 욕되게 할 수 있단 말인가?23
다 합쳐 보았자 에드워드 반쪽도 안되는 나에게?
절름발이에다 이렇게 몸뚱이 뒤틀어진 나에게?   *255*
공작이란 신분이 무어 대수로운 건가?24

---

22 헨리 6세의 장례는 1471년 5월 23일에 치러졌고, 그보다 3주 전에 헨리 6세의
   아들 에드워드가 살해되었다. 셰익스피어는 'three weeks'가 아닌 'three
   months'라고 적고 있는데, 셰익스피어가 두 사람이 죽은 시점의 간격을 의도적
   으로 늘려 놓았는지의 여부는 차치하고, 주어진 극적 상황에서는 후자가 자연
   스럽게 들린다.

23 이 행을 'And will she yet debase her eyes on me'(Quarto; Hardin Craig,
   Antony Hammond)로 읽는 것이 'And will she yet abase her eyes on
   me'(Folio; G. Blakemore Evans)로 읽는 것보다 낫다는 생각이 든다. 'debase'
   나 'abase'나 동일한 뜻을 전하지만, 후자는 의미의 강도 면에서 전자보다 덜한
   듯하기 때문이다.

24 'My dukedom to a beggarly denier …', Laurence Olivier가 제작한 영화에서는
   이 행을 'My dukedom to a widow's chastity …'로 바꿔 놓았다. 올리비에의 해

그동안 내가 어떤 사람인지 나도 몰랐던 거야.
난 그렇게 생각하지 않는데, 저 여자는 내가
놀랄 만큼 잘생긴 남자라고 보는 게 틀림없어.
경비를 좀 들여 거울도 하나 사들이고,   260
재단봉재사를 한 이삼사십 명 고용해서,
내 몸치장할 옷맵시를 궁리토록 해야겠어.
내가 나를 좀 괜찮은 사람이라 보게 됐으니,
돈 좀 들여가며 이 자존심을 유지해야겠지.
하지만 우선 저자를 무덤 속에 모시고 나서,   265
비통해하는 모습으로 '내 사랑'한테 가야지.
내가 거울 하나 살 때까지, 해야, 환하게 비추어라.
내가 걸어가면서 내 그림자를 볼 수 있게 말이다. 〔**퇴장**〕

석에 전적으로 의존할 필요는 없으나, 다분히 시사하는 바가 크다. '과부 하나
구워삶는 데 공작이란 신분이 무슨 아랑곳이냐?'라는 뜻으로 들리기 때문이다.

1막 3장

런던에 있는 왕궁.

왕비 엘리자베스, 리버스 경, 그레이 경, 도세트 후작[1] **등장**

리버스

참고 기다려요, 누님. 틀림없이 전하께서는
얼마 안 있어 평소 건강을 되찾으실 거예요.

그레이

잘못 생각하시는 거예요. 병세가 심해지세요.
그러니, 부디 마음을 굳게 잡수시고, 밝고
명랑한 눈길로 전하의 심기를 돋워 드리세요.   5

엘리자베스

전하께서 돌아가시면, 난 어떻게 되는 거지?

그레이

부군을 잃으시는 것 외에 다른 일은 없겠지요.

---

1 1막 3장에서 도세트 후작이 입을 여는 것은 185행이 지나고 난 다음이다. 그래
  서 그가 무대에 등장하는 시점을 뒤로 미루어, 리처드와 함께 등장하는 것으로
  생각하는 학자들도 있다. 그러나 도세트가 그를 미워하는 리처드와 함께 등장하
  는 것으로 보는 것도 무리가 있다.

엘리자베스

그분을 잃는 건 오만가지 일이 닥친다는 거야.

그레이

하늘이 축복을 내려 훌륭한 아드님을 두셨으니,

전하께서 가시더라도, 어머님께 위안이 될 거예요.   *10*

엘리자베스

아, 아직 어려. 그래서 성년이 될 때까지는

리처드 글로스터가 후견인 노릇을 해야 돼.

그 사람 날 안 좋아하고, 두 사람도 마찬가지야.

리버스

그 사람이 섭정을 하도록 이미 결정됐나요?

엘리자베스

그렇게 결의는 되었는데, 확정된 건 아니라오.   *15*

하지만 전하께서 잘못되시면, 그렇게 될 거야.

버킹엄과 더비 백작 스탠리 등장 ⚔

그레이

여기 버킹엄 공과 더비 경2이 오는군요.

---

2 스탠리가 더비 백작의 작위를 받은 것은 리처드가 리치몬드에게 패한 보즈워스
  전투가 끝난 다음이었으므로, 여기서 스탠리를 '더비 경'이라 부르는 것은 시기
  적으로 적절치 않다는 사실을 학자들이 지적했다.

버킹엄
왕비전하께 문안드립니다.

스탠리
늘상 그러하시듯, 기쁨이 충일하소서.

엘리자베스
더비 백작 어른, 리치몬드 백작부인께서는 백작께서   20
내게 하신 축수에 '아멘'이라 화답지 않으실 텐데요.3
하지만, 더비 경, 그분이 경에게는 부인이 되시고,
또 나를 좋아하시지 않지만, 믿어주세요 — 그분이
오만한 분이라 해서 내가 경을 미워하지는 않아요.

스탠리
청원하옵건대, 시샘하는 자들이 제 처를 놓고   25
근거 없이 하는 비방의 말을 믿지 마시옵고,
설령 그 비난이 사실에 입각한 것일지라도,
사람이 덜된 탓이라 여기고 눈감아 주소서. 저 보기엔
분별심이 없는 것이지, 깊은 악의가 있어서는 아닙니다.

---

3 Somerset 공작 John Beaufort의 딸 Margaret를 말함인데, 첫 남편 Edmund
  Tudor — 헨리 5세 사후 그의 왕비 Katharine이 Owen Tudor와 결혼하여 낳은
  아들, 즉 부계를 달리하는 헨리 6세의 아우 — 의 사후, Henry Stafford와 결혼
  하였다가, 나중에 스탠리와 결혼하였다. 그녀가 Edmund Tudor와 결혼해서 낳
  은 아들이 Henry Richmond — 후일 헨리 7세 — 이므로, 요크 왕가와는 적대관
  계에 있었다.

리버스
오늘 전하를 배알하셨습니까, 더비 경?   *30*

스탠리
방금 버킹엄 공작과 내가
전하를 뵙고 나오는 길이오.

엘리자베스
전하의 병세가 호전될 기미가 보이던가요?

버킹엄
왕비전하, 희망을 가지세요. 전하께선 쾌활하십니다.

엘리자베스
부디 건강하셔야 할 텐데. 말씀도 나누어 보셨나요?   *35*

버킹엄
그리하였습니다. 글로스터 공작님과 왕비전하의
오라버니들이,4 그리고 또 이분들과 왕실 시종장께서
서로 화해하도록 주선하고 싶어하십니다. 그래서
이분들께 어전에 모이라는 전갈을 보내셨습니다.

엘리자베스
다 잘되었으면 좋으련만 ─ 하지만 불가능한 일이지.   *40*

---

4 이 극에는 엘리자베스의 오라비로 리버스 한 사람만 등장한다. 그레이는 엘리자
  베스의 아들로 되어 있으나, 이따금 그가 엘리자베스의 오라비인 것으로 극중
  대사에서 암시되기도 한다.

왠지 내 운도 이제 내리막인 것 같아요.5

리처드와 헤이스팅스 등장 ✝

리처드
이것들이 내게 하는 짓들이라니 — 더는 참지 않을 테야.
내가 참으로 매몰찬 사람이고, 저들을 좋아하지 않는다고
임금께 불만을 토로하는 자가 누구야?
성 폴에 걸어 말하지만, 그따위 불화를 조성하는 소문으로   45
전하의 귀를 채우는 자들은 전하를 아끼지 않는 자들이야.
내가 아첨도 못하고, 나긋나긋하게 보이지도 않고,
사람들한테 은근한 미소를 지으면서 슬그머니 속이거나,
프랑스식 고갯짓하며 간드러진 몸짓으로 절을 할 줄
모르기 때문에, 나는 못돼먹은 악당이 되고 말았어.   50
우직한 사람 하나 마음 착하게 먹고 그저 살 순 없나?
그 진솔함이, 이 야들야들하고 교활하고 술수나 쓰는,
쓰레기 같은 인간들한테 시달리지 않고 말이야 —

그레이
여기 있는 사람들 중에 누구한테 하시는 말씀입니까?

리처드
자네야. 정직하지도 않고, 염치도 없는 —   55

---

5 원문은 'I fear our happiness is at the height.' 운명의 여신이 돌리는 운명의 수
  레바퀴의 정점에 있다는 말은, 그 바퀴가 구름에 따라 절정에서 나락으로 떨어
  질 것이라는 의미.

언제 내가 자네한테 해를 끼쳤나? 언제 잘못했어?
아니면, 자네? 아니면, 자네? 아니면, 너희 패거리 중에 누구?
네놈들 모두 급살 맞아라! 전하께서는─하느님이 전하를
네놈들이 바라는 것보다 더 잘 지켜주시길 바라는데─
전하께서는 일순도 마음 편하실 때가 없는 것이, 너희가   60
너저분한 불평을 늘어놓아 괴롭혀 드리기 때문이야.

엘리자베스
글로스터 아주버님, 상황을 잘못 알고 계세요.
전하께서는 누가 올린 소원(訴願) 때문이 아니라,
전하 자신이 갖고 계신 의중에 따라,
아주버니의 외적인 행동에서 확연히 드러나는─   65
모르긴 몰라도 아주버니가 품고 계신, 내 자식들과,
내 오라비들과 나에 대한 미움을 염두에 두시고─
갖고 계신 나쁜 감정의 원인이 무언지 알아내어,
이를 불식시키기 위해 사람들을 부르신 거예요.

리처드
알 수 없어요. 세상이 하도 엉망이 되어서, 독수리도   70
감히 앉지 않는 곳에서 굴뚝새가 사냥을 한다니까요.
얼간망둥이마다 양반 행세를 하게 된 이후로
멍청이가 되어 버린 고귀한 사람들이 많아요.

엘리자베스
자, 그만하세요. 무슨 말씀인지 알아요, 글로스터 아주버니.
나와 내 측근들이 신분 상승한 걸 못마땅해하시는 거죠.   75

제발 아주버니 신세를 질 일이 없기를 바래요.

리처드

그런데 난 형수님 신세를 좀 져야겠어요.
형수님 덕분에 내6형은 감옥에 갇히고,
나는 안면 몰수당했고, 왕실 전체가
모욕을 당한 형국인데, 반면에 날이면 날마다   80
하루 이틀 전만 해도 별 볼일 없던 것들이
귀족으로 승차하는 일이 벌어지고 있어요.

엘리자베스

내가 한때 향유했던 그 소박한 삶을 떠나
수심(愁心) 가득한 이 자리에 앉게 만드신 하느님께
맹세코, 나는 전하께서 클라런스 공작을 미워하도록   85
성심을 부추긴 적 없었을 뿐 아니라, 오히려
그분을 두호하려 나는 진력을 다하였다오.
아주버니는 내게 치욕을 안겨주는 거예요.
이 고약한 혐의를 터무니없이 내게 씌우다니 —

리처드

근자에 있었던 헤이스팅스 경의 투옥과도   90

---

6 여기서 리처드는 'our'라는 일인칭 복수 소유형용사를 쓰고 있는데, 그 의미가
  복합적이다. 현대영어 뜻대로 하면, '나와 내 형 에드워드의'라는 복수 개념의
  의미를 갖지만, 종종 그러하듯, 리처드는 왕좌에 오르기 전부터 이미 그의 의
  식 속에 자신이 임금이라는 — 아니면 곧 될 것이라는 — 생각이 자리잡고 있어,
  부지불식간에 'royal plural' — 임금이 자신에 대한 언급을 할 때 쓰는 복수인칭
  대명사 — 을 입에 올린다고 볼 수도 있다.

아무런 연관이 없었다고 부인하시겠지요.

리버스
그렇습니다, 각하, 왜냐면 —

리처드
그럴 테지, 리버스 경. 허, 그렇잖은 걸 누가 알아?
이봐, 그걸 부인하는 정도가 아닐 거야.
자네를 도와 좋은 자리를 많이 얻게 한 다음에는,   95
그런 일에 자신은 전혀 관여한 바가 없고, 다만
자네가 그만한 재덕(才德)을 갖췄기 때문이라 하겠지.
무슨 일은 못하겠어? 하려고만 한다면, 그럼, 실제로 — 7

리버스
'실제로'라니, 무얼 말입니까?

---

7 이 행은 구두점을 어떻게 찍느냐에 따라 의미가 달라질 수 있다. 이를테면, *The Riverside Shakespeare*에는 이렇게 되어 있다. 'What may she not, she may, ay, marry, may she.'(해서는 안 될 일을 서슴지 않고 한다) Hardin Craig는 'What may she not? She may, yea, marry, may she, —'라고 읽었고, Antony Hammond는 'What may she not? She may — ay, marry may she —'로 읽었다. Craig와 Hammond는 거의 같은 의미로 읽었지만, 전자는 'marry' 다음에 comma를 찍음으로써, 'marry'가 부사임을 확실히 했고, 후자는 comma를 찍지 않음으로써, 'marry'가 갖는 두 가지 의미 —'정말로'라는 의미의 부사와 '결혼한다'는 의미의 동사 —를 동시에 포괄하도록 했다. '무언 못해? 무슨 일이든 다할 것이다'는 문장 속에 '실제로'라는 의미의 부사와 '결혼하다'라는 의미의 동사가 함께 들어 있는 것이 이 문장의 묘미이다. 역자는 이 둘 중 하나를 택하는 대신, 말이 좀 길어지는 것을 감수하고, 두 가지 뜻을 다 포괄하는 문장으로 번역했음을 밝힌다(98~100행).

리처드

무얼 할 수 있냐고? 실제로 임금과 결혼도 하지.   *100*

총각인데다 잘생긴 청년이고 ― 사실 말이지

자네 노마님께선 이보다 못한 남편과 살았었지.

엘리자베스

글로스터 경, 내 너무도 오랫동안 참아왔소.

경의 퉁명스런 힐난과 쓰디쓴 조소를 말예요 ―

내가 자주 겪어온 그 해괴한 조롱에 대해   *105*

전하께서 아시도록 기필코 말씀드리겠어요.

〔**늙은 마가레트 왕비 등장**〕8

나 차라리 시골구석 하녀가 되는 것이 낫지,

이런 처지에서 거창한 왕비 노릇은 못하겠어요.

집적대고, 업신여기고, 닦달하는 걸 참으면서 말예요 ―

영국 땅의 여왕인 것이 조금도 즐겁지가 않아요.   *110*

마가레트

〔**방백**〕 그 '조금'이란 것이 더 적어지기를 하느님께 빈다.

네가 누리는 영예, 지위, 그 자리는 본래 내 것이야.

리처드

아니, 임금께 고해바친다며 날 위협하는 거요?

---

8 헨리 6세의 미망인이었던 마가레트(Margaret of Anjou)의 등장은 역사적 사실
과는 거리가 멀다. 1471년에 있었던 튜크스베리 전투가 끝난 뒤, 마가레트는 5
년간 감옥에 갇혀 있다가, 프랑스로 보내져, 그곳의 식객으로 살다가 1482년에
죽었다. 셰익스피어는 마가레트를 몰락한 랭커스터 집안의 한을 품고 사는, 하
나의 '복수'의 여신(Nemesis)과 같은 존재로 무대 위에 올려놓았다.

애기해요. 서슴지 말고. 보세요, 내가 여태 한 말이
사실이라고 전하 면전에서 당당히 선언할 거요.   *115*
나를 런던 탑으로 보낸다 해도 난 개의치 않아요.
이젠 말할 때가 됐어요. 내가 한 수고를 말짱 잊었어요.

마가레트

〔방백〕 닥쳐, 악마! 나는 너무 잘 기억한다.
네놈이 내 남편 헨리를 런던 탑에서 살해했고,
불쌍한 내 아들 에드워드를 튜크스베리에서 죽였지.   *120*

리처드

당신이 왕비가 되고, 그래, 당신 남편이 왕이 되기 전,
중요한 고비마다 난 궂은일마다 도맡아 했소.
형의 콧대 높은 적들을 뿌리 뽑는 일도 했고,
형을 돕는 자들에겐 풍성한 상급도 주었소.
형의 피를 왕통의 피로 만들려 내 피를 흘렸소. 9   *125*

마가레트

〔방백〕 그렇지, 네 형 피나 네 피보다 훨씬 고귀한 피도—

리처드

그동안 당신하고 당신 남편 그레이는

---

9 'To royalize his blood, I spent mine own.' Antony Hammond는 리처드가 전상
(戰傷)을 입은 적이 없다고 지적하면서, 'spent'라는 단어는 실제로 〔피를〕 흘
렸다'는 의미와는 거리가 있는 것으로 읽고 있다. 그러나 리처드의 성격으로 보
아, 부상을 당했었는지의 여부를 떠나, '열심히 싸웠다'는 말을 하기 위해 '피를
흘렸다'고 말하는 것은 조금도 이상할 것이 없다.

내내 랭커스터 집안과 한 패거리였소.
그리고, 리버스, 자네도 그랬어. 당신 남편은
쎄인트 알반스에서 마가레트 편에서 싸우다 죽지 않았소?10   *130*
잊었다면, 상기시켜 드리리. 예전에는 당신이
어떤 사람이었고, 또 지금은 어떤 사람인지 — 아울러,
나는 어떤 사람이었고, 또 지금은 어떤 사람인지 —

마가레트
〔**방백**〕 살인이나 일삼는 악당이었고, 지금도 그래.

리처드
불쌍한 클라런스는 장인(丈人) 되는 워리크를 저버렸고, 11   *135*
그래요, 배신자가 돼버렸오 — 주께서 용서하실는지 —

마가레트
〔**방백**〕 주께서 응징하셔야지 —

리처드
에드워드 편에서 싸워, 왕위에 오르도록 하려고요.
헌데 그에 대한 보상이, 불쌍하게도 옥에 갇힌 거요.
내 심장이 에드워드 심장처럼 냉혹하든가, 아니면   *140*

---

10 '장미전쟁'에서 엘리자베스의 전남편 그레이는 마가레트의 입김이 크게 작용한
   Saint Albans의 전투에서 랭커스터 편을 들어 싸우다 전사했다.
11 클라런스는 'King-maker'로 불렸던 워리크의 큰딸 이사벨 네빌(Isabel Neville)
   — 앤의 언니 — 과 결혼하였다. 클라런스의 배신행위는 1막 4장에서 다시 언급
   된다.

에드워드 심장이 내 심장처럼 다정다감했으면 해요.
나는 이 세상 살기엔 너무 어리숙한 사람예요.

마가레트

〔**방백**〕 엔장, 어서 지옥에 떨어져, 이 세상 등지거라,
이 악귀 녀석아. 지옥이 네놈의 왕국이니라.

리버스

글로스터 공작님, 그 어수선하였던 시절에,   145
공께서는 저희가 적 편이었다고 말씀하시지만,
그때 저희는 우리 주군, 지엄하신 전하를 따랐소이다.
마찬가지로, 공께서 임금이라면, 공을 따를 것이외다.

리처드

내가 임금이라면? 난 차라리 장사치가 되겠어!
그따위 생각일랑 꿈에도 가슴에 품어선 안 되지!   150

엘리자베스

아주버니, 아주버니가 이 나라의 임금이시라면,
짐작하시는 대로, 기쁨이라곤 별로 없을 거예요.
마찬가지로, 이 나라의 왕비가 되어, 내가
가질 수 있는 기쁨이란 별로 없다고 보시면 돼요.

마가레트

〔**방백**〕 맞아, 이 나라의 왕비는 기쁠 수가 없는 거야.   155
바로 내가 왕비이고, 기쁨이란 전혀 모르거든—

더 이상 참고 있을 수가 없구나!
〔앞으로 나오며〕 내 말 들어, 이 티격태격하는 도적들―
내게서 강탈한 걸 서로 더 가지려 옥신각신하는 것들―
너희들 중에, 나를 보면서 떨지 않는 것 누구야?   *160*
나를 왕비로 알고 내 앞에서 몸 숙이진 않더라도,
내 자리를 찬탈한 역도들이기에 너희들 떠는 거야.
아, 간특한 악한! 얼굴 돌리지 말아.

리처드
이 쭈그렁뱅이 마녀, 왜 내 앞에 나타난 거야?

마가레트
네놈이 저지른 죄상을 조목조목 들려주려고―   *165*
너 이 자릴 뜨게 놓아주기 전에 그러고 말 테다.

리처드
잡히면 죽는다는 조건으로 추방당하지 않았소?

마가레트
그랬지. 하지만 추방생활 하면서 고통 속에 사느니,
차라리 여기 내 고장에서 죽어버리는 게 나아.
넌12 내게서 내 남편하고 내 아들을 빼앗아 갔어.   *170*
그리고 넌13 내 왕국을―너희 모두 한통속이야.

---

12 리처드를 지칭함.
13 왕비 엘리자베스를 지칭함.

내가 느끼는 이 슬픔은 너희 몫이어야 하고,
너희가 찬탈한 모든 기쁨은 내 것이라야 해.

리처드
고매하신 내 아버님이 일찍이 당신을 저주하셨지.
위용에 넘치는 그분 이마에 당신이 종이 왕관을 씌우고,   175
조롱을 퍼부어 그분 눈에서 눈물이 강물처럼 흐르게 하고,
그리고는 그분에게 눈물 닦으시라고, 죄 없이 살해당한
나어린 러틀랜드의 피에 적신 헝겊을 건넸을 때 말이야 — 14
그때 쓰라린 영혼의 고통을 견디지 못한 그분이
당신을 향해 하신 저주가 지금 당신한테 덮친 거요.   180
당신의 잔악한 짓 벌하는 건, 우리가 아니라 하느님이오.

엘리자베스
하느님은 공정하셔서 무고한 사람들을 보살피시지요.

헤이스팅스
아, 그 어린것을 살해하다니 극악무도한 짓 —
일찍이 들어본 적 없는 무자비한 행위였소.

리버스
그 이야기를 듣고 광폭한 자들조차 울었소.   185

---

14 〈헨리 6세〉 제3부, 1막 4장은 전투에서 수세에 몰린 요크 공작 리처드 — 글로
   스터 공작 리처드의 아버지 — 가 왕비 마가레트로부터 모진 수모를 당하는 장
   면을 담고 있다.

도세트
그에 대한 복수를 예언치 않은 사람이 없었소.

버킹엄
그 자리에 있던 노섬벌랜드가 그걸 보고 울었소.

마가레트
이럴 수가! 내가 오기 전에는 으르렁대면서
서로 먹살이라도 잡을 듯이 싸우던 너희가,
이젠 너희들의 증오를 온통 내게 쏟는 거야?   *190*
요크가 한 끔찍스런 저주가 하늘에 먹혀들었는지,
헨리가 죽고, 내 사랑스런 에드워드가 죽고, 이 둘의
차지였던 왕국도 잃고, 나는 서글프게 추방당하고 —
이 모두가 그 돼먹잖은 놈15 죽은 것에 갖다 댈 수 있어?
저주가 구름장을 뚫고 올라 하늘에 이를 수 있을까?   *195*
그렇다면, 굼뜬 구름아, 내 솟구치는 저주에 길을 내다오.
너희 임금은 전쟁 아닌 방종한 삶으로 죽으리라.
그자 왕 되게 하려 우리 임금은 살해되었지만 —.
웨일즈의 왕자였던 내 아들 에드워드처럼,
지금 웨일즈의 왕자인 네 아들 에드워드도   *200*
때아닌 폭거로 인해 어린 나이에 죽으리라.
한때 왕비였던 나 대신에 왕비가 된 너도,
불쌍한 나처럼, 네 영광 다하여도 계속 살아남아라.
오래 살아 네 자식들 죽음에 통곡하게 되거라.

---

15 러틀랜드를 말함.

그리고 내가 지금 너를 보듯, 너 또한 새로운 여왕이   205
—네가 내 자리에 앉았듯—네 권한으로 치장되는 걸 보거라.
너 죽기 오래 전에 네 행복한 날들은 끝나고,
길고 지리한 슬픔의 시간을 많이 보낸 다음,
자식도, 남편도 없이, 영국 왕비 아닌 처지로 죽어라.
내 아들이 숱한 단검에 찔려 죽어갈 때,   210
리버스, 그리고 도세트, 너희들은 방관자였지.
그리고 헤이스팅스 경, 당신도 마찬가지였어.
너희들 중 아무도 천수를 다하지 못하고,
예기치 않은 사고로 비명에 가도록 하늘에 비마.

리처드
이 가증스런 쭈그렁뱅이 할멈, 저주를 그만 끝내.   215

마가레트
너는 빼고? 기다려, 개, 네게도 할 말이 있어.
내가 네놈에게 덮치기를 바라는 것보다도
더 비참한 재앙을 하늘이 준비하고 계시다면,
아, 네놈의 죄가 농익을 때까지 기다리셨다가,
속수무책인 세상의 평화를 어지럽히는 네놈,   220
네놈 위에 하늘의 분노를 한꺼번에 퍼부으시기를!
양심의 고통이 벌레처럼 네 영혼을 계속 쏠아먹고,
살아있는 동안 네 벗들을 배반자 아닌지 의심하고,
골수 반역자들은 절친한 벗으로 여기게 되거라.
독기어린 네 눈에 잠 찾아들어 감기는 일 없거라.   225
있다면, 그건 고통스런 악몽 덮쳐 추악한 악귀들로

우글대는 지옥으로 널 소스라치게 할 때뿐이거라.
요귀(妖鬼)들이 점지한, 잘못 태어난, 후버 파는 돼지놈아, 16
태어나면서부터 타락한 인성의 노예로,
또 지옥의 자식으로 낙인찍힌 네놈 — 17   *230*
힘겨워하던 네 어미의 자궁을 욕되게 한 놈18 —
네 아비의 허리가 빚어낸 역겨운 소산(所産) —
명예의 걸레쪽, 이 가증스러운 —

리처드
마가레트!

마가레트
리처드!   *235*

---

16 리처드의 휘장(徽章)은 흰 멧돼지였다.

17 *The Riverside Shakespeare*의 편집자 G. Blakemore Evans는 원문에 나오는 'the slave of Nature'라는 구를 리처드의 신체적 결함과 결부시켜('because he was congenitally deformed') 읽고 있다. 그러나 여기서 'Nature'라 함은 그 앞에 있는 명사 'slave'와 연결시켜 볼 때, 홉스(Hobbes)의 'malignant nature'를 떠올리게 되고, 따라서 신의 은총에 의해서 구원받아야 할 타락한 인성을 의미한다고 봄이 옳다. 그 다음에 잇달아 나오는 '지옥의 자식'('the son of hell')이란 구는 이러한 해석의 타당성을 새삼 입증한다.

18 원문의 'thy heavy mother's womb'을 놓고, 'heavy'라는 형용사가 'mother'를 수식하느냐, 아니면 'womb'을 수식하느냐 논란이 있으나, 이는 무의미하다. *The Arden Shakespeare*의 Antony Hammond와 *The Riverside Shakespeare*의 G. Blakemore Evans는 'heavy'의 또 다른 뜻, 즉 '슬픔에 잠긴'이라는 의미로 읽고 있으나, 이는 이 행이 갖는 페이소스를 오히려 앞질러 줄여 놓는 결과를 낳는다. 아이를 가져 몸이 무거워 힘들어하던 한 여인이 낳은 자식이 어미의 기대를 조롱하는 듯 해괴한 모습으로 태어남을 강조한다고 읽으면 무난할 것이다.

리처드
뭐요?

마가레트
널 부른 게 아냐.

리처드
그렇다면 미안해요. 난 여태껏 당신이
이 고약한 호칭들로 날 부르는 줄 알았구려.[19]

마가레트
이제 내가 하는 저주를 마무리 지으마.   *240*
그랬지. 하지만 대꾸하길 바라진 않았어.

리처드
내가 벌써 마무리했소. '마가레트'라는 말로 —

엘리자베스
여태 하신 저주는 자신에게 돌아가는 거예요.

_____

19 233행에서 마가레트가 말을 채 마치기 전에, 리처드가 '마가레트!'(234행)란 이
    름으로 마무리 지음으로써 마가레트가 하는 욕의 화살을 거꾸로 마가레트에게
    돌려버렸다. 마가레트는 '리처드!'(235행)라고 외치며 자신이 하고 있는 욕을
    마무리 짓는다. 리처드는 마가레트가 자기를 부르는 것으로 알아들은 시늉을
    하며, '뭐요?'라고 묻는다. 마가레트가 널 부른 게 아니라고 답하자(237행), 리
    처드는 이 말을 되받아치며, 여태까지 자기는 마가레트가 리처드 자신을 향해
    악담을 한 것으로 오해하였다는 말로 눙침으로써 지금까지 마가레트가 퍼부은
    저주를 무효화한다.

마가레트

허울뿐인 불쌍한 왕비, 내 구실 대신하는 것 ―
왜 저 곱사등이 거미한테 달콤한 말이나 하지?   *245*
너를 죽이려 거미줄을 쳐놓고 있는데 말이야 ―
바보 같으니라구 ― 너 죽일 칼날을 갈아 주는구나.
독을 품은 이 곱사등이 두꺼비를 저주하는 일에
도움을 베풀어 달라고 내게 애원할 날이 올 거다.

헤이스팅스

엉터리 예언 하는 당신, 광기 어린 저주 멈추시오.   *250*
우리 인내심을 움직이면 당신에게 해로울지 몰라요.

마가레트

부끄러운 줄 알아 ― 너희가 내 인내심을 움직였어.

리버스

제대로 대접 받으려면, 처신을 바르게 해요.

마가레트

날 제대로 대접하려면, 모두 처신 바르게 해.
날 왕비 대접하고, 내 신민처럼 행동하란 말이야.   *255*
나를 제대로 대접하고, 그러는 법 배우란 말이다.

도세트

말대꾸 맙시다. 미친 여자예요.

마가레트

닥쳐, 애송이 후작, 건방진 놈―

금방 찍어낸 금화처럼, 넌 통화가치도 없어.

넌 신출내기 귀족이지만, 고귀한 신분을 잃고   260

비참하게 느끼는 게 어떤 건지나 알거라.

신분 높은 자들에겐 흔들어대는 바람이 많고,

그래서 추락하게 되면, 산산조각이 나고 말아.

리처드

정말 좋은 충고일세! 잘 배워 두게, 후작.

도세트

저 말은 나뿐 아니라 각하께도 해당되지요.   265

리처드

그렇지 ― 훨씬 더 그렇지. 하지만 난 격이 달라.

독수리는 둥지를 삼나무 꼭대기에 틀기 때문에,

부는 바람을 희롱하고, 쪼이는 해도 우습게 알아.

마가레트

그리고 햇살을 그늘로 만들기도 해 ― 맙소사!

내 아들을 보아20 ― 지금 죽음의 그늘에 있잖아!   270

---

20 1막 1장 초두에 리처드가 들려주는 독백의 시작 부분에서와 마찬가지로, 'sun'
   과 'son'이라는 동음이의어(*homonym*)를 사용함으로써, 마가레트는 죽은 아들이
   자신에게는 태양과 같은 존재였다는 사실을 강조하고 있다. 그러나 번역에서는
   이 두 단어 중 하나를 골라 우리말로 옮겨 놓을 수밖에 없다.

그 눈부시게 찬란하던 햇살을 네 컴컴한 분기가
영원한 어둠 속에 가두어 버렸지 않았느냐?
네가 말하는 독수리 둥지는 본래 우리 것이야.
하느님, 이걸 보시면서, 묵인하지 마오소서.
피 흘려 얻은 것이니, 피 흘리며 잃을 것이다.   *275*

버킹엄
부끄러운 줄 알고 그만둬요. 자비가 아니래도 말예요.

마가레트
자비심이고 부끄러움이고 나한테 강요하지 말아.
당신은 나를 무자비하게 대접해왔고,
내 희망을 짓밟아 부끄럽게도 좌절시켰지 않아?
내가 베풀 자비는 분노이고, 내 삶은 부끄러움이라네.   *280*
그 부끄러움 속에 내 슬픔의 광기는 언제나 살아있어.

버킹엄
그만두세요, 그만 —

마가레트
아, 군왕다운21 버킹엄 공, 나 그대와 한마음이고
그대 좋아한다는 표시로 그대 손에 입 맞추리다.
그대와 그대의 가문에 번영이 함께하기를 비오.   *285*

---

21 버킹엄 공작 헨리 스태포드(Henry Stafford)는 에드워드 3세의 막내아들 글로스
   터 공작 토머스 우드스톡(Thomas Woodstock, the Duke of Gloucester)의 후
   손이므로 이 형용사를 쓰는 것은 무리가 없다.

그대 입은 옷은 우리 가문의 피로 얼룩진 적 없고,
따라서 그대는 내 저주의 테두리 안에 있지 않소.

버킹엄
그리고 여기 계신 아무도요 — 저주의 말은 저주를
입에 담는 사람의 입술을 넘는 법이 없으니까요.

마가레트
내 말이 하늘에 올라가 평화로이 잠들어 계신   *290*
하느님을 깨우리라 나는 믿어 의심치 않아요.
아, 버킹검 공, 저기 있는 개를 조심해요.
저자가 꼬리칠 땐 물려는 게고, 저것이 물면,
독기 서린 이빨이 치명상을 입힐 거예요.
저자하고는 상종을 말아요. 저자를 조심해요.   *295*
죄와 죽음과 지옥이 저자 몸에 깃들어 있고,
그 못된 기운이 저자를 따라다녀요.

리처드
저 여자 무어라 지껄이고 있소, 버킹엄 공?

버킹엄
귀담아 들을 말이 아니올습니다, 각하.

마가레트
아니, 그래, 내가 들려주는 충고를 비웃고,   *300*
내가 경계하라 일러준 저 악마를 위로해?

아, 저자가 당신 심장을 슬픔으로 쪼개는 날이
언제고 반드시 올 테니, 내 말을 기억했다가,
불쌍한 마가레트는 예언자였다고 말하구려.
저자는 너희를 미워하고, 너희는 저자를 미워하고,   305
또 하느님은 너희 모두를 미워하실 테니, 잘살아 보렴. 〔**퇴장**〕

버킹엄
저 여인의 저주를 듣자니 머리칼이 쭈뼛 서는군요.

리버스
나도 그래요. 왜 맘대로 살게 놓아두는지 모를 일이오.

리처드
비난할 수도 없지. 성모님의 이름으로 하는 말이지만,
참담한 일을 너무 많이 겪었소. 그 과정에 관여해서,   310
내가 저분에게 한 일들을 생각하면, 가책을 느낀다오.

엘리자베스
내가 알기로는, 난 저분에게 잘못한 게 없어요.

리처드
그러나 저분 고통이 준 이득을 향유하고 계시오.
난 어느 분을 위해 좋은 일 하려 열성을 다했는데,
그분은 그 일을 까맣게 잊은 것 같소이다만 —   315
클라런스만 해도 그래요 — 받은 보답이 무어요?
일껏 충성한 결과가 우리에 갇혀 살찌는 것 아니오?

일 이렇게 되도록 만든 자들을 하느님이 용서하시길 —

리버스
후덕하고 기독교인다운 말맺음이올시다.
우리에게 해악을 끼친 자들 위해 기도하시다니 —   *320*

리처드
나야 항상 그러지요. 〔혼잣말로〕 다 생각이 있어서야.
방금 저주라도 했다면, 그건 나를 저주하는 걸 테니 —

케이쓰비 등장 †

케이쓰비
왕비전하, 전하께서 부르십니다.
각하와 여기 계신 다른 분들도요 —

엘리자베스
케이쓰비 경, 갈게요. 경들도 함께 가시겠어요?   *325*

리버스
분부대로 하겠습니다.

리처드만 남고 모두 퇴장 †

리처드

일을 저질러 놓고 나서, 먼저 툴툴대는 거야.
비밀스런 흉계를 꾸며 굴러가게 만들어 놓고,
그 책임을 무고한 다른 사람들에게 들씌우는 거지.
사실은 내가 클라런스를 어두운 감옥에 처넣고는,   330
쉽게 속아 넘어가는 자들에겐 슬퍼하는 척하는 거야.
이를테면 더비, 헤이스팅스, 버킹엄 같은 자들 말이야.
그리고 이자들에게는, 왕비와 그 측근들이 임금을
충동질해 클라런스를 미워하게 한다고 말하는 거야.
이제 저들은 내 말을 믿을 뿐 아니라, 리버스, 도세트,   335
그레이에게 보복하라고 내게 종용하는 정도라니까 ─
그러면 난 한숨짓고, 성서 한 구절을 인용하면서,
하느님은 악을 선으로 갚으라셨다고 말해 주는 거야.
이처럼 나는 실제로는 악랄한 게 뻔한 계획을
성경에서 훔쳐온 말 부스러기 넝마로 감싸서,   340
사실은 악마 짓을 하면서, 성자 행세를 하는 거야.

자객 둘 등장 †

헌데 잠깐, 여기 해치울 놈들이 오는군.
그래 어떤가, 내 억세고 굳건하고 단호한 친구들,
이제 이 일을 해치울 텐가?

자객 1

그렇습니다, 각하. 그래서 그 사람 있는 데로   345
들어갈 수 있도록 허가증을 받으려 왔습니다.

리처드

생각 잘했네. 내가 그걸 여기 준비해 두었지.
일을 끝내면, 크로스비 저(邸)로 서둘러 오게.
헌데 자네들, 신속하게 해치워야 하네.
모질게 마음먹고—그자 애원은 듣지도 말아.   350
클라런스는 언변이 좋아서, 그자 말에 귀기울이면,
자네들 마음이 어쩌면 흔들릴지도 몰라.

자객 2

체, 걱정 마십쇼. 주절대고 어쩌고 할 틈도 없을 텐뎁쇼.
말 많은 놈들 일 못합니다. 믿어 주십쇼.
손쓰려 가는 거지, 혀 놀리려 가는 게 아닌뎁쇼.   355

리처드

바보들이야 눈물 떨구겠지만, 자네들 눈빛은 달라.
자네들 마음에 드는군. 곧바로 일 시작하게.
가서 얼른 해치워.

자객들

그러겠습니다, 각하.

모두 퇴장

1막 4장

런던 탑. 클라런스와 브래큰베리1 등장

브래큰베리

오늘은 왜 그리 침울해 보이십니까?

클라런스

아, 간밤엔 잠자리가 아주 고약했다오. 무서운
꿈을 많이 꾸었고, 흉측한 광경도 많이 보아서,
신실한 기독교인으로서 거짓 없이 하는 말이오만,
그런 밤은 또 다시 보내고 싶지가 않소. 설령 그것이   5
행복한 나날로 찬 세상을 얻기 위해서일지라도 말이요 ―
무시무시한 공포로 가득 찬 시간이었다오.

---

1 Antony Hammond와 G. Blakemore Evans는 브래큰베리 아닌 옥졸(Keeper)이
클라런스와 함께 등장하는 것으로 보았다. 그러나 공작의 신분인 클라런스가
일개 옥졸에게 자신이 꾼 악몽을 상세하게 들려준다는 것은 아무리 연극이라
해도 현실성이 없다. 더구나 클라런스 자신이 저질렀던 과거의 악행을 일개 옥
졸에게 토로한다는 것은 우습기조차 하다. 나는 Hardin Craig와 G. B. Harrison
의 텍스트를 따라 브래큰베리가 이 장면 초두에 등장하는 것으로 본다. 만약에
75행에서 '옥졸'이 말하듯, 클라런스가 잠을 자는 동안 곁에 있기로 했다면, 그
가 퇴장하는 시점이 명확하지 않다. 또 Evans와 Hammond의 텍스트에 나타난
대로, 브래큰베리가 잠들어 있는 클라런스 앞에 나타나, 느닷없이 모랄라이즈
한다는 것도 부자연스럽다.

76

브래큰베리
무슨 꿈을 꾸셨습니까? 제게도 좀 들려주시지요.

클라런스
런던 탑을 탈출해서, 버건디를2 향해 바다를
건너갈 양으로, 배를 타고 있는 것 같았다오.   *10*
그런데 내 아우 글로스터가 함께 있었소.
아우는 선실에서 나를 불러내, 갑판 위를 함께
걷자고 했소. 거기서 영국 땅으로 시선을 던지고,
요크 집안과 랭커스터 집안 사이의 전쟁중에
우리들에게 닥쳤던 수많은 역경의 순간들을   *15*
회상하고는 했다오. 갑판 위에 걸쳐 있는,
보기에도 아찔한 발판 위를 함께 거닐다가,
글로스터가 발을 헛딛었는데, 넘어지면서,
자기를 붙잡아 주려던 나를 뱃전 밖으로 내치어,
나는 넘실대는 파도 속으로 휩쓸리고 말았소.   *20*
아, 하느님! 물에 빠져 죽는 게 얼마나 괴롭던지!
두 귀는 끔찍스런 파도 소리로 먹먹하고,
눈에 보이는 건 추악한 죽음의 형상들이었소!
일천이나 되는 처참한 난파선들을 보았고,
만 명이 되는 사람들이 물고기에 뜯어 먹혔고,   *25*
금괴며, 거대한 닻이며, 산적한 진주알 더미며,
헤아릴 수 없는 보석들, 값을 매길 수 없는 패물들이

---

2 클라런스의 아버지 요크 공작 리처드가 1460년에 웨이크필드에서 죽임을 당하
  자, 클라런스 공 조지와 그의 아우 리처드는 안전을 위해 버건디 ― 즉 홀런드
  ― 로 피신한 적이 있다.

바다 밑바닥에 온통 흐트러져 있는 거였소.
죽은 사람 해골 속에도 있고, 한때 두 눈 박혀 있던
구멍 속에도 있었는데, 거기에서 ― 마치 보는 사람 눈을   30
조롱하듯 ― 반짝이는 보석들이 흘러나오는 것이었소.
그 보석들은 깊은 바다 미끈거리는 바닥을 구르며,
주변에 흩어진 죽은 사람의 뼈들을 조소하는 거였소.

브래큰베리
죽음을 맞는 순간에 무슨 여유가 있어
그 깊은 바닷속 비밀들을 보셨습니까?   35

클라런스
그럴 틈이 있는 듯했소. 그리고 여러 차례나
영혼을 내어놓으려 했소. 헌데 그놈의 못된 물살이
내 영혼을 가두어버려, 광활하고 자유로운 허공으로
길을 찾아나가지 못하도록 하였을 뿐만 아니라,
헐떡이는 내 몸 안에서 질식시키는 것이었소.   40
내 몸은 바다에 영혼을 토하려 거의 터질 지경이고 ―

브래큰베리
그런 악몽에서 깨어나지도 않으셨나요?

클라런스
아니오. 내 꿈은 저승으로까지 계속됐다오.
아, 그러자 내 영혼에 폭풍이 불어닥쳤소.
시인들이 이야기하는 그 심술궂은 사공과   45

영원히 지속되는 밤의 왕국을 향해

그 암울한 지옥의 강을 건넌 것 같았다오. 3

거기서 새로 도착한 내 영혼을 처음 맞은 건

거인이셨던 내 장인, 명성 높은 워리크였는데, 4

큰 음성으로 이렇게 말씀하더군. "이 어두운 왕국이   *50*

신의 없는 클라런스의 배신에 어떤 응징을 할 것인가?"

그리고는 사라지셨소. 그러자 천사인 듯싶은

유령 하나가 날아드는데, 그 환한 머리칼이

피로 얼룩져 있었고, 커다랗게 소리치는 거였소. 5

"클라런스가 왔다! 속임수나 쓰고, 이리저리 마음 바꾸고,   *55*

튜크스베리 벌에서 나를 찌른 배신자 클라런스가!

저놈을 덮쳐라, 복수의 여신들아! 형틀에 매어라!"

그 말이 끝나자, 끔찍스런 악귀들이 나를 둘러싸고,

내 귀에다 하도 소름끼치는 비명을 질러대는지라,

그 소리를 듣고, 나는 부들부들 떨며 잠에서 깨어났고,   *60*

그 후론 한동안 내가 지옥에 갔다 온 걸

믿지 않을 도리가 없었으니,

내 꿈은 그토록 무서운 인상을 남겼던 것이오.

브래큰베리

두려움에 질리신 것 이상할 게 없군요, 공작님.

---

3 죽은 사람의 영혼은 지옥의 강 스틱스(Styx)를 건너야 하는데, 나룻배를 젓는
  사공의 이름은 케어런(Charon)이다.
4 클라런스는 'King-maker'로 불렸던 워리크의 큰딸 이사벨 네빌 ─ 앤의 언니 ─
  과 결혼했다. 클라런스의 배신행위는 1막 3장(135행)에서 이미 언급되었다.
5 여기 언급된 혼령은 헨리 6세의 아들인 웨일즈 왕자 에드워드이다.

저는 말씀을 듣는 것만으로도 무섭습니다.   65

클라런스
보시오, 브래큰베리 간수장, 지금 내 영혼을
죄책감으로 다그치는 그 몹쓸 일들을 한 건
내 형 에드워드를 위해서였다오. 그런데 이게 그 보답이오.
아, 하느님, 저의 깊은 기도에도 노여움을 풀지 않으시어,
저의 잘못된 행동을 응징으로 다스리셔야 한다면,   70
주님의 분노를 저 한 몸에만 내려주소서.
죄 없는 제 아내와 불쌍한 자식놈들은 살려주소서.
여보게, 간수장, 내 곁에 잠시 있어주게나.
내 영혼이 무거운지라 잠이라도 자야겠소.

브래큰베리
그리하겠습니다, 공작 어른. 편히 쉬십시오.   75
〔클라런스 잠든다〕
슬픔이 때를 안 가려 휴면의 시간마저 흩뜨리니,
밤은 아침이 되고, 대낮은 밤이 되는구나.
왕손들이 갖는 칭호라야 헛된 영광뿐인 것을!
겉으로는 영예로우나 속은 괴로움으로 찬 것 —
허울뿐이고 실속 없는 영광을 추구하면서,   80
저들은 초조한 근심의 수렁에 자주 빠져들지.
그래서 저들의 호칭과 별것 아닌 이름 사이엔,
겉으로 드러난 명성밖에는 다를 게 전혀 없어.

두 자객들 등장 🗡

자객 1
어, 뉘시오?

브래큰베리
무슨 용무인가, 자네?   85
헌데 여긴 어떻게 들어왔어?6

자객 2
클라런스하고 할 얘기가 있고, 두 발로 들어왔지요.

브래큰베리
아니, 그게 다야?

자객 1
장황하게 말해야 하나요?
〔자객 2에게〕 위임장 보여드려. 긴말 말고 ―   90

---

6 'In God's name what are you, and how came you hither?'(Hardin Craig) ; 'In
  God's name, what are you, and how came you hither?'(G. B. Harrison) ;
  'What wouldst thou, fellow? and how cam'st thou hither?'(G. Blakemore
  Evans) ; 'What would'st thou, fellow? And how cam'st thou hither?'(Antony
  Hammond). 브래큰베리와 자객들 사이의 짧은 대화와, 브래큰베리가 퇴장하고
  난 다음 두 자객들이 나누는 대화는 편집자에 따라 조금씩 다른데, 이에 관해
  지나치게 천착할 필요는 없을 것 같다.

브래큰베리 위임장 받아들고 읽는다. †

브래큰베리
여기 써있는 바로는, 클라런스 공작을
자네들 손에 넘겨주라는 명령이로군.
이게 무얼 뜻하는지 자세히 알고 싶지 않아.
난 차라리 아무것도 모르는 게 나을 듯하니 —
저기 공작이 잠들어 계시네. 열쇠는 여기 있고 —   95
나는 전하께 가서, 내가 맡았던 임무를
자네들에게 인계하였다고 보고 드리겠네.

자객 1
그러시지요. 현명한 생각이십니다. 그만 가보십시오.

브래큰베리 퇴장 †

자객 2
어쩐다 — 자는 동안 찔러버릴까?

자객 1
아냐. 깨어나면, 비겁한 짓거리라고 할 거야.   100

자객 2
체 — 마지막 심판 날이 올 때까진 못 깨어날 텐데.

자객 1

글쎄 그때 가서, 자는 동안 우리가 찔렀다고 할 거라니까.

자객 2

그 '마지막 심판'이란 말을 하다 보니,

맘 속에 가책 같은 게 생겨나는 걸.

자객 1

아니, 지금 겁이 난 거야?   105

자객 2

위임장이 있으니까, 죽이는 건 겁 안 나는데,

사람 하나 죽이고 지옥에 떨어지는 건 겁나.

위임장이고 뭐고 날 지켜주지 못할 테니까 —

자객 1

결심이 선 줄 알았는데 —

자객 2

그렇다니까 — 살려주기로 —   110

자객 1

글로스터 공작한테 돌아가서, 그러기로 했다고 말씀드려야지.

자객 2

안 돼, 잠깐 기다려. 내 측은지심이 바뀔 거야.

스물까지 세고 나면 대개는 없어지곤 했거든 —

자객 1
지금은 좀 어때?

자객 2
양심이란 것의 찌꺼기가 아직도 조금은 남아있는 것 같애.   *115*

자객 1
일이 끝난 다음 받을 상급을 기억해.

자객 2
빌어먹을, 죽이자! 상급을 잊었구나.

자객 1
네 양심은 지금 어딨어?

자객 2
응, 글로스터 공작 지갑 속에 —

자객 1
공작이 우리한테 상급을 주려고 지갑을 열면,   *120*
네 양심은 달아나 버려?

자객 2
상관없어. 갈 테면 가라지.
양심대로 하는 사람 거의 없어.

자객 1
그게 다시 돌아오면 어쩌게?

자객 2
신경 안 쓸래. 사람을 겁쟁이로 만들어.   *125*
무얼 훔치려 하면, 어김없이 힐책을 하고,
큰소리치려 하면, 꼭 그러지 못하게 막고,
이웃집 여자하고 자려 하면, 금방 알아채고,⁷
얼굴을 붉히고 염치를 아는 정신인지라,
사람 가슴에서 반란을 일으키는 놈이야.   *130*
걸리적거리는 생각으로 사람 마음을 채우지.
우연히 주운 돈 지갑을 돌려준 적도 있어.
양심 가진 놈은 가난하게 마련이야.
위험한 것이라 도회지 밖으로 내몰렸잖아.
해서 잘살아 보겠다는 사람은 자신만 믿고,   *135*
양심 같은 건 없이 살아 보려 하는 거야.

자객 1
젠장, 그게 내게도 바싹 다가와서,

---

7 이 행의 원문은 'a man cannot lie with his neighbour's wife but it detects him' 인데, 여기서 'lie'는 '잠자리를 같이한다'는 뜻과 '거짓말한다,' 즉 '속임수를 쓴다'는 두 가지 의미가 중첩되어 있다. 특히 'detect'라는 단어와 연결지으면, 후자의 뜻을 배제할 수 없다. Hardin Craig와 G. B. Harrison이 편집한 텍스트에는 이 대사의 처음 부분인 'it makes a man a coward'(번역문의 128행) 앞에 'it (conscience) is a dangerous thing'이란 절이 들어있다. 그런데 'a dangerous thing'이란 구는 나중에 번역문 137행에서 다시 나타나기 때문에, 나는 Evans와 Hammond의 텍스트를 좇기로 했다. 셰익스피어가 쓴 대본에서 똑같은 구가 한 대사 안에서 되풀이 되는 경우는 극히 드물다고 보기 때문이다.

공작을 죽이지 말라고 하는구나.

자객 2
그 빌어먹을 놈의 양심일랑 접어두고, 믿지도 말아.
그게 네 맘을 움직이면, 결국 후회하게 되고 말아.   *140*

자객 1
난 의지가 굳어. 양심이 날 이길 수 없어.

자객 2
자기 평판을 존중하는 용감한 사람처럼 말했어.
자, 일을 시작할까?

자객 1
칼 손잡이로 대갈통을 갈겨. 그런 담엔
옆방에 있는 술통에다 처박아 넣는 거야.   *145*

자객 2
야, 기찬 생각이다! 술에 전 떡 만든다 이거지?

자객 2
쉬 — 잠 깬다.

자객 1
갈겨!

자객 2
아냐, 얘기 좀 해보자.

클라런스
〔깨어나며〕 옥지기, 자네 어디 있나? 나 술 한 잔 주게.   *150*

자객 2
좀 있으면 실컷 마실 수 있어요, 어르신.

클라런스
넌 도대체 누구냐?

자객 2
사람이요 ― 당신처럼 ―

클라런스
헌데, 넌 나처럼 왕친(王親)은 아니지?

자객 1
헌데, 넌 우리처럼 상전과 절친하진 못해.   *155*

클라런스
목소리는 우렁찬데, 몰골은 후줄그레하구나.

자객 1
내 목소린 지금 전하의 것이고, 내 몰골은 내 거지.

클라런스
말투가 음산하고 위협적이구나.
눈매는 사나운데, 왜 창백한 얼굴이냐?
누가 널 이리 보냈어? 왜 온 거야?   *160*

자객들
그게 — 저 —

클라런스
날 죽이려?

자객들
그렇소.

클라런스
그렇다고 말하는 걸 힘들어 하는 걸 보니,
그 짓을 할 심장은 더더군다나 없을 게야.   *165*
이보게들, 내가 자네들한테 잘못한 게 무언가?

자객 1
우리한테 잘못한 건 없지만, 전하한테는 했겠지요.

클라런스
곧 마음을 돌리시게 돼 있어.

자객 2
절대로 안 그래요. 죽을 채비나 해요.

클라런스

죄 없는 사람 하나 죽이라고 이 세상의 그 숱한   *170*
사람들 중에서 뽑혔나? 내 죄목이 무어라던가?
내 죄를 입증하는 증거는 어디 있다고 하던가?
어느 적법한 배심원들이 이마 찌푸리는 판관에게
그것들의 판결을 고했다던가? 아니면, 누가 불쌍한
클라런스에게 사형이란 쓰린 선고를 내렸던가?   *175*
법이 정한 절차에 따라 내가 유죄선고를 받기 전에,
죽음으로 나를 겁박함은 더할 나위 없는 불법이야.
자네들도 영혼이 구원받기를 바랄 터이니, 개탄할
우리들의 죄 사함을 받도록 크리스토께서 흘리신
피에 걸어 명하니, 내게 손 하나 대지 말고 떠나게.   *180*
자네들이 하기로 떠맡은 짓은 저주받아 마땅해.

자객 1

우린 명을 따라 하는 것뿐이오.

자객 2

그리고 명을 내린 분은 전하이시오.

클라런스

무지한 불한당들! 군왕들의 제왕이신 하느님께서
주님의 율법을 밝힌 계명(誡命)에서 명하시기를,   *185*
살인을 저지르지 말라 하셨거늘, 자네들은 감히
주님의 교시를 저버리고, 인간의 명을 따르려 해?
조심해! 그분의 계율을 깨뜨리는 자들의 머리에

내려부으실 징벌을 그분은 준비하고 계셔.

자객 2
바로 그 징벌을 주님께서 당신한테 내리는 거요.   *190*
거짓 맹세로 배신하고, 살인도 저지르지 않았소?
랭커스터 가문 위한 전투에 참가하여 싸울 것을
성례 성찬 의식에서 임무로 부여받고 맹세했었소.

자객 1
그런데도 하느님의 이름을 욕되게 한 역도답게,
그 맹세를 깨뜨렸고, 더구나 모반의 칼을 휘둘러   *195*
당신 주군의 아드님의 배를 가르고 말았소.

자객 2
소중히 모시고 지켜 드리기로 맹세하고도 —

자객 1
주님의 계율을 어긴 당신의 죄가 그토록 크거늘,
어찌 우리한테 그걸 지키라고 설득하려는 거요?

클라런스
아, 누굴 위해 내가 그 악행을 저질렀던가?   *200*
내 형님 에드워드, 바로 그분을 위해서였어 —
그 일로 나를 죽이라고 너희를 보냈을 리 없지.
그 죄업엔 그분도 나 못잖게 연루돼 있었으니 —
그 행위를 응징하시려 함이 주님의 뜻이라면,

— 새겨들어 — 주님은 만천하에 터놓고 하실 터.   205
주님의 막강한 권능을 주제넘게 참칭하지 말어.
주님 뜻을 거스른 자들 목숨을 거두시는 일에,
그분은 에워가거나 부당하게 하실 필요가 없어.

자객 1
그렇다면 누가 당신을 피에 주린 살육자로 만들어,
씩씩하고 패기에 넘치던 용감한 플랜타지네트8 —   210
그 군왕다웠던 젊은이를 살해하도록 했소이까?

클라런스
형에 대한 내 사랑, 악마, 그리고 내 광기였지.

자객 1
당신 형의 사랑, 우리 의무, 그리고 당신의 잘못이
지금 우리가 당신을 살해하려 여기 온 이유라오.

클라런스
아, 자네가 내 형을 좋아한다면, 날 미워 말게.   215
난 그분의 아우이고, 나 그분을 좋아한다네.
돈을 받고 이 짓을 하려는 거라면, 돌아들 가.
내 아우 글로스터에게 자네들을 보낼 테니 —
내가 죽었단 소식 듣고 에드워드가 주는 것보다
더 많은 상급을 줄 거야. 날 살렸단 말 들으면 —   220

---

8 헨리 6세의 아들, 웨일즈 왕자 에드워드(1453~1471)를 말함. '플랜타지네트'
  (Plantagenet)에 대해서는 1막 2장 147행에 대한 각주 참고.

자객 2
잘못 알았소. 당신 아우 글로스터는 당신을 미워해.

클라런스
그럴 리 없어. 날 아끼지. 어서 가서 말해.

자객 1
그리하고말고요.

클라런스
이렇게 말해. 군왕다우셨던 우리 아버님 요크께서
그분의 무운 서린 팔로 세 아들들을 축복해 주시고,   *225*
우리들에게 서로 사랑하라고 충심으로 명하셨을 때,
이처럼 우애가 금 가리라곤 생각지 않으셨으리라고.
글로스터에게 이걸 기억하라 일러. 그러면 울 테지.

자객 1
그럼, 보송보송한 눈으로 — 우리한테 가르친 대로 —

클라런스
그 사람을 헐뜯지 말아. 착한 사람이야.   *230*

자객 1
그럼요, 추수할 때 내리는 눈 같지요. 9

---

9 〈잠언〉 26장 1절 참고.

자, 눈감고 아옹하지 말아요. 바로 그분이
당신을 죽이라고 우리를 여기로 보냈소.

클라런스
그럴 리 없어. 내 불운을 슬퍼했고,
나를 껴안아 주고 흐느껴 울면서, 내가   *235*
방면되도록 애써 보겠다고 맹세했는걸.

자객 1
그런다니까요. 이 지상의 속박을 벗어나,
천국의 환희를 맛보도록 해드린다잖소?

자객 2
하느님과 화해해요. 곧 돌아가실 테니 ─

클라런스
자네들 영혼에도 그처럼 경건한 느낌이 있어,   *240*
나보고 하느님을 편안히 맞으라 충고하면서,
자네들 자신의 영혼에는 그토록 눈이 멀어,
나를 살해함으로써 주님을 진노케 하려 드나?
자네들, 알아두게. 자네들에게 이 짓을 하도록
부추긴 자들은 일 끝나면 자네들을 미워할 걸세.   *245*

자객 2
어떻게 할까?10

---

10 동료에게 묻는 말.

클라런스

마음 돌려먹고, 영혼을 구하게.

자객 1

마음을 돌려? 아냐. 그건 비겁하고 연약한 짓이야.

클라런스

모진 마음 먹는 건 짐승, 야만인, 악마에게나 어울려.

만약 자네들 중 하나가 왕손으로 태어나,   *250*

지금 나처럼 감옥에 갇혀 있는데, 자네들 같은

자객 둘이 나타난다면, 살려 달라고 간청하지 않겠나?

그럼, 내 처지라면 빌었을 거야.

〔**자객 2에게**〕 이보게, 자네 눈에 연민의 빛이 보이는군.

아, 자네의 눈이 아첨을 하는 것이 아니라면,   *255*

자네 내 편이 되어, 날 위해 간청해 주게.

구걸하는 왕손을 어느 거지가 불쌍해하지 않겠나?

자객 2

뒤를 봐요, 어르신!

자객 1

〔**클라런스를 찌르며**〕 자! 한 번 더! 이래도 충분치 않다면,

저 안에 있는 술통 속에 수장(水葬)시켜 주마. 〔**시신 끌고 퇴장**〕   *260*

자객 2

잔혹한 짓을 무자비하게 저질렀구나. 11

94

필라토가 그러했듯, 나 또한 이 끔찍한
살인으로 피 묻은 손을 씻고 싶구나.

자객 1 재등장 ⸸

자객 1
왜 그래? 날 도와주지 않는 건 어쩐 일이야?
자네가 얼마나 얼뜨게 굴었는지 공작한테 말해야겠어.   *265*

자객 2
그 형을 살려 주었다고 알려 줄 수 있었으면 좋았을 걸—
돈은 자네가 다 갖게. 그리고 내 말 그대로 전해.
클라런스 공작 죽인 게 후회가 돼—〔**퇴장**〕

자객 1
난 안 그래. 가거라, 겁쟁이 녀석 같으니—
자, 매장하라는 공작의 지시가 있을 때까지   *270*
시신을 어느 구덩이에다 숨겨 놓아야겠지.
그리고 상급을 받아낸 다음엔, 튀는 거다.
일은 들통이 날 테고—그러니 남아있으면 안 돼.〔**퇴장**〕

---

11 원문은 'A bloody deed, and desperately dispatch'd'인데, 여기서 들리는 〔d〕의
  두운을 번역문에서 살려내기란 거의 불가능하다. 나는 다만 〔ㅈ〕 소리를 반복하
  는 것으로 대신해 보았다.

2막 1장

궁전. 나팔소리.
병든 임금 에드워드 4세, 엘리자베스 왕비, 도세트,
리버스, 헤이스팅스, 버킹엄, 그레이 등장 †

임금
그러면 되었소. 이만하면 하루 몫의 일은 한 셈이오.
제관들, 이 일치된 화합의 상태가 지속되도록 하오.
이 세상으로부터 나를 구원하시려는 주님의 부름이
있기를 날이면 날마다 나는 기대하고 있다오.
지상에 있는 나의 벗들을 서로 화평토록 주선하였으니,   5
내 영혼은 보다 평화로이 하늘나라로 떠날 수 있겠소.
리버스, 그리고 헤이스팅스, 서로 손을 맞잡구려.
서로의 미움을 덮기만 하지 말고, 우정을 맹세하오.

리버스
하늘에 맹세코, 내 영혼은 원한 따위는 다 씻어냈고,
이렇게 손 내밀어 진심에서 우러난 우의를 다짐하오.   10

헤이스팅스
나도 진심으로 같은 맹세를 하여 마음 편코자 하오.

임금
그대들의 임금 면전에서 마음에 없는 말 않도록 하오.
모든 군왕들의 지고(至高)한 주군이신 하느님께서
그대들의 감춰진 허위가 드러나게 하시어, 어느 쪽이건
상대방의 죽음을 초래하는 결과를 원치 않는다면 말이오.   *15*

헤이스팅스
완벽한 우의를 맹세하여 내 번영을 기대해 보겠소.

리버스
헤이스팅스 경을 우의로 대하여 나도 그리하리다.

임금
부인, 그대도 이 문제와 무관하지가 않소.
그리고 내겐 아들인 너, 도세트도―버킹엄, 그대도―
그대들은 파당을 지어 서로 간에 불목하였소.   *20*
부인, 헤이스팅스 경을 아끼시오. 그대 손에 입 맞추게 하오.
그리고 그대가 무엇을 하든, 거기에 거짓이 없도록 하오.

엘리자베스
자, 헤이스팅스 경, 우리가 서로 가졌던 미움을 더는
기억하지 않으리오. 그리하여 나와 내 일족에 복 있기를―

임금
도세트, 헤이스팅스를 포옹하라. 헤이스팅스, 후작을 아껴 주시오.   *25*

도세트
이 우정의 교환을 차후로 내가 훼손하는 일이
결코 없을 것임을 나 이 자리에서 선언합니다.

헤이스팅스
나도 그리 맹세하오. 〔**도세트와 포옹을 나눈다**〕

임금
자, 왕손다운[1] 버킹엄 공, 내 아내의 친족들과
포옹을 나누어 이 맹약을 확실하게 봉인하고,   30
그대들의 화합으로 과인을 기쁘게 하여 주오.

버킹엄
버킹엄이 왕비전하를 향해 적의를 품는다거나,
왕비전하와 왕비전하를 가까이 모시는 분들을
성심으로 대하지 않을 때에는, 주께서 벌을 내리시어,
극진한 우의를 기대했던 사람들이 미움을 갖게 하소서.   35
친우의 도움을 절실히 필요로 하고, 한 사람이 내게
진정한 벗임에 틀림없다고 확신하였을 때, 사실은
교활하고, 불성실하고, 간교하고, 위선으로 가득 찬
사람이게 하소서. 전하와 더불어 가까운 분들에 대한
우의가 식게 된다면, 주께서 그리하시기를 빕니다. 〔**왕비를 포옹한다**〕   40

---

1 버킹엄 공작 헨리 스태포드(Henry Stafford)는 에드워드 3세의 막내아들 글로스
  터 공작 토머스 우드스톡(Thomas Woodstock, the Duke of Gloucester)의 후손
  이므로 이 형용사를 쓰는 것은 무리가 없다. 1막 3장 280행의 각주 참조.

임금
왕손다운 버킹엄 공, 그대의 이 맹세는
내 병든 가슴을 원기로 북돋아 주는구려.
과인의 아우 글로스터가 여기 있었더라면,
이 화합이 완벽하게 마무리 지어졌을 것을 ―

래트클리프와 리처드 등장 †

버킹엄
마침 때맞추어,   *45*
여기 리처드 래트클리프 경과 공작께서 오십니다.

리처드
전하와 왕비전하께 문안드립니다. 그리고
고귀하신 제위도 좋은 시간 보내고 있기를!

임금
좋다마다! 여태껏 보낸 시간만 보아도 그렇네.
글로스터, 과인이 자비로운 일을 이루어냈으니,   *50*
이 자존심 강하고 근거 없는 분노 머금은 동료들 사이의
적의를 평화로, 미움을 사랑으로, 바꿔 놓는 일이었다네.

리처드
참으로 복된 성총(聖寵)을 베푸셨습니다, 전하!
여기 모인 고귀한 분들 중에 ― 어느 누구든,
거짓된 정보 아니면 잘못된 추측에 근거하여,   *55*

나를 적으로 여기는 분이 있다면 —
나도 모르는 사이에, 아니면 화가 난 상태에서,
여기 계신 분들 중 어느 한 분에게 몹쓸 언행을
내가 한 적이 있다면, 나는 그분과 화해하여
우의가 깃든 친화를 이루기를 바랍니다.   60
서로 적대하는 건 내게는 죽음과 같소이다.
적의를 혐오하고, 선인(善人)들 사랑을 받고 싶소.
먼저, 왕비전하, 참된 화해를 간청 드리옵고,
성심으로 모심으로써 이를 성취하겠나이다.
내 고매한 종친 버킹엄 경, 그대와도 —   65
우리 둘 사이에 조금이라도 앙금이 있었다면 —
그대, 리버스 경, 그리고 그레이 경, 그대와도 —
그대들은 이유 없이 내게 눈살을 찌푸렸지만 —
공작, 백작, 귀족, 신사 — 그 모든 분들과 말씀이오.
바로 오늘밤 갓 태어난 아기가 그러하듯,   70
나 또한, 나의 영혼과 조금이라도 껄끄러운
관계에 있는 살아있는 영국인2을 알지 못하오.
내 겸양에 대해 나는 주님께 감사를 드린다오.

엘리자베스
차후로는 오늘을 경건한 날로 삼아야겠지요.
모든 갈등이 다 해소되었기를 주님께 빌어요.   75
전하, 클라런스 아주버님을 부디 성총(聖寵)으로

---

2 원문은 'that Englishman alive'인데, Antony Hammond가 편집한 텍스트에는
  'that Englishmen alive'로 되어있다. 이는 분명히 오류일 것이다.

감싸 주십사는 청원을 전하께 드리고 싶습니다.

리처드

아니, 왕비전하, 내가 우애를 맹세한 결과가 이건가요?

전하의 면전에서 이렇게 조롱을 당하다니 ─

그 선량한 공작이 죽은 걸 모르는 사람이 있어요? 〔모두 **깜짝 놀란다**〕 *80*

이미 죽은 사람을 가지고 농담을 하다니 ─

리버스3

죽은 걸 모르는 사람이 있냐고? 그렇게 아는 사람은 또 누구요?

엘리자베스

하느님 맙소사, 세상이 어찌 돌아가는 건지!

버킹엄

도세트 경, 나도 다른 분들처럼 창백하오?

도세트

그렇소이다. 여기 있는 사람치고 얼굴에서   *85*

핏기가 가시지 않은 사람이 없소이다.

임금

클라런스가 죽었다고? 명을 번복했는데 ─

---

3 *The Riverside Shakespeare*에는 화자가 임금인 것으로 되어 있다. Craig, Harrison,
  Hammond는 모두 리버스가 화자인 것으로 본다.

리처드

하지만 불쌍하게도 첫 번째 명에 의해 죽었어요.

날개 달린 머큐리4가 그 명을 전했던 게지요.

꾸물거리는 절름뱅이5가 취하명령을 가져갔는데,   90

뒤늦게 간 바람에 일은 벌써 끝난 다음이었지요.

누군지 모르지만, 신분이 시원찮고, 신실하지 않고,

혈연은 없지만, 해악을 끼치려 혈안이 된 자들이

불쌍한 클라런스가 겪은 것보다 더한 불운을

겪지 않으면서, 의심 아니 받고 살기를 바랍니다. 6   95

더비 백작 스탠리 등장 ✟

스탠리

저의 충정을 감안하시어 성총(聖寵)을 베푸소서.

임금

제발 날 놓아두시오. 내 영혼은 슬픔으로 가득하오.

스탠리

전하께서 제 말을 들어주셔야만 일어나겠습니다.

---

4 Mercury는 전령의 신. 그리스 신화에서는 Hermes이다.

5 글로스터 자신을 암시하는 말일 수도 있는데, 그렇더라도 이는 글로스터 자신만
  이 알 수 있는 '블랙휴머'이다.

6 글로스터는 왕비의 측근들을 겨냥하여 이 말을 하는데, 반어법을 쓴 야유조의
  말이다.

임금
허면 그대의 요구가 무엇인지 빨리 말씀하오.

스탠리
근자에 노포크 공작을 수행하여온   *100*
한 방약무인한 신사를 오늘 살해한
제 종자(從者)의 생사여탈권이옵니다, 전하.

임금
내 자신의 혀로 내 아우의 죽음을 선고하고,
바로 그 혀로 종 하나는 사면한단 말인가?
내 아우는 아무도 안 죽였어. 죄가 있다면,   *105*
생각뿐인데, 받은 벌은 가혹한 죽음이었어.
누가 그 사람을 위해 탄원했던가? 내가 분노했을 때,
누가 내 발치에 무릎을 꿇고 심사숙고하라 권했던가?
누가 형제 간의 정리를, 우애를 말해 주었던가?
그 불쌍한 것이 막강한 워리크 진영을 떠나,   *110*
나를 위해 싸운 것을 누가 내게 일깨워 주었던가?
튜크스베리 들판에서 옥스포드가 나를 낙마시켰을 때,
나를 구해 주면서, 내게 "형님, 살아서 임금이 되세요"—
이렇게 말해 준 것을 내게 상기시켜 준 사람 있었던가?
우리 둘이 들판에 누워 얼어 죽게 되었을 때,   *115*
아우가 자기 옷을 벗어 나를 덮어 주고,
자신은 살을 에이는 추운 밤을 헐벗은 채
견뎌내었던 것을 누가 내게 말해 주었던가?
야수 같은 분노가 이 모든 것을 내 기억으로부터

잡아채 버렸지만, 그대들 중 그 어느 누구도   *120*

그걸 내 뇌리에 다시 넣어 줄 도량이 없었어.

그런데 그대들의 마부나 시중드는 하인이

취중에 살인을 저질러, 둘도 없는 우리 구세주의

소중한 영상(影像)에 훼손을 가하였을 때에는, 7

그대들은 곧바로 무릎 꿇고, "용서, 용서"를 빌어.   *125*

그러면 나는 부당하게도 사면을 허락할 밖에!

헌데 내 아우를 위해선 아무도 말하려 아니했고,

나 또한 매정스럽게도 불쌍한 내 아우를 위해

마음 돌리려 하지 않았어. 그대들 중 제일 오만한 자도

내 아우가 살았을 땐 그에게 경의를 표하였지만,   *130*

한 번이라도 그 목숨 건지려 청원한 사람이 없었어.

아, 하느님, 하느님의 심판이 저와 저들, 그리고

저의 가족과 저들의 가족에 내려질 것이 두렵습니다.

자, 헤이스팅스, 나를 침실로 데려다 주오.

아, 불쌍한 클라런스!   *135*

왕과 왕비를 따라 몇 사람8 퇴장

---

7 하느님이 인간을 창조하였을 때, 하느님 자신의 모습을 따라 하였다는 생각 —
즉 신인동형설(神人同形說; anthropomorphism) — 에 근거하여, 살인을 저지
르는 것은 하느님의 영상을 훼손하는 것이라는 말.

8 리처드가 이어서 들려주는 대사를 들으면, 무대 지시문의 '몇 사람' 중에 왕비의
친인척들이 포함되는 것은 분명하다. 물론 헤이스팅스는 에드워드의 명을 따라
함께 퇴장하는 것으로 되어 있다. 리처드가 '우리도 가서 에드워드를 위로해 주
자'는 말을 할 때, 'lords'라고 듣는 사람들을 복수로 부른다. 이 점을 감안하면,
임금, 왕비, 스탠리, 리버스, 도세트, 그레이가 먼저 퇴장하고, 리처드, 버킹
엄, 래트글리프가 뒤에 남았다가 함께 퇴장하는 것으로 보인다.

리처드

이것이 경거망동의 결과야. 클라런스가
죽었다는 말에, 죄를 진 왕비의 친척들이
창백하게 질리는 걸 보지 않았소?
아, 전하께 집요하게 졸라대더니 ―
하느님의 응징이 있을 게야. 자, 경들,   *140*
우리도 가서 에드워드를 위로해 드립시다.

버킹엄

각하 분부대로 하겠습니다.

모두 퇴장 †

2막 2장

궁전. 클라런스의 두 아이들과 함께 늙은 요크 공작부인 등장

소년
할머니, 말씀해 주세요. 우리 아버지 죽었어요?

요크 공작부인
아니.

소녀
왜 그렇게 자주 우세요? 가슴을 치면서요? 그리고
"아, 클라런스, 불쌍한 내 아들!" 그러시잖아요?

소년
우리 아버지가 살아 계시다면, 왜 할머니는   5
우릴 쳐다보시고, 머리를 흔드시다가는, 우릴
고아들이라고, 불쌍하다고, 버림받은 것들이라고 하세요?

요크 공작부인
귀여운 내 새끼들, 둘 다 틀렸어.
임금께서 아프시니 그게 슬프단다. 임금이
돌아가실까 보아서지, 네 아버지 죽어서가 아니야.   10

이미 죽은 사람을 애도하는 건 슬픔의 낭비가 아니냐?

소년
그렇다면, 할머니, 아버지가 죽었다는 말 아녜요?
임금님인 큰아버지가 잘못한 거예요. 하느님이
복수해 주실 건데, 내가 꼭 그래 주십사고
간절히 기도드릴 거예요.   *15*

소녀
나도 그럴 거예요.

요크 공작부인
시끄럽다, 이것들아, 시끄러워. 임금은 너희들을 사랑해.
아무것도 모르는 철없는 것들아,
너희 애비를 죽게 만든 게 누군지 너희들은 알 수가 없지.

소년
할머니, 알 수 있어요. 글로스터 아저씨가 그러시는데,   *20*
임금님이 왕비님의 꼬드김에 빠져, 아버지를
감옥에 가두어 버리려 구실을 만들어냈대요.
아저씨가 그 얘길 해 주실 때 울었어요. 나를
불쌍하다고 하시면서 내 뺨에다 입 맞춰 주셨고요.
또 아저씨를 아버지처럼 알고 의지하라고 하셨고,   *25*
나를 아저씨 아들처럼 사랑해 주시겠다고 했어요.

요크 공작부인
아, 교활이 그토록 상냥스런 모습을 훔쳐내어

덕성스런 가면으로 깊이 숨은 악을 감추다니!
그놈도 내 자식이지 — 그래서 창피스런 거야.
그래도 내 젖을 빨 때 이 간특함을 먹이진 않았어.　　　　　*30*

소년
아저씨가 거짓말했다고 생각하세요, 할머니?

요크 공작부인
그렇단다.

소년
난 그렇게 생각 안 해요. 응? 이게 무슨 소리야?

왕비 엘리자베스 머리를 흐트리고 등장; 리버스와 도세트 뒤따른다.

엘리자베스
아, 내가 울고불고 하며, 내 신세를 한탄하고,
나 스스로를 닦달하는 걸 누가 막을 것이야?　　　　　*35*
시커먼 절망과 한 몸이 되어, 나는 내 영혼을
괴롭히고, 나 스스로 자신에게 원수가 될 것이야.

요크 공작부인
왜 이리 정신을 잃고 소란을 피우는고?

엘리자베스
휘몰아치는 비극 한 장면을 보이려는 거지요.
내 남편, 당신 아드님, 우리 임금 에드워드가 숨을 거두었어요.　　*40*

뿌리가 사라졌는데 가지들은 왜 자라는 거지요?
수액(樹液)이 말랐는데 이파리들은 왜 안 시들죠?
살아남을 거면 애도하고, 죽을 거면 서둘러야 해요.
우리 영혼도 빨리 날아 전하의 영혼을 따라잡거나,
아니면 충직한 신민처럼 그분을 따라가서, 그분의   45
새로운 왕국, 변함없는 밤에 함께 이르도록 말예요.

요크 공작부인
아, 자네의 고귀한 남편에게는 어미가 되니,
나 또한 자네의 슬픔과 무관하지는 않거니.
나도 남부럽잖은 남편 죽음을 겪어 울었고,
그분 닮은 자식들을 그분인 양 보며 살아왔지.   50
허나 그분의 군왕다운 모습 비치던 거울 둘은
심술궂은 사신(死神)이 산산조각을 내버렸어.
헌데 위안 삼으라고 남겨진 건 가짜 거울이야.
그걸 보면 그것도 자식이라고 난 내가 부끄럽지.
자네는 과부야. 하지만 동시에 어미이기도 해.   55
알토란 같은 자식이 둘이나 있지 않은가 말이야.
헌데 사신(死神)은 내게서 내 낭군을 품에서 앗아갔고,
내 후들거리는 손에서 두 지팡이마저 낚아챘다네.
클라런스하고 에드워드 말이야. 아, 자네 슬픔은
내 슬픔의 반밖에 되지 않으니, 내 슬픔은 자네의   60
슬픔보다 더 넘쳐흘러 자네 통곡을 삼켜버린다네.

소년
숙모님은 우리 아버지 돌아가셨을 땐 안 울었어요.

큰아버지 돌아가셨다고 우리가 어떻게 울겠어요?

소녀
우리 아버지 돌아가셨을 땐 슬퍼하는 사람 없었어요.
숙모님이 과부가 된 슬픔에도 울어 주지 않을 거예요.   65

엘리자베스
슬퍼하는 일에 난 도움이 필요 없단다.
푸념을 쏟아 놓으라면 얼마든지 할 수 있어.
샘물이란 샘물은 그 흐름을 모두 내 눈으로 돌려서,
물기 머금은 달님이 마음대로 다스리는 내가
철철 넘치는 눈물 흘려 온 세상을 물바다로 만들 게다.   70
그래, 내 남편을 위해, 내 낭군 에드워드를 위해—

아이들
그래요, 우리 아빠, 둘도 없는 우리 아빠 클라런스를 위해—

요크 공작부인
그래, 둘 다구나—내 두 아들 에드워드와 클라런스를 위해—

엘리자베스
내가 의지할 분은 에드워드뿐이었는데, 가 버렸어.

아이들
우리가 의지할 분은 클라런스뿐이었는데, 가 버리셨어요.   75

요크 공작부인
내가 의지할 건 그것들뿐이었는데, 둘 다 가 버렸구나.

엘리자베스
과부치고 나만큼 소중한 낭군 잃은 사람 없어.

아이들
고아치고 우리만큼 다정한 아빠 잃은 애들 없어요.

요크 공작부인
어미치고 나만큼 귀한 자식 잃은 년 없어.
아, 내가 이 슬픔을 모두 낳은 어미로구나.   80
저것들 슬픔은 제 각각이지만, 내 건 뭉텅이야.
저것은 에드워드로 인해 우는데, 나도 그래.
난 클라런스로 인해 울지만, 저것은 안 그래.
이 어린것들은 클라런스 때문에 울고, 나도 그래.
난 에드워드 때문에 울지만, 저것들은 안 그래.   85
아, 너희 셋이 슬픔을 세 곱절 되게 뭉뚱그려서,
너희 눈물을 내게 쏟는구나. 내가 너희 슬픔의
유모가 되니, 내 비통한 탄식으로 그걸 얼러주마.

도세트
진정하세요, 어머니. 주께서 하시는 일을 감사히
받아들이지 않으시면, 주께서 노하실는지 몰라요.   90
범용한 세상사에서도, 너그러운 관용을 베풀어
친절하게 빌려준 빚을 마지못해 갚는다면,

그것을 배은망덕이라고 부르거늘, 하물며
하늘의 처사에 그토록 불복함에 있어서리오.
하늘이 허락한 빛을 다시 거두시는 것입니다.1   *95*

리버스
누님, 사려 깊은 어머니답게, 누님의 아들인
어린 왕자를 기억하세요. 곧바로 불러, 대관 절차를
밟도록 하세요. 누님의 위안은 아드님에게 있어요.
절망적 슬픔일랑 돌아가신 에드워드의 무덤에 묻고,
살아있는 에드워드의 왕좌에 기쁨을 심으세요.   *100*

리처드, 버킹엄, 더비 백작 스탠리, 헤이스팅스, 래트클리프 등장

리처드
형수님, 마음을 굳게 잡수세요. 우리들 모두가
우리의 빛나던 별이 진 것을 슬퍼해야겠지요.
하지만 액운이 닥쳤다고 아무리 울어 보았자
소용없는 노릇— 아, 어머님, 용서해 주세요.
미처 못 뵈었습니다. 이렇게 무릎을 꿇고   *105*
어머님의 축복을 갈망합니다. 〔**무릎 꿇는다**〕

요크 공작부인
주님께서 너를 축복하시기를— 그리고 네 가슴속에

---

1 셰익스피어의 극에 자주 나타나는 생각인데, 생명이란 하늘이 한 인간에게 잠시
  빌려주는 것이기 때문에, 하늘이 원하면 언제든지 되돌려 드릴 마음의 준비가
  되어 있어야 한다는 뜻.

온정, 사랑, 자비, 순종, 그리고 충성을 심어 주시기를 ㅡ

리처드
아멘.〔일어난다〕〔방백〕허고 '착한 늙은이로 살다가 죽도록 ㅡ'
이게 어머니가 해 주는 축복의 마무리 말이렷다.   *110*
이 말을 빠뜨리신 게 이상하단 말씀이야.

버킹엄
마음에 구름 드리운 왕친들과 슬픔에 겨운 동료분들,
이 무거운 애도의 짐을 함께 나누어 져야 하오니,
서로를 향한 사랑으로 서로를 위무하십시다.
선왕을 모셨던 보람도 이제는 소진하였소만,   *115*
그분의 아드님 모시는 보람을 기대하십시다.
여러분의 부풀은 오기가 낳은 원한을 부수어,
근자에야 겨우 부목을 대어 잇고 접합된 유대를
조심스레 유지하고, 아끼고, 지켜야 할 것이외다. 2

---

2 117~119행은 편집자들 사이에 의견이 분분하다. 우선 원문을 읽는 데에서 차이
를 보인다. (i) 'The broken rancour(rancor) of your high-swoln hearts, / But
lately splinter'd(splintered), knit, and join'd(joined) together, / Must gently be
preserved, cherish'd(cherished), and kept: (kept.)'(Craig, Harrison) (ii) 'The
broken rancor of your high-swoll'n hates, / But lately splinter'd, knit, and
join'd together, / Must gently be preserv'd, cherish'd, and kept.'(Evans) (iii)
'The broken rancour of your high-swoll'n hates, / But lately splinted, knit, and
join'd together / Must gently be preserv'd, cherish'd, and kept.'(Hammond) 철
자상 상이한 것들은 차치하고, 두 단어 중 하나를 어떻게 읽느냐에 따라 이 문장
의 의미가 달라진다. Craig와 Harrison은 117행의 마지막 단어를 'hearts'로 읽었
고, Evans와 Hammond는 'hates'라 읽었다. 또, 118행의 세 번째 단어를 Craig,
Harrison, Evans는 'splinter'd', 아니면 'splintered'라 읽은 데 반해, Hammond는

제 생각으로는, 나어린 왕자님이 즉위하시도록,   *120*
소수의 시종들을 따르게 하여, 곧 러들로우3에서
이곳 런던으로 모셔오는 것이 좋을 듯합니다.

리버스

버킹엄 공, 어째서 '소수의 시종들'입니까?

버킹엄

그건 이렇습니다. 행렬을 거창하게 할 경우에는,
겨우 아물어가는 악의의 상처가 다시 도질 수도 있고,   *125*
그렇게 되면, 정국이 채 안정이 되어있지 않고
어수선함을 드러내어 더욱 위험할 수 있을 거외다.
고삐 풀린 말들이 제가끔 제멋대로 달리고,
마음 내키는 대로 아무 쪽으로나 가는 마당에,
명확한 위험 못지않게, 있을지도 모르는 위험을   *130*
미연에 방지하는 것이 옳다는 생각이올습니다. 4

'splinted'라고 읽었다. 먼저 'hearts'냐 'hates'냐를 생각해 보자. 셰익스피어가 한
행에서 의미가 같은 두 단어 — 'rancor'(rancour) 와 'hates' — 를 쓸 이유도 없거
니와, 의미상으로 보아도, '부풀어 오른 가슴에서 연유한 증오'가 옳다. 따라서
나는 Craig와 Harrison을 따라 'hearts'를 택하고 싶다. 문제가 되는 또 하나의 단
어는 'splinter'd'(Craig, Evans) — 혹은 'splintered'(Harrison) — 아니면 'splinted'
(Hammond)냐 둘 중의 하나인데, 어느 쪽을 택하든 결국은 동일한 의미이다. 둘
다 부러진 것을 잇기 위해 부목을 댄다는 의미를 갖기 때문이다. 물론, 이 문장에
는 의미의 중첩, 내지는 의미상 연결을 생략하는 데서 오는 모호함이 있다.

3 Ludlow는 Shropshire에 있는 성으로, 에드워드 왕자가 웨일즈의 지방 통치자로
서 머물었던 곳.

4 어린 에드워드 왕자의 런던행을 거창하게 함은 그의 즉위가 임박했다는 것을 공
식화하는 것이다. 아직 표면화하지는 않았으나, 리처드가 왕위를 노리고 있다

리처드

선왕께서 우리 모두와 화해하셨기를 나는 바라고,
그 약조는 내 마음속에 확고하게 자리잡고 있소.

리버스

제 경우도 그렇고, 모두가 다 그럴 거라 봅니다.
허나 이제 막 시작일 뿐이니, 그 약조가 깨질 가능성이   *135*
많은 상황은 멀리하는 것이 좋겠습니다. 공연스레
행차를 크게 해서 생겨날지도 모르는 일이니까요.
그러니 버킹엄 공 말씀대로, 적은 숫자의 사람들이
왕자님을 모셔오는 것이 좋을 것 같습니다.

헤이스팅스

나도 같은 생각이외다.   *140*

리처드

그럼 그리하도록 합시다. 그리고 누구를
러들로우로 급파할 것인지 결정하십시다.
어머니, 그리고 형수님, 두 분께서도 가시어
이 문제에 대한 의견을 말씀해 주시렵니까?

엘리자베스와 요크 공작부인

그렇게 하고말고.   *145*

는 것을 이미 눈치채고 있는 버킹엄은 이런 말도 안 되는 이유를 들어 에드워드
왕자의 런던행을 가급적이면 초라하게 만들고자 하는 것이다. 실상 에드워드의
런던행에 많은 시종들이 따른다 해서 문제될 것은 하나도 없다.

버킹엄과 리처드만 남고 모두 퇴장 †

버킹엄
각하, 누가 왕자님을 모시러 가게 되든,
우리 둘은 여기 남아있으면 안 됩니다.
오가는 길에 기회를 보아 ― 근자에 각하와
제가 나눈 이야기의 핵심으로 들어가 ―
왕비의 오만한 측근들을 왕자님과 떼어 놓겠습니다.   *150*

리처드
나 아닌 나로구려! 내 으뜸가는 자문,
나의 신탁, 나의 예언자, 내 소중한 혈친!
어린아이 마냥, 그대가 하라는 대로 하리다.
그러면 러들로우로 ― 우리가 뒤에 남아선 안 되지.

두 사람 퇴장 †

2막 3장

런던의 어느 거리. 무대 양쪽에서 각기 시민 하나씩 등장 †

시민 1

안녕하시오? 반갑구려. 어딜 그리 바삐 가시오?

시민 2

물으시니 하는 말이지만, 나도 모르겠어요.
떠도는 풍문 들으셨나요?

시민 1

예, 임금님이 돌아가셨다지요.

시민 2

안 좋은 소식예요, 정말 — 구관(舊官)이 명관(名官)이란 말 있잖소?   5
걱정예요, 걱정 — 세상이 어수선해질 거예요.

시민 또 하나 등장 †

시민 3

안녕들 하시오?

시민 1

안녕하시오?

시민 3
에드워드 임금님이 돌아가셨다는 소식 참말이요?

시민 2
그렇다오. 사실이라오. 하느님 보살펴소서.   *10*

시민 3
그렇다면, 두 분들, 세상이 어지러워질 거요.

시민 1
에이, 천만에 ─ 그분 아드님이 다스릴 텐데 ─

시민 3
어린애가 다스리는 나라가 오죽하겠소?

시민 2
그래도 희망이 있는 것이, 임금이 성년에 이를 때까지는
중신들이 주위에서 보좌할 것이고, 성년에 이르러서는   *15*
틀림없이 영특한 군주가 될 것이니, 걱정할 게 있겠소?

시민 1
헨리 6세가 겨우 아홉 달밖에 안 되어 파리에서
즉위하였을 때도 시국은 다르지 않았지요.

시민 3
시국이 같았다고요? 전혀 그렇지가 않았어요.
그때는 이 나라가 고명한 인재들로 이루어진   *20*

출중한 각료진으로 차 있었고, 임금 주변에는
그분을 지켜 줄 든든한 숙부들이 있었어요.

시민 1
이번 경우에도 부계와 모계 양쪽으로 그렇잖소?

시민 3
모두 다 부친 쪽이었거나, 아니면 한 사람도
부친 쪽이 아니었더라면, 차라리 나을 뻔했소.   25
권세 잡으려 각축하는 제일 가까운 인척들이야말로,
주님께서 막아주시지 않으면, 우리에겐 횡액일 거요
글로스터 공작이야말로 위험천만한 인물이고,
왕비의 전남편 아들들과 오라비들은 오만무쌍하오.
해서, 이네들이 군림하는 대신, 다소곳하다면야,   30
이 시들시들한 나라가 다시 원기를 찾을 거외다.

시민 1
자, 자, 너무 비관하지 맙시다. 다 잘될 거요.

시민 3
구름이 보이면, 현자는 외투를 걸치지요.
큰 이파리들이 떨어지면, 겨울이 다가오는 거고,
해가 넘어가면, 밤이 오는 것 아니겠소?   35
때아닌 폭풍우는 기근을 예측하게 한다오.
다 잘됐으면 해요. 허나 주님의 가호가 없는 한,
우리에겐 가당치도 않고, 기대하기도 어려워요.

시민 2

참말이지, 사람들은 두려움으로 차 있어요.

이야기를 나누는 사람치고, 가슴이 무겁고   40

두려움에 차 있지 않은 사람은 거의 없어요.

시민 3

변혁의 날이 오기 전에는 노상 그런 법이라오.

신통한 본능으로 사람들의 마음은 다가오는 위험을

예감하는데, 물결이 높으면 곧 폭풍이 몰아친다는 걸

경험으로 아는 것과 다름이 없다오. 하지만 이 모두를   45

주님께 맡기십시다. 어디로 가는 길이시오?

시민 2

사실은 법원에 출두하라 해서 가는 길이라오.[1]

시민 3

나도 그래요. 함께 가십시다.

시민들 퇴장

---

1 이 장면이 시작할 때, '시민 1'이 '시민 2'보고 어디로 그리 급히 가는 길이냐고
물었을 때, '시민 2'는 'I scarcely know myself'라고 대답했다. 이 대답은, 글자
그대로 자기가 어디로 가고 있는지 모르겠다는 말이 아니라, 법정에 출두하라고
해서 가기는 가는데, 그 이유를 자기는 모르겠다는 의미로 말한 것이 여기서 밝
혀지고 있다. 이 장면이 끝날 때, '시민 3'도 법정출두 명령을 받았다는 말을 하
는데, 많은 사람들이 동일한 통지를 받은 것으로 보아, 시국의 흉흉함이 재차
암시되고 있다고 볼 수 있다.

2막 4장

궁전. 요크 대주교, 어린 요크 공작, 왕비 엘리자베스, 요크 공작부인 등장

요크 대주교

제가 듣기로는, 간밤에는 일행이 스토니 스트랫포드에
묵었고, 오늘밤에는 노스햄튼에 숙박할 것이라 합니다.
내일, 아니면 모레에는, 여기에 도착할 것입니다.

요크 공작부인

어서 왕세자를 보고픈 마음이 간절하구먼.
지난번 보았을 때보다 많이 자랐으면 좋겠어.   5

엘리자베스

그런데 그렇잖다고 해요. 사람들 하는 말이,
요크가 제 형을 거의 따라잡았다는 거예요.

요크

그래요, 어머니. 하지만 그렇잖았으면 좋겠어요.

요크 공작부인

그건 또 왜 그런누? 자라는 건 좋은 건데.

요크
할머니, 어느 날 함께 저녁 식탁에 앉았는데, 내가   *10*
형보다 더 많이 컸다고 리버스 아저씨가 그랬어요.
그때 글로스터 아저씨가 이렇게 말씀하셨어요.
"암, 작은 풀이 약효가 있고, 잡초는 그저 빨리만 자라."
그 말을 듣고부터는 빨리 자라고 싶지가 않아요.
예쁜 꽃은 천천히 피고, 잡초는 빨리 자라니까요.   *15*

요크 공작부인
하느님이 아시고 내가 아는 거지만, 그 말을 네게
설파한 당사자에게는 그 말이 해당되지 않는구나.
어렸을 때, 보잘것없기로는 더할 나위 없었고,
자라는 데 끔찍이 오래 걸렸고, 하도 더뎠는지라,
네 숙부 한 말이 사실이라면, 덕스러워야 할 테지.   *20*

요크 대주교
당연히 그러하시지요, 공작부인 마마.

요크 공작부인
그랬으면 좋으련만—하지만 어미가 더 잘 아오.

요크
참말이지, 그걸 알았다면, 내가 빨리 자라는 걸 가지고
아저씨가 해 준 말보다 더 따끔하게, 아저씨가 자랄 때
일어난 얘기를 해서, 한 방 먹여드릴 수 있었을 텐데요.   *25*

요크 공작부인

요 어린 요크 공작! 어떻게 할 건데? 나도 좀 들어 보자.

요크

사실은요, 아저씨가 자라는 게 하도 빨라서

두 살이 됐을 때 벌써 와작와작 씹을 수 있었대요.[1]

내가 이빨이 나기 시작한 건 두 살이 됐을 때거든요.

할머니, 이건 아주 꽉꽉 씹는 재미가 있었을 텐데요.   *30*

요크 공작부인

제발, 이것아, 누가 그런 얘길 해 주던?

요크

아저씨 유모가요.

요크 공작부인

유모가? 이놈, 네가 낳기도 전에 죽었는데 —

요크

유모가 아니면, 누가 얘기해 줬는지 몰라요.

엘리자베스

입만 살아가지고 — 그만둬. 못쓰겠다.   *35*

---

1 리처드는 태어날 때부터 이빨이 나 있었다는 속설이 있었고, 실제로 〈헨리 6세
  3부〉 5막 6장에서 리처드가 헨리 6세를 척살하기 전, 헨리는 리처드에게 이렇
  게 말한다. 'Teeth hadst thou in thy head when thou wast born, To signify
  thou cam'st to bite the world'(*Henry VI, Part 3*, V. vi. 53~54).

요크 공작부인
여보, 며느리, 어린것한테 화내지 말아요.

엘리자베스
물병에도 귀가 있는걸요.[2]

전령 등장 ✝

요크 대주교
여기 전령이 옵니다. 무슨 전갈이오?

전령
대주교님, 말씀 여쭙기 괴로운 소식입니다.

엘리자베스
왕세자는 어떠하오?   *40*

전령
왕비전하, 강녕하시옵니다.

요크 공작부인
그래, 무슨 소식이오?

---

2 원문은 'Pitchers have ears', — 우리 속담으로는 '낮말은 새가 듣고, 밤말은 쥐가
  듣는다'인데 — 'Little pitchers have long ears'('애들은 귀가 밝다') 라는 속담과
  의미가 중첩되어 있기 때문에, 위의 번역만으로는 그 뜻이 함축적으로 전달되
  지 못함이 유감스럽다.

전령
리버스 경과 그레이 경께서 토머스 본 경과 함께
폼프레트3에 투옥되셨습니다.

요크 공작부인
누가 투옥시켰는데?   45

전령
막강하신 두 분 공작, 글로스터와 버킹엄올습니다.

요크 대주교
죄목은 무언가?

전령
제가 여쭐 수 있는 건 다 여쭈었습니다.
왜, 어떤 근거로 그분들께서 투옥되셨는지는
저도 모르겠습니다, 대주교님.   50

엘리자베스
이를 어찌하나! 내 가문의 파멸을 보는 거야.
호랑이가 이제 온순한 사슴을 잡은 거야.
무엄한 폭압이 죄 없는 사람들과 위엄이 없는
왕좌를 향해 불거져 나오기 시작하는 것이야.
지도를 보는 것처럼, 그 귀추를 다 알 수 있어.   55

---

3 요크셔에 있는 고성으로 1400년에 리처드 2세가 죽음을 맞은 곳. 런던 탑과 더
  불어 정치범을 가두고 처형한 감옥으로 악명이 높다.

요크 공작부인

저주스럽고 소란으로 가득한 분쟁의 날들아 —
내 이 눈으로 얼마나 많이 보아왔더란 말이냐!
내 남편은 왕관 얻으려다 목숨마저 잃었고,
내 아들놈들 위로 던져지고 아래로 퉁겨날 때마다,
난 그것들의 운(運) 부침(浮沈) 따라, 웃기도 울기도 했지.   60
헌데 왕좌에도 올라 보았고, 나라 안의 싸움질도
말끔히 치워졌는데도, 이젠 저들끼리, 이긴 자들끼리,
자신들을 향해 분탕질이라니 — 형제 간에, 혈족 간에,
제 몸에 스스로 칼을 겨루다니 — 아, 이 우스꽝스럽고
미친 지랄 같은 광기야, 네 저주스런 독기일랑 멈춰라.   65
아니면, 세상 꼴 보기도 싫으니, 내 모진 목숨 끊어다오.

엘리자베스

자, 이것아, 성소(聖所)로 대피하자.4
어머님, 안녕히 계세요.

요크 공작부인

기다려. 나도 함께 가게 —

엘리자베스

어머니는 그러실 필요가 없지요.   70

---

4 죄를 지었거나 해서 법망을 벗어나 도피하려는 사람이 일단 수도원 같은 성스런
  영내로 들어가면, 더 이상 추격하여 체포할 수 없는 사회적 관행이 있었다.

요크 대주교

왕비전하, 어서 가십시오. 그리고 거기에
패물과 귀중품들도 함께 가져가십시오.
저는 저 나름대로, 제가 간직해온 옥새를
왕비전하께 인계하여 드리겠습니다. [5]
왕비전하와 친족들을 돌보아, 제게   75
어떤 일이 생길는지는 모르겠습니다만 —
가시지요. 성소로 안내해 드리겠습니다.

모두 퇴장 ✝

---

[5] 죽은 에드워드 4세가 요크의 대주교였던 Thomas Rotherham이란 성직자로 하
여금 옥새를 보관하도록 하였다는 사실이 여기서 밝혀지는데, 그 옥새를 이제는
과부가 된 엘리자베스에게 적법한 절차를 거치지 않고, 마치 개인 소유물인 양,
인계한다는 것은 있어서는 안 될 일이다. 요크 대주교의 입장에서는 앞으로 다
가올 왕위계승 문제로부터 거리를 두고 싶은 마음이 이 행위에서 드러난다고 볼
수 있다.

3막 1장

런던의 어느 거리. 나팔소리.
왕세자 에드워드, 글로스터 공작, 버킹엄 공작, 추기경, 케이쓰비,
그 밖의 몇 사람들 등장 ✝

버킹엄
왕세자님, 본거지인 런던에 오심을 환영합니다.

리처드
내가 주군으로 받들 귀여운 조카, 어서 와요.
오는 길이 버거워 의기소침하게 되었구려.

왕세자
아녜요, 숙부. 하지만 오면서 들은 나쁜 소식들이
여정을 지루하고, 따분하고, 우울하게 만들었어요.   5
나를 맞아줄 아저씨들이 더 있었으면 좋겠어요.1

리처드
세자 저하, 아직은 어려서 물정 모르는 저하는
기망으로 가득한 세상이 어떤 건지 알지 못해요.

---

1 이미 죽은 클라런스는 물론이고, 투옥된 외숙들에 대해 말하고 있다.

또 한 사람이 겉으로 보이는 것과는 달리, 실제로는
어떤 자인지 판별을 못해요. 헌데, 하느님이 아시지만,　　　　　*10*
겉모습이 속마음과 일치하는 경우는 거의 없어요.
보고파하는 아저씨들은 위험천만한 사람들예요.
저하는 그자들의 아탕발림에 귀를 기울였었고,
그자들이 심중에 품었던 독기를 알아채지 못했어요.
그자들과 그자들처럼 친구인 체하는 자들을 멀리하세요.　　　*15*

왕세자
친구인 체하는 자들을 멀리해야죠. 하지만 외숙들은 아녜요.

런던 시장 시종들 거느리고 등장 ✝

리처드
저하, 런던 시장이 마중 나오는군요.

시장
저하께 강녕과 다복이 함께하시길 빕니다.

왕세자
경, 감사하오. 그리고 그대들, 고맙소.
내 어머님과 아우 요크가 훨씬 전에, 나 오는　　　　　　　*20*
길목에서 나를 맞이할 것이라 생각했는데 —
에이, 헤이스팅스는 참 굼뜬 사람이야.
그럴 건지 아닌지 알려주려 오질 않으니 —

헤이스팅스 등장

버킹엄
마침 때맞추어 여기 서둘러 오는군요.

왕세자
경, 잘 오셨소. 그래, 어머니는 오실 건가요?   *25*

헤이스팅스
왜 그리하셨는지는 하느님이 아시고, 저는
모르는 일이온데, 왕비전하와 아우이신 요크가
성소로 피신을 하셨습니다. 어리신 왕자께서는
저하를 맞으려 저와 함께 오고자 하였습니다만,
어머님께서 말려서 그렇게 하지 못하였습니다.   *30*

버킹엄
저런, 왕비가 택하신 결정이라니 ― 이 무슨 교활하고
변덕스런 처사입니까? 추기경 어르신, 제발 가셔서
왕비전하를 설득해서, 왕세자 저하를 맞이하게끔
요크 공작을 보내시도록 조치하여 주시렵니까?
거절할 경우를 생각해서, 헤이스팅스 경, 추기경과   *35*
함께 가서, 억지로라도 질시로 찬 품에서 앗아와요.

추기경
버킹엄 공, 내 변변찮은 말주변이 먹혀들어
요크 공을 그 어머니 품에서 풀려나게 한다면,

곧바로 이리 모셔 오리다. 하지만 왕비전하가
간곡한 청원을 안 받아들이고 고집을 부린다면,   *40*
축복받은 성소의 성스런 특권을 범하는 일을
하늘에 계신 주께서 용인치 않으리다. 2 천하없어도,
나는 그처럼 불경스런 죄는 짓지 않을 것이외다.

버킹엄
경께서는 지나치게 완고하시오, 추기경 어른.
너무 법도를 따지고 전통에 매였단 말씀이오.   *45*
융통성 있게 원칙을 적용하는 이 시대 기준으로 보면,
요크를 억지로 데려온다 해도 성소 모독은 아니오.
성소 도피의 혜택은 늘상 성소로 대피할 만한
일을 저지른 사람들에게나 주어지는 것이고,
또 성소 도피권을 택할 만한 머리가 있어야 하오.   *50*
왕자는 그걸 택하지도, 그럴 필요가 있는 일도 아니었소.
그런 연유로 내 생각키로는 성소 도피란 가당치도 않소.
하니, 성소 도피의 의도가 없는 왕자를 빼내온다 해도,
교회의 특권이나 율법을 깨뜨리는 것은 아니오.
교회로 도피한 어른들 이야기는 들어왔지만,   *55*
교회로 대피한 어린애들 이야기는 못 들어봤소.

추기경
이번만큼은 내 생각을 꺾고 경의 말씀대로 하리다.
자, 헤이스팅스 경, 나와 함께 가시겠습니까?

---

2 추기경은 성직자이므로, 법망을 피해서건 아니면 정치적 이유 때문에 교회나 수
  도원으로 일단 신병을 위탁한 사람을 보호하여야 하는 관행을 깨뜨릴 수 없다.

헤이스팅스
그러십시다.

왕세자
경들, 될 수 있는 대로 서둘러 주세요.   *60*

추기경과 헤이스팅스 퇴장 ⸸

말해 주세요, 글로스터 숙부. 내 아우가 오면,
대관식 때까지 우린 어디에 머무르게 돼요?

리처드
군왕의 체모에 가장 합당한 곳이지요.
내 생각대로라면, 세자 저하께서는
하루 이틀 정도 런던 탑에 머무신 다음,   *65*
저하의 마음이 내키고 심신을 편케 하기에
가장 적합한 곳으로 옮기실 것이라오.

왕세자
어떤 데보다도 런던 탑은 싫은데 —
줄리어스 씨저가 그 성채를 지었나요?

버킹엄
저하, 처음 짓는 일은 씨저가 했지만, 그 이후로   *70*
세월이 흐르면서 계속해서 새로이 증축했지요.

왕세자
씨저가 지었다는 게 기록에 의한 것인가요, 아니면
세월이 흐르면서 계속 전해 내려온 이야기인가요?

버킹엄
기록에 의한 것입니다, 세자 저하. 3

왕세자
하지만, 확실한 기록으로 남아있지 않더라도,   75
진실은 세월이 흘러도 변함없이 지속될 것이니,
후세로 계속해서 대물림되어,
세상이 다 끝나 버릴 때까지 말예요.

리처드
〔방백〕 저렇게 어린놈이 저토록 똑똑하면, 오래 못 산다지.

왕세자
무어라 하셨어요, 숙부?   80

리처드
내 말은, 기록 없이도 명성은 오래 간다는 거요.
〔방백〕 이렇게 도덕극에 등장하는 악(惡)의 표상 '사악'(邪惡) 처럼,
나는 단어 하나에 두 가지 의미를 담아서 쓴단 말씀이야. 4

---

3 버킹엄은 여기서 근거 없는 말을 하고 있다. 단순히 구전으로 내려온 것을 기록에
근거한 것으로 단정적으로 대답하는 데서, 우리는 버킹엄 성격의 단면을 본다.

왕세자

그 줄리어스 씨저는 유명한 사람이었죠.

그분의 용맹이 그분의 지혜를 어떻게 보완했든,   85

그분의 지혜는 그분의 용맹을 살아남게 했어요.

죽음도 이 정복자를 정복할 수 없으니, 왜냐면

육신은 갔어도 명성 속에 아직 살아있으니까요.

할 말이 있어요, 버킹엄 아저씨.

버킹엄

무슨 말씀인데요, 저하?   90

왕세자

내가 어른이 될 때까지 산다면,

프랑스에 대해 우리가 갖는 옛 권리를 되찾거나,

아니면, 군왕답게 살다가 군인으로 죽을래요.

---

4 설령 기록으로 명문화되어 있지 않더라도, 진실은 계속해서 후세에 전해질 것이
라고 왕자 에드워드는 앞에서 말했다. 나이에 걸맞지 않게 이토록 심오한 진리를
설파한 에드워드의 말에 리처드는 내심 놀라면서, 에드워드를 일찍 제거하리라
마음먹는다. 그런데, 리처드가 혼자 말하는 것을 듣고, 에드워드는 리처드에게
무어라고 말했느냐고 묻는다. 리처드의 대답은, 표면상으로는, '문서상 기록이
안 되었더라도, 명성(소문)은 지속된다'는 것이다. 그러나 'characters'라는 단어
가 가질 수 있는 두 가지 의미 — (i) 문서로 남은 기록 (ii) 도덕적 성향 — 를 리처
드의 말에 적용시키면, '악랄한 자도 그 명성을 남길 수 있다'는 뜻도 된다. 즉,
자신이 조카 에드워드를 살해하게 되면, 자신의 악명은 길이 남을 것이라는 순간
적인 생각을 동시에 드러내었다는 의미도 된다. 중세 이래로 16세기까지 이어온
도덕극에 등장하였던 악의 표상으로서의 'Iniquity'와 자신을 동일시하면서, 관객
에게 그의 존재를 '해설'하여 준다는 시각에서 보면, 리처드의 이 대사는 다분히
'metadrama'적이기도 하다.

리처드
〔방백〕 봄이 일찍 오면 여름이 짧은 법이야.

어린 요크 공작, 헤이스팅스, 추기경 등장 ⸸

버킹엄
바로 때맞추어 요크 공작이 오십니다.   *95*

왕세자
요크 공 리처드. 내 다정한 아우는 어찌 지내는가?

요크
잘 지냅니다, 전하. 이젠 형을 '전하'라고 불러야죠?

왕세자
그렇구나, 아우야, 네게 못지않게 내게 슬픈 노릇이다만 —
그 칭호를 지녀야 할 분이 바로 얼마 전에 돌아가셨으니,
그분의 서거로 인해 그 호칭은 위엄을 잃고 말았구나.   *100*

리처드
우리 조카 요크 공작께서는 안녕하신가?

요크
고맙습니다, 숙부님. 아 참, 아저씨,
쓸모없는 잡초는 빨리 자란다고 하셨죠?

내 왕세자 형님이 나보다 훨씬 많이 컸어요!

리처드
그랬어요, 요크 공.   *105*

요크
그렇다면 쓸모가 없으신 거죠?

리처드
아, 귀여운 조카님, 그런 말이야 해선 안 되죠.

요크
그럼 숙부한텐 형이 나보다 더 신경 쓰인다는 거죠?

리처드
형은 내 주군으로서 내게 명을 내릴 수 있지만,
조카는 나한테 친족으로서의 권한이 있어요.   *110*

요크
숙부님, 저한테 이 단검을 주시겠어요?

리처드
예쁜 내 조카, 내 단검을? 그러고말고.

왕세자
구길하는 거야, 아우?

요크

친절하신 숙부님한테죠. 기꺼이 주실 테니까.
그리고 별것 아니니까, 주셔도 아깝지 않을 거예요.   *115*

리처드

그것보다 더 큰 선물도 조카한테 줄 수 있지.

요크

더 큰 선물요? 아, 그 단검에 어울리는 장검 말이죠?

리처드

그렇지, 요놈, 가볍기만 하다면 말이야.

요크

아, 그러면 가벼운 선물만 내주시겠다는 거군요?
무거운 것들은 달라고 해도 안 주시겠다는 거죠?   *120*

리처드

이건 조카님이 지니기엔 너무 무거워요.

요크

그게 무거운 거라도, 난 그걸 가볍게 여겨요.

리처드

이런, 내 무기를 갖고 싶다고요, 자그만 공작 어른?

요크

그래요. 그래야 아저씨가 날 부른 것처럼 감사하죠.

리처드

어떻게?   *125*

요크

'자그만'치 만요.

왕세자

요크 공작은 말하는 게 계속 당돌하구나.

숙부 어르신, 내 아우 응석을 받아주세요.

요크

'응석'을 받는 게 아니라, '방석'이 되라는 거죠?

숙부, 내 형님은 숙부와 나를 동시에 놀리는 거예요.   *130*

내가 '자그만' 원숭이만 하니까, 형님 생각엔, 내가

아저씨 어깨를 '방석'처럼 깔고 앉아도 된다는 거예요. 5

---

5 요크는 등장하면서부터 리처드를 말로 가지고 논다. 리처드가 차고 있는 단검을
   달라고 하는 것을 시작으로, 요크는 자기 형제의 생명을 노리고 있는 리처드의
   심중을 꿰뚫어 보고 있음을 리처드에게 분명히 시사하는 데에 거리낌이 없다.
   무거운 장검도 자기는 가볍게 여긴다는 말을 함으로써, 리처드와 당당히 맞서겠
   다는 뜻도 표현한다. 리처드가 단검을 '기꺼이 주겠다'는 대답을 할 때에도, 이
   말에는 리처드만이 알고 있는 뜻 — '기꺼이 죽여주마' — 이 숨어 있지만, 요크는
   표면상으로는 칼 이야기를 하는 듯하면서, 잔잔한 물결 아래에서 소용돌이처럼
   흐르는 심리전을 나이에 걸맞지 않게 이끌어 가고 있다. 급기야, 리처드의 곱
   사등이 어깨를 가리키며, 자기를 그 위에 앉게 해달라는 말도 하는데, 원숭이를

버킹엄

〔**방백**〕 참으로 예리한 논리 전개로 말을 이어가는구나!
제 숙부에게 던진 조롱의 말을 부드럽게 만들려고,
멋들어지고 절묘하게 저 자신도 우스개를 만들다니 —   *135*
저렇게 어린놈이 머리 회전이 저리도 빠르다니!

리처드

전하, 옥보(玉步)를 계속 옮기시겠습니까?
저와 저의 종친 버킹엄은 모후께로 가서,
런던 탑에서 전하를 기다려 영접하시라고
소청을 드려 보도록 하겠습니다.   *140*

요크

뭐요? 런던 탑으로 향하시는 겁니까, 전하?

왕세자

섭정 어른께서 그리하라시는구나.

요크

난 런던 탑에서는 잠 못 잘 것 같아요.

리처드

아니, 무서울 게 무어지?

어깨에 얹는 것은 어릿광대의 이미지와 연결되기 때문에, 요크는 리처드에게
'당신은 광대'라고 말하는 것과 다름이 없다.

요크

사실은 그건 — 클라런스 숙부님의 노한 영혼이죠.   *145*
할머니 말씀이, 숙부께서는 거기서 살해되셨대요.

왕세자

돌아가신 숙부님들은 안 두려워.

리처드

살아있는 숙부도 두려울 게 없지?

왕세자

숙부들이 살아있다면, 두려워할 필요가 없길 바라요.6
자, 그럼, 가십시다. 무거운 가슴을 안고,   *150*
그분들을 생각하며, 런던 탑으로 갈게요.

주악. 리처드, 버킹엄, 케이쓰비 남고, 왕세자, 요크, 헤이스팅고, 도세트 퇴장 ⚔

버킹엄

각하, 이 재잘대는 나어린 요크가, 그 교활한
제 어미에게 부추김을 받아, 저처럼 당돌하게

---

6 이 말은 두 가지로 해석할 수 있다. (i) 리처드에 의해 투옥된 왕세자의 외숙 리
버스와 그레이(실은 왕세자와는 아버지를 달리하는 형)가 아직 살아있다면, 그
네들에 대한 걱정을 할 필요가 없었으면 좋겠다. (ii) 눈앞에 있는 리처드 — 살
아있는 숙부 — 를 두려워할 필요가 없었으면 좋겠다. (ii)의 경우, 리처드는 한
사람이지만, '살아있는 숙부들'이라고 집합적으로 언급함으로써, 리처드 한 사람
에 대한 언급만은 아니라는 수사적 융통성을 보인다.

리처드 3세

각하를 조롱하고 비아냥거린다고 보지 않습니까?

리처드
더 말할 나위도 없지. 하, 이놈 주둥이는 살아서,   *155*
대담하고, 재빠르고, 영민하고, 거침없고, 말발이 서.
영락없이 제 어미를 빼어다 놓은 것 같아.

버킹엄
자, 어디 두고 보라지요. 케이쓰비, 이리 좀 오게.
일전에 말해 준 걸 입 밖에 내지 않는 건 물론이고,
우리가 하려는 일을 실천에 옮길 각오가 돼 있겠지.   *160*
여기 오는 길에 들려준 우리 명분을 자네는 이해해.
자네 생각은 어떤가? 여기 계신 고매한 공작님을
유구한 역사를 자랑하는 이 섬나라의 임금으로
추대하려는 우리 생각에 헤이스팅스 경 윌리엄이
동조하도록 만드는 것은 쉬운 일이지 않겠는가?   *165*

케이쓰비
그분은 선왕 향한 충성으로 세자를 극진히 사랑하니,
왕세자를 거역하는 일에 포섭되지는 않을 겁니다.

버킹엄
허면, 스탠리는 어떠리라 생각해? 가담하지 않겠어?

케이쓰비
대체로 헤이스팅스와 행동을 같이할 겁니다.

버킹엄

그렇다면 이렇게만 해. 케이쓰비, 자네가 가서,   *170*
우리가 추진하려는 일에 대해 헤이스팅스 경이
과연 어떻게 생각하는지 조심스레 떠보도록 해.
그리고 대관식에 관한 논의에 참석해야 하니,
내일 런던 탑으로 오라는 전갈을 하란 말이야.
우리 뜻을 순순히 따를 것처럼 보이면,   *175*
고무해 주고, 우리의 명분을 잘 설명해 주도록.
고집불통에다, 냉담하거나, 내켜지 않으면,
자네도 그렇게 처신하고, 이야기를 끝내 버려.
그런 다음에 그의 뜻이 어떤지 우리한테 알려 주어.
내일 따로따로 진행되는 회의를 열 것인데, 7   *180*
자네에게 중요한 직책이 부여될 거란 말일세.

리처드

윌리엄8 경에게 안부 전해 주게. 또, 케이쓰비,
그 사람과 해묵은 원한 관계에 있던 몇 사람이
내일 폼프레트 성에서 처형된다고 말해 주고,
이 좋은 소식을 듣고 기쁨에 넘칠 터이니,   *185*
쇼어 부인에게 다정한 입 맞춤 한 번 더 하라 해. 9

---

7 토머스 모어가 쓴 〈리처드 3세 전기〉에 의하면, 리처드는 에드워드 5세에게 충
  성스러운 신하들이 모여 대관식에 관한 논의를 진행하도록 하고, 한편으로는 리
  처드를 지지하는 소수의 사람들을 자신의 저택인 크로스비 궁에 따로 모이게 하
  였다 한다.
8 헤이스팅스의 첫 이름.
9 토머스 모어에 의하면, 에드워드 4세의 사후, 그의 정부였던 제인 쇼어는 헤이

버킹엄

듬직한 케이쓰비, 이 일을 실수 없이 해치우게.

케이쓰비

두 분 공작 어르신들, 최선을 다하겠습니다.

리처드

잠자리에 들기 전에 보고해 주겠나?

케이쓰비

그리하도록 하겠습니다, 각하.   *190*

리처드

우리 둘은 크로스비 저(邸)에서 자넬 기다리겠네.

케이쓰비 퇴장

버킹엄

자, 각하, 헤이스팅스 경이 우리 계획에
동조하지 않는 걸 알게 되면 어찌할까요?

리처드

목을 쳐야지, 안 그래? 무언가 하긴 해야겠지. 10

  스팅스의 정부가 되었다.
10 이 행의 후반은 세 가지로 읽힌다. (ⅰ) 'somewhat we will do'(Craig, Harrison);

그리고 내가 임금이 되면, 허포드 백작으로서의   *195*
권한뿐 아니라, 내 형님인 선왕께서 소유했던
모든 동산(動産)을 달라고 내게 요구해도 좋소.11

버킹엄
각하께서 내리신 약조대로 차후에 받겠습니다.

리처드
허고, 기꺼이 그대에게 주리라는 걸 기대하시오.
자, 때맞추어 식사나 하십시다. 그래야 나중에   *200*
우리 모의를 어떻게든 잘 소화할 수 있을 테니 —

두 사람 퇴장 ✝

(ii) 'somewhat will we do'(Hammond); (iii) 'Something we will determine'
(Evans). 앞의 둘은 어순의 차이는 있으나 의미는 동일하다. 나는 Evans의 텍스
트보다는 앞의 두 텍스트가 더 마음에 와 닿는다. 〈리처드 2세〉 2막 2장에서 반
군을 이끌고 오는 볼링브로크와 주군인 리처드, 둘을 놓고 마음의 갈등을 겪는
요크가 들려주는 대사에도 유사한 행이 있기 때문이다. 'Well, somewhat we
must do'(무슨 일이든 하기는 해야 한다) (*Richard II*, II, ii, 116)

11 버킹엄 공작 헨리 스태포드(Henry Stafford, 1454~1483)는 토머스 오브 우드
스톡(Thomas of Woodstock, 1355~1397)의 후손이기 때문에 허포드(Herford
혹은 Hereford) 백작령 승계권을 주장했었다. 리처드는 이를 약속함으로써 버킹
엄을 확실한 자기 수하로 만든다.

3막 2장

헤이스팅스의 저택 앞. 전령 등장

전령

〔문을 두드리며〕 계십니까? 어르신!

헤이스팅스

〔안에서〕 밖에 누군가?

전령

스탠리 경 말씀 전하려 왔습니다.

헤이스팅스 등장

헤이스팅스

지금 몇 시인가?

전령

꼭 네 시입니다.   5

헤이스팅스

스탠리 경께선 이 긴 밤에 잠도 안 주무시나?

전령

제가 여쭐 내용을 보면, 그러신 것 같습니다.
먼저, 어르신께 안부 말씀 전하라 하셨습니다.

헤이스팅스

그리고는?

전령

그리고 멧돼지가 그분의 투구를 벗겨 버린 꿈을   *10*
간밤에 꾸신 것을 어르신께 여쭈라 하셨습니다.[1]
또한, 두 중신 회의가 따로이 열리는데, 그 중
한 군데에서 내릴 결의는, 다른 데에서 열리는 회의에
참석하실 어르신과 그분이 개탄할 것이리라 하셨습니다.
그래서, 그분께서 예감하시는 위험을 피하기 위해,   *15*
어르신께서 그분과 함께 즉시 말을 몰아
북쪽으로 화급하게 달려갈 의향이 있으신지
여쭈어 보라고 이렇게 저를 보내셨습니다.

헤이스팅스

돌아가게, 어서. 자네 주인께 돌아가서,
별도로 열리는 회의 걱정은 마시라 여쭙게.   *20*
그분과 나는 한쪽에서 열릴 회의에 참석할 것이고,
다른 한쪽에는 내 친구 케이쓰비가 참석할 것인데,
만약에 그 자리에서 우리와 관련이 있는 사안을

---

1 멧돼지('wild boar')는 리처드의 휘장(徽章)이었다.

논의하게 된다면, 내가 그걸 모를 수 없다고 말일세.

공연히 근거 없는 걱정은 하지 마시라 여쭙게.   *25*

허고, 그분 꿈 이야기 말인데, 뒤숭숭한 잠 속에서 본

사소한 일을 믿을 만큼 소심하시다니, 이상하이.²

멧돼지가 쫓아오기도 전에 도망치는 것은

오히려 멧돼지를 부추겨 우리를 따라오고

생각에도 없던 추격을 하게 만드는 것이야.   *30*

가서, 자네 주인께, 일어나 내게 오시라 여쭙게.

우리 둘이 함께 런던 탑으로 가서, 그 멧돼지가

우리를 다정스레³ 대하는 것을 보시게 될 테니 —

전 령

어르신, 돌아가 말씀하신대로 전해 올리겠습니다. 〔**퇴장**〕

케이쓰비 등장 †

케이쓰비

강녕하시옵기 바랍니다.   *35*

---

2 원문은 'I wonder he's so simple / To trust the mockery of unquiet slum-
   bers.'(Evans, Hammond) 여기서 'simple' 대신에 'fond'가 쓰인 경우도 있다
   (Craig, Harrison).

3 원문에서 이 부사는 'kindly'이다. 헤이스팅스는 이 단어를 현대영어에서 갖는
   의미로 사용하고 있으나, 관객의 입장에서는 이 단어가 갖는 원래의 뜻에 입각
   한 의미, 즉 〔리처드의〕 천성대로'라는 말로도 들릴 수 있으므로, 아이러니를
   내포하는 말이다.

헤이스팅스

케이쓰비, 잘 잤나? 아침 일찍 거동하였군.

이 어수선한 정국에 무슨 새로운 소식이라도?

케이쓰비

참으로 정신없이 돌아가는 세상입니다, 어르신.

그리고 리처드가 이 왕국의 관을 쓰기 전에는

세상이 제대로 서기는 불가능하다고 믿습니다.   *40*

헤이스팅스

무어라? 관을 쓴다고? 왕관 말인가?

케이쓰비

그러하옵니다, 어르신.

헤이스팅스

왕관이 그런 고약한 자리에 얹히는 걸 보느니,

내 이 머리가 내 어깨로부터 떨어지도록 하겠네.

하지만 자네는 그자가 왕관을 노린다고 생각하나?   *45*

케이쓰비

예. 틀림이 없고, 왕관을 쟁취하는 일에 있어,

그분 편에 가담하시어 적극적이시길 바랍니다.

그런 연유로 어르신께 좋은 소식을 하나 보내는데,

그건 어르신의 숙적들이었던 왕비의 친족들이

바로 오늘 폼프레트에서 처형된다는 것이올습니다.   *50*

헤이스팅스
하긴, 그 소식에 슬퍼할 마음 들지도 않는 것이,
그자들은 노상 내 정적들이었으니 말일세.
하지만 내가 리처드 편에서 그자를 지지하여,
내 주군의 적통 계승자들의 길을 막는 일은,
나 죽는 한이 있더라도, 맹세코 하지 않을 것이네.   55

케이쓰비
어르신의 갸륵한 충심에 주님의 가호 있으시길 —

헤이스팅스
헌데 앞으로 열두 달은 웃고 지내게 생겼구려.
나를 고변해서 내 주군의 미움을 사게 만들었던
자들에게 닥친 비극을 살아서 보게 되었으니 —
여보게, 케이쓰비, 보름이 채 지나기 전에, 4   60
아직 꿈도 안 꾸는 몇 놈들을 보내 버릴 거야.

케이쓰비
준비도 돼 있지 않고, 예상하지도 않았다가,
죽음을 맞는 건 끔찍한 노릇입니다, 어르신.

---

4 이 부분은 텍스트가 두 가지가 있다. (i) 'I tell thee, Catesby — / *Cate*. What,
my lord?/ *Hast*. Ere a fortnight make me elder,'(Quartos; Craig, Harrison)
(ii) 'Well, Catesby, ere a fortnight make me older,'(First Folio; Evans,
Hammond). 전자와 후자 사이에 의미상의 차이는 없으나, 대사의 간결성을 보
면 후자가 나은 것으로 보여, 나는 후자를 택했다.

헤이스팅스

아, 끔찍스럽고말고! 그게 바로 리버스, 본,

그리고 그레이의 경우야. 헌데 다른 사람들에게도   65

일어날 수 있는 일이지 — 자네나 나만큼이나

안전하다고 생각하는 사람들 말일세. 5 알다시피,

우린 군왕다운 리처드와 버킹엄과 가깝잖나 말이야.

케이쓰비

두 분 공작께서는 어르신을 높이 평가합니다.

〔**방백**〕 당신 머리는 벌써 런던 다리에 높이 매달린 걸 —   70

헤이스팅스

그런 줄 알고 있네. 허고, 내가 받아 마땅한 처우이지. 6

더비 백작 스탠리 등장 ⸸

어이, 어쩐 일이신가? 멧돼지 잡는 창은 어디 있소?

멧돼지가 무섭다면서, 그렇게 맨손으로 다니시오?

스탠리

시종장 어른, 밤새 안녕하시오? 케이쓰비, 잘 잤나?

---

5 헤이스팅스의 이 대사는 극적 아이러니의 극치이다. 바로 이 말을 하고 있는 자
  신에게 그대로 해당되는 말이기 때문이다.
6 케이쓰비가 바로 전에 방백으로 들려준 말과 연결해서 읽으면, 이 말을 하는 헤
  이스팅스가 의식하지 못하는 아이러니가 담겨 있다.

경께서는 농을 하실지 모르나, 성가(聖架)에 걸어 여쭙는데,   *75*
난 이 따로따로 열리는 중신 회의가 마음에 안 들어요.

헤이스팅스
백작 어른, 나도 경 못지않게 내 목숨을 아끼고,
단언하거니와, 나 이제껏 살아오는 동안, 내게
내 목숨이 지금처럼 소중한 적은 다시없었소.
우리 정국이 평온하다고 여기지 않는다면,   *80*
내가 지금처럼 이토록 의기양양할 것 같소?

스탠리
폼프레트에 있는 분들은, 가벼운 마음으로 말달려
런던을7 떠났고, 그네들의 처지는 확고하다 여겼지요.
또 실상 그분들이 불안해할 아무런 이유가 없었지요.
허나, 아시다시피, 어느새 시커먼 구름이 덮여 있잖소.   *85*
이 급작스런 악의의 칼침이 두려운 것이오.
내가 필요 없는 걱정이나 하는 겁쟁이이길 바래요.
자, 런던 탑으로 향할까요? 벌써 시간이 많이 갔어요. 8

헤이스팅스
자, 자, 함께 가십시다. 이 소식 들으셨나요?
오늘 경께서 말씀한 사람들이 처형된답니다.   *90*

---

7 러들로우(Ludlow) 라 했어야 옳다.
8 원문은 'The day is spent.' 보통은 '날이 저물었다'는 뜻이지만, 이 장면이 새벽
　네 시에 시작하였다는 점을 감안하면, 이것은 말이 안 되고, 결국 '시간이 많이
　흘렀다'는 의미일 수밖에 없다.

스탠리
그분들 논죄를 주장한 자들이 감투를 계속 쓰느니,
진실되게 행동한 그분들은 머리라도 지켜야 옳지요.
그건 그렇고, 시종장 어른, 출발하십시다.

문장관보9 헤이스팅스 등장

헤이스팅스
먼저 출발하세요. 난 이 친구와 할 이야기가 있어요.

스탠리와 케이쓰비 퇴장

잘 왔네, 자네.10 세상살이는 잘돼 가나?   *95*

문장관보
나으리께서 물어 주시니 여부가 있겠습니까?

헤이스팅스
여보게, 지금 우리가 만나고 있는 이 자리에서, 먼젓번

---

9 문장관보(紋章官補, pursuivant)는 문장관(紋章官, herald)을 수행하는 종자였
  다. 〈리처드 3세의 전기〉를 쓴 토머스 모어에 의하면, 여기 등장하는 문장관보
  의 이름 역시 헤이스팅스였다 한다. 그런데 나는 '헤이스팅스'라는 이름을 두 사
  람이 동시에 우연히 갖게 되었다고 보기보다는, 헤이스팅스의 문장(herald)을
  들고 다니는 수하의 종복도 자연스럽게 '헤이스팅스'로 통하게 된 것 아닌가 추
  정을 해본다.
10 이 부분은 두 가지로 읽힌다. 'How now, sirrha!'(First Folio; Craig, Harrison,
  Evans) 'Well met, Hastings;'(Quartos; Hammond) 이 번역은 전자를 따랐다.

자네를 만났을 때보다는, 내 처지가 낫다고 말해야겠지.
그때는 왕비 친척들의 농간 때문에
런던 탑에 수감되려 가는 길이었지.   *100*
그런데 지금은 내가 — 이건 자네만 알고 있게 —
자네한테 그 원수놈들이 오늘 처형될 것이고,
나는 어느 때보다 형편이 좋다는 이야길 하는군.

문장관보
주님의 가호로 나으리의 행운 지속되길 빕니다.

헤이스팅스
고맙네, 자네.¹¹ 자, 이걸로 한잔 하게. 〔**돈지갑을 던져 준다**〕   *105*

문장관보
고맙습니다, 나으리. 〔**퇴장**〕

신부 등장

신부
계셨군요, 나으리. 뵙게 되어 기쁩니다.

헤이스팅스
존 신부, 나 그대에게 진심으로 감사드리오.

---

11 이 부분도 두 가지 텍스트가 있다. (i) 'Gramercy, fellow.'(Folio; Craig,
　　Harrison, Evans) (ii) 'Gramercy, Hastings;'(Quartos; Hammond)

지난번 들려준 설교는 감명 깊은 것이었소.
다음 안식일에 와 주면, 흡족하게 해드리리다. 〔신부에게 귓속말 한다〕 *110*

버킹엄 등장 †

신부
언제든 대령하겠습니다. 〔**퇴장**〕12

버킹엄
아니, 시종장 어른, 신부하고 이야길 나누셨소?
폼프레트에 있는 경 친우들은 신부가 필요하죠.
경께서야 당장은 고해성사 하실 필요가 없지요. 13

헤이스팅스
사실 그렇소만, 이 성직자를 보는 순간 *115*
공께서 말씀한 사람들이 머리에 떠올랐소.
그래, 런던 탑으로 가는 길이시오?

버킹엄
그렇다오. 하지만 거기 오래 머물 순 없어요.
경보다 먼저 그 자리를 떠야 할 것 같아요.

---

12 이 행은 Craig와 Harrison이 편집한 텍스트에는 안 나타난다. Quarto판들에 없기 때문이다. First Folio에는 있기 때문에 Evans와 Hammond의 텍스트에는 나타난다. 나는 헤이스팅스와 버킹엄이 대화를 나누는 동안, 신부가 우두커니 서 있는 것보다는, 버킹엄이 들어오는 것을 보고 자리를 피해 주는 것이 자연스럽다고 느끼기 때문에, Hammond의 텍스트를 따르기로 하였다.
13 처형되기 직전에 신부에게 고해를 하고 죄에 대한 사함을 받는 것이 관행이었다. 버킹엄의 악의에 찬 야유이나, 헤이스팅스는 이를 범상하게 듣는다.

헤이스팅스

아마 그럴 거요. 난 오찬 때까지 머물 테니까요.　　　　　　*120*

버킹엄

〔**방백**〕 너는 모르지만, 저녁도 먹어야 해.

자, 가실까요?

헤이스팅스

언제든 공 하자는 대로 하겠소이다.

두 사람 퇴장

3막 3장

폼프레트 성. 리처드 래트클리프 경, 폼프레트 성에서 처형당할
리버스, 그레이, 본을 이끌고, 창 든 위병들과 함께 등장 ✝

래트클리프
자, 죄인들을 데려와라.

리버스
리처드 래트클리프 경, 이 말 한 마디는 해야겠소.
오늘 그대는 신민 하나가, 진실과, 의무와,
충성이라는 대의를 위해 죽는 것을 볼 것이오.

그레이
주님께서 왕세자를 너희 패거리로부터 지켜주시길!   5
너희는 한 무리의 저주받은 흡혈동물들이야.

본
너는 살아남지만, 이 일로 내내 괴로울 것이야.

래트클리프
서두르시지. 살날이 다되었으니 ─

리버스

아, 폼프레트, 폼프레트! 너는 피에 얼룩지어, 1

지체 높은 자들 목숨 위협하는 불길한 감옥이로다.   *10*

네 석벽들이 둘러싼 죄 많은 영내에서 —

여기서 리처드 2세가 도륙을 당하였지.

그리고 네 음산한 자리에 오명(汚名)을 더하려,

우리는 네게 죄 없는 피를 흘려 마시게 하는구나.

그레이

이제 마가레트의 저주가 우리 머리에 떨어지누나.   *15*

리처드가 그 아들을 척살할 때 방관만 하였다고,

헤이스팅스와 외숙과 나를 향해 퍼부었던 저주가 —

리버스

그때 리처드를 저주했고, 버킹엄도 저주했고,

헤이스팅스도 저주했어. 아, 주님, 우리를 향한

저주 못잖게 그자들을 향한 저주도 들어주소서.   *20*

그리고, 주여, 내 누이와, 왕손인 누이의 아들들은,

저희들 흘리는 피로 족할 것이오니, 살펴주소서.

저희들 부당하게 죽음 맞음을 주께서 아시나이다.

---

1 폼프레트(Pomfret)는 'Pontefract'라고도 불렸던 성의 이름. 에드워드 2세에게 반
  역을 저지른 그의 사촌, 랭커스터 백작 토머스가 여기서 처형됐고, 볼링브로크에
  게 왕위를 빼앗기고 폐위된 리처드 2세도 여기서 살해됐다. 'Kingmaker'로 불렸
  던 워릭(Warwick)의 아버지, 솔즈베리 백작 리처드 네빌(Richard Neville)도 헨
  리 6세의 왕비 마가레트(Margaret of Anjou)의 사주에 의해 여기서 살해되었다.

래트클리프

서두르시오. 집행 시간을 넘겨 버렸소.

리버스

자, 그레이, 그리고 본, 여기서 포옹이나 나누세.   *25*
자, 그럼, 안녕. 하늘나라에서 다시 만나세.

모두 퇴장 †

3막 4장

런던 탑. 버킹엄, 더비 백작 스탠리, 헤이스팅스, 엘리 주교, 노포크, 래트클리프, 그리고 로벨이 다른 몇 사람들과 함께 등장; 탁자에 둘러앉는다.

헤이스팅스

자, 여러분,1 우리가 여기 모인 이유는
대관식에 대해 결정하고자 함이올시다.
주님의 이름으로 말씀하오. 어느 날이 좋겠소?

버킹엄

대관식 치를 준비는 다 되었나요?2

스탠리

그렇소이다. 날짜만 정하면 되지요.   *5*

엘리 주교

그렇다면, 내일이 좋을 것 같소이다.

---

1 'Now, noble peers,' (Folios; Evans, Hammond); 'My lords, at once,'
  (Quartos; Craig, Harrison). 이 번역은 전자를 취했다.

2 'Is all things ready for the royal time?' (Folios; Evans, Hammond); 'Are all
  things fitting for that royal time?' (Quartos; Craig, Harrison).

버킹엄

이 문제에 대한 섭정 어른 생각을 아는 분 있소?

공작3 어른과 제일 잘 통하는 분이 뉘시오?

엘리 주교

공께서 그분 마음을 제일 잘 아실 것으로 생각하오.

버킹엄

우린 서로 얼굴을 알지만, 각자의 속마음에 대해선,   *10*

내가 여러분 속을 모르듯, 그분도 내 속을 몰라요.

또 여러분이 내 마음 모르듯, 나도 그분 마음을 몰라요.

헤이스팅스 경, 공과 그분은 마음이 통하시지요?

헤이스팅스

그분께 감사하고, 그분이 나를 아끼시는 걸 알아요.

하지만 대관식에 관한 그분의 의중이 어떠한지   *15*

난 아직 알아본 적이 없고, 또 어떤 방식으로든

그분의 고견이 어떤 것인지 발설하신 적도 없어요.

그러나 여러분들께서 날짜를 지정하실 수 있고,

공작님을 대신해서 나도 의사 표시를 할 것이오. 4

그렇게 하는 걸 그분도 받아들이시리라 믿습니다.   *20*

---

3 글로스터 공 리처드를 말함.

4 시종장(Lord Chamberlain)은 중신 회의나 의회에서 왕실의 의견을 대변하는 역
  할이 부여되었다.

리처드 등장

엘리 주교

마침 때맞추어, 공작께서 오십니다.

리처드

고매하신 경들, 그리고 친족들,5 안녕들 하시오?
늦잠 자는 버릇이 있어 늦었소이만, 내가 참석하여
쉽사리 결정되었을 중요한 안건이, 내 불참으로 인해
소홀히 다루어지지 않았을 것이라 믿소.   *25*

버킹엄

각하, 각하께서 때맞추어 오시지 않았더라면,
윌리엄 헤이스팅스 경이 각하를 대신할 뻔했습니다.
즉위에 관한 각하의 고견에 대해 말씀입니다.

리처드

헤이스팅스 경보다 담대한 사람은 있을 수 없소.
저분은 나를 잘 알고, 또 나를 좋아하거든요.   *30*
엘리 주교님, 내가 지난번 홀번에6 들렀을 때,

---

5 이 자리에 있는 사람들 중에서 버킹엄만이 리처드와 혈연관계에 있다. 그러나
  리처드는 임금이 귀족을 부를 때 흔히 썼던 'cousin'이라는 말을 복수형태로 쓰
  고 있다. 리처드가 이 말을 서슴지 않고 쓰는 것은 그의 마음속에 이미 자신이
  곧 임금이 될 것이라는 생각이 굳어져 있음을 시사한다고 볼 수 있다.
6 홀번(Holborn)은 런던의 한 지역으로, 엘리 주교관이 거기에 소재했다.

거기 있는 경의 정원에 열린 딸기가 좋더군요.
제발 부탁인데, 그 딸기 좀 보내 주시구려.

엘리 주교
여부가 있습니까, 각하. 당장 그리하겠습니다. 〔**퇴장**〕

리처드
버킹엄 종친, 내가 할 말이 하나 있소.   *35*
〔**버킹엄에게 따로**〕 케이쓰비가 헤이스팅스한테 우리 계획을
말해 주었는데, 이 성깔 있는 양반이 펄쩍 뛰면서,
자기 목이 떨어지는 한이 있더라도, 자기 주군의 아들이
― 한껏 드높인 호칭으로 부르며 ― 영국의 왕좌에 오를
권리를 빼앗기는 걸 용인할 수는 없다고 했답디다.   *40*

버킹엄
잠깐 자리를 뜨시지요. 저도 함께 가겠습니다.

리처드와 버킹엄 퇴장 ✝

스탠리
이 경하할 날이 언제일 건지 아직 결정하지 못했소.
내 판단으로는, 내일은 너무 빠른 것 같소.
나 자신만 해도, 날짜를 뒤로 미루면 여유 있게
할 수 있는 준비가 지금은 안돼 있어요.   *45*

엘리 주교 등장 ✝

엘리 주교
글로스터 공작께서는 어디 계시오?
딸기를 가져오라고 사람을 보냈는데 ―

헤이스팅스
각하께선 오늘 쾌활하고 온화해 보이시오.
그런 기분으로 아침 인사를 해오실 때는
무언가 마음에 드는 생각이 떠오르신 게요.   50
온 기독교 세계를 통틀어, 좋고 싫은 것을
이분처럼 감추지 못하는 사람은 없을 거요.
얼굴만 보아도 곧 그분 마음을 알 수 있으니 ―

스탠리
오늘 그분이 쾌활하게 보였다고 해서,
그분 얼굴에서 무슨 심중을 보신 거요?   55

헤이스팅스
여기 아무도 그분 마음에 거슬리지 않은 거죠.
그러했다면, 그분 얼굴에 나타났을 테니까요.

스탠리
제발 그런 일 없었으면 좋겠소.

리처드와 버킹엄 등장 ✝

리처드
내가 여러분께 묻고 싶은데, 저주받은 마법의
악독한 음계를 꾸며 나의 죽음을 획책하고,   60
그 끔찍스런 주술에 의지해서 내 육신에
훼손을 가한 자들을 어찌 처결해야 하오?

헤이스팅스
각하, 각하를 향한 저의 충정은 저로 하여금,
제공들이 배석한 이 자리에서 제일 먼저,
그자들이 누구이든, 그 형량을 정하게 합니다.   65
여쭙건대, 각하, 저들은 죽을 짓을 저지른 겁니다.

리처드
그러면 그자들이 저지른 악행을 두 눈으로 보시오.
내가 어떻게 요망한 짓거리에 희생됐는지! 봐요,
내 팔은 시들은 묘목처럼 말라 비틀어졌소!
헌데 이건 에드워드의 여편네 — 그 고약한 마녀가,   70
그 음탕한 갈보, 쇼어라는 계집과 작당을 해서,
그것들의 마녀 짓거리로 나를 이 꼴로 만든 거요.

헤이스팅스
만약 그네들이 그런 일을 했다면, 각하 —

리처드

'만약'이라고? 이 못된 갈보를 끼고 도는 녀석,
네가 감히 '만약'이란 말을 들먹여? 넌 역도야.   75
저놈 목을 쳐 버려! 성 폴에 걸어 맹세하는데,
저자 머리를 볼 때까지는 먹지 않을 것이야.
로벨, 그리고 래트클리프, 책임지고 시행토록 해.
나를 좋아하는 나머지 분들, 일어나서 나를 따라와요.

로벨, 래트클리프, 헤이스팅스 경만 남고, 모두 퇴장 †

헤이스팅스

슬프구나, 영국이여. 조금치도 나 때문이 아니야—   80
어리석은 나—이런 사태를 예상할 수 있었건만—
멧돼지가 투구를 벗겨 버린 꿈을 스탠리가 꾸었는데,
난 그걸 조소했고, 도주하자는 제안을 비웃었지.
허리 덮은 천 드리워진 내 말이 오늘 세 번이나
발을 헛디뎠고, 런던 탑을 보고서는 움찔하였지.   85
나를 도살장으로 데려가는 것이 싫다는 듯—
아, 내게 말 걸어왔던 사제가 지금 필요하구나.
문장(紋章) 드는 종자한테 의기양양하게
떠벌인 게 지금은 후회스럽구나. 내 적들이
오늘 폼프레트에서 잔혹하게 처형당했으나,   90
나는 신임과 애중을 받는 중신이라고 말이야.
아, 마가레트, 마가레트, 이제 당신의 무거운 저주가
불쌍한 헤이스팅스의 가련한 머리에 내려앉는구려.

래트클리프

자, 자, 서두르시오. 공작께선 식사를 하고자 하시오.
마지막 참회는 짧게 하시오. 당신 머리를 보고파 하시오.   *95*

헤이스팅스

아, 결국은 죽고 말 인간이 베푸는 덧없는 은총─
우린 하느님의 은총보다 그것을 더 탐하는구나.
공허한 겉모습에 희망을 쌓아 올리는 자는
돛대 위의 술 취한 뱃사람처럼 사는 것이니─
고개를 끄덕일 때마다 언제고 깊은 바닷속   *100*
죽음 넘실대는 심연으로 곤두박질할 것을─7

로벨

자, 자, 서두르시오. 탄식해 보았자 소용없소.

헤이스팅스

아, 잔혹한 리처드! 비참하게 된 영국이여─
나 예언하노니, 일찍이 그 어떤 불운한 시대도
보지 못했던 처절의 극을 다한 때가 네게 오리라.   *105*
자, 나를 단두대로 데려가라. 내 머리를 갖다 주거라.
얼마 안 있어 죽을 것들이 나를 보고 미소 짓는구나.

세 사람 퇴장 ✝

---

7 1막 4장에서 클라런스는 익사하는 꿈에 대해 들려준다. 여기 나오는 헤이스팅
   스의 대사는 죽음과 바다에 빠지는 심상을 연결시킨다는 점에서, 클라런스의
   대사와 동한다.

3막 5장

런던 탑 성벽.
리처드와 버킹엄, 녹슬고 우스꽝스런 갑옷 입고 등장

리처드
이보게, 자네, 말하다가 몸을 떨고,
얼굴색도 변하고, 숨넘어가듯 말을 멈췄다가는,
다시 시작했다가, 또 멈추고 할 수 있나?
마치 공포로 인해 정신 나가고 미친 듯 말이야—

버킹엄
체, 심각한 비극 배우 노릇도 할 수 있지요.   5
말하다가, 돌아보고, 사방을 휘둘러보다간,
부스럭 소리에 부르르 떨고 움찔 놀라면서,
의심에 가득 찬 시늉을 하면서요. 겁에 질린 표정도
억지로 짓는 미소처럼 제 마음대로 만들어내는데,
이 두 가지가 다 제 계략을 성취하는 데   10
적절히 사용되게끔 준비되어 있지요.1

---

1 이어서 전개되는 장면은, 헤이스팅스가 모반을 시도하여 군대를 이끌고 오는데,
  이를 진압하기 위해 절박한 상황에 몰린 것처럼 행동하면서 거짓 소란을 피우는
  것이다. 런던 시장에게 헤이스팅스를 처단하지 않을 수 없었음을 납득시키기 위
  함이다.

그런데 케이쓰비는 보내셨나요?

런던 시장과 케이쓰비 등장 †

리처드
그래요. 보시오, 런던 시장을 데려오잖소.

버킹엄
시장님 —

리처드
여닫다리 쪽을 살펴!   15

버킹엄
북소리 아냐?

리처드
케이쓰비, 성벽을 주시해!2

---

2 Hammond는 리처드의 이 말을 듣고 케이쓰비가 퇴장하는 것으로 무대 지시문
을 삽입하였다. Craig, Harrison, Evans 등의 텍스트에는 그런 무대 지시문이
없기 때문에, 케이쓰비는 단지 리처드의 지시대로 고개를 돌리는 것으로 되어
있다. 내 생각으로는, 케이쓰비가 새삼스레 들락날락하는 것보다는, 그저 경계
태세를 취하는 것으로 족하다고 본다. 애초에 케이쓰비가 등장한 이유는 런던
시장을 데리고 오는 데에 있었고, 이 장면 전체를 통해 한마디도 하지 않기 때
문에, 굳이 여기서 퇴장하면 오히려 어색하다.

버킹엄
시장님, 오시라 한 이유는—

헤이스팅스의 머리를 들고 로벨과 래트클리프 등장 †

리처드
뒤를 봐! 방어해! 적들이 온다!

버킹엄
주님과 우리의 무죄가 우릴 지켜 주옵소서!　　　　　　　　　　*20*

리처드
진정들 해요. 우리 편이요—래트클리프하고 로벨.

로벨
여기 그 비열한 역도—위험천만한 존재이면서도
의심을 사지 않은 헤이스팅스의 머리가 있습니다.

리처드
내 이자를 애중하였기에 울 수밖에 없소.
난 이자를 세상에서 둘도 없는 기독교인,　　　　　　　　　　*25*
우직하기 이를 데 없는 선인으로 알았소.
해서 이자가 내 일기장이기라도 한 양, 내 영혼의
비밀스런 상념들을 모두 이자에게 토로했었다오.
악덕을 미덕의 외관으로 감쪽같이 감추었기에,
확연하게 드러난 이자의 죄행을 제외하고는—　　　　　　　　　　*30*

쇼어의 여편네와 통정한 걸 말하는 것이오만—3
의혹의 여지가 없는 깨끗한 삶을 산 것 같았소.

버킹엄
글쎄, 그게 말이죠, 이자만큼이나 은밀하고
발각을 모면해 온 반역자는 또 없었다니까요. 4
천우신조로 우리가 살아 이야기할 수 있으니   35
망정이지, 바로 오늘 이 간특한 반역자가
중신 회의 장소에서 나와 글로스터 공작님을
살해하려는 음모를 획책하였다는 사실을
상상이라도 하고, 도대체 믿을 수나 있겠소?

런던 시장
그랬습니까?   40

리처드
아니, 우리가 투르크인이나 이교도인 줄 아시오?
아니면, 우리가 정당한 법적 절차를 어기고,

---

3 에드워드 4세의 정부였던 제인 쇼어와 헤이스팅스가 통정을 했는지는, 적어도
작품 속에서는 밝혀지지 않고 있다. 글로스터의 성격으로 보아 얼마든지 만들
어낸 이야기일 수도 있다. Laurence Olivier가 제작한 영화에서는 에드워드가
죽자마자 쇼어가 헤이스팅스에게 접근하는 장면이 있다.

4 Craig, Harrison, Evans의 텍스트는 다음과 같다. 'Well, well, he was the
covert'st shelter'd traitor / That ever lived.' 단, Evans는 반 행밖에 점유하지
않는 'That ever lived' 다음에 '(Look ye, my Lord Mayor,)'라는 말을 잠정적
으로 첨가함으로써 행을 완결시켰다. Hammond는 'That ever lived' 자체를 아
예 삭제해 버렸다. 나의 번역은 Craig와 Harrison의 텍스트를 따랐음을 밝힌다.

이 악당을 성급히 처형했다고 생각하는 거요?
상황이 극도로 긴박하여, 영국의 평화와
우리들 자신의 안위가 촌각에 달려 있기에,   *45*
이토록 서둘러 처결치 않을 수 없었는데도 말이요?

런던 시장
지당한 말씀입니다. 죽어 마땅한 짓을 했고,
못된 반역자들이 유사한 시도를 하지 못하도록,
두 분께서는 일을 잘 처결하셨습니다.⁵

버킹엄
이자가 쇼어 아낙과 정분이 난 뒤로는   *50*
그보다 나은 행실을 기대하진 않았어요.⁶
그래도 시장께서 오셔서 이자의 최후를 보시도록,
그때까지는 처형을 아니하기로 결정을 하였었지요.
헌데 여기 있는 우리 친우들이 그만 너무 서둘러서,
우리가 의도한 바와는 달리, 일을 앞질러 하고 말았소.   *55*
시장 어른, 실은 우리는 역도가 입을 열어,

---

5 이 행은 텍스트마다 조금씩 다르다. 'And you my good lords, both have well
  proceeded,'(Craig) ; 'And you, my good lords both, have well proceeded,'
  (Harrison) ; 'And your good Graces both have well proceeded,'(Evans,
  Hammond). 그러나 번역문에서는 별다른 차이가 있을 수 없다.

6 이 두 행을 런던 시장이 하는 대사(47~49행)의 연속으로 읽은 텍스트도 있다.
  (Craig, Harrison) 그러나 이는 헤이스팅스가 쇼어 부인과 통정을 한 것을 기정
  사실로 받아들이는 것이 되고, 런던 시장의 입에서 이런 말이 쉽게 나오는 것도
  부자연스럽다. Evans와 Hammond가 읽은 대로, 이 말은 헤이스팅스의 부덕함
  을 강조하는 버킹엄에게 귀속시킴이 자연스럽다.

어떻게 모반을 꾀했으며, 그 목적은 무엇이었는지,
겁에 질려 자복하는 걸 시장께서 직접 듣기를 바랐소.
그래야 시장께서는, 어쩌면 우리 의도를 오판하고,
이자의 죽음을 애석해할지도 모르는 시민들에게,   60
이자가 한 말을 그대로 전해 주실 수 있었잖겠소?7

런던 시장

하지만, 각하, 각하의8 말씀만으로도, 그자가
말하는 걸 보고 들은 것이나 진배없습니다.
그리고 두 분 왕친들께서는 믿어 주소서.
이 문제를 처결함에 있어 얼마나 정당하셨는지,   65
신민의 도리를 아는 시민들이 알도록 하겠습니다.

리처드

바로 그 목적으로 시장을 오시라 했던 거요.
이러쿵저러쿵하는 세상의 험담을 피하려고 ―

버킹엄

우리가 의도한 바와 달리 너무 늦게 오셨으나,

---

7 Craig와 Harrison은 52~61행을 글로스터가 하는 말로 본다. Evans와 Hammon
은 50~51행에 이어 버킹엄이 하는 대사로 본다. 나의 생각으로는, 글로스터의
성격상 이처럼 소상하게, 또 수다스럽게 시장에게 변명조로 이야기한다는 것이
걸맞지 않다고 본다. 하수인인 버킹엄의 몫이다.

8 Craig, Harrison, Evans는 모두 'your grace's' 혹은 'your Grace's'로 읽어, 시장
이 말을 하는 상대방을 글로스터(Craig, Harrison), 또는 버킹엄(Evans)으로 보
았으나, Hammond는 'your Grace's'로 읽음으로써, 시장이 글로스터와 버킹엄
두 사람을 동시에 지칭하는 것으로 보았다. 나의 번역에서는 전자를 취하였다.

우리의 의도를 들으신 바대로 증언해 주시오.   *70*
자, 그럼, 시장 어른, 그만 가셔도 좋소.

런던 시장 퇴장 ✝

리처드
뒤를 따라가게, 어서, 버킹엄 공.
시장은 서둘러서 런던 시청으로 가고 있어.
거기서, 시의적절한 기회를 포착해서,
에드워드의 자식들이 사생아라고 다짐을 하라고.   *75*
시민 하나가 자기 아들에게 '왕관'을 물려받게 하겠다고
말한 이유 하나 때문에, 에드워드가 그 사람을
처형한 적이 있다고 사람들한테 말해 주란 말이야.
실은, 왕관 비슷한 표시를 단 자기 집을 말함이었는데 — 9
덧붙여서, 에드워드가 얼마나 황음무도했고,   *80*
짐승 같은 음욕으로 여색을 탐했는지 강조하라고.
심지어는 그들 하인, 딸, 여편네한테까지 뻗치는데,
광분하는 눈길, 음욕에 찬 가슴이 먹이를 찾아
희번덕거리며 아니 미친 데가 없다고 말이지.
아니, 필요하면 내 신상 가까이까지 와도 좋아.   *85*
말해 주어. 내 어머니가 그 황음무쌍한 에드워드를

---

9 토머스 모어에 의하면, Burdet라는 이름의 상인이 자기가 살던 Cheapside거리
   에 있는 집을 아들이 물려받도록 하겠다는 말을 했는데, 그 집에 백합 표시가
   있기 때문에 '왕관을 물려받도록 하겠다'고 한 말을 듣고, 에드워드 4세는 그를
   체포해 처형했다고 한다.

배었을 때는, 군왕다우셨던 내 아버지 요크께서는
그때 프랑스에서 전쟁을 치르고 계셨다고 말이야.
해서 시간을 정확하게 계산해 보니,
그 자식이 아버님 혈손이 아닌 걸 알게 됐다고 —   90
생긴 모습만 보아도 그것이 확실했으니, 내 아버지
요크 공작을 조금치도 닮지 않았단 말씀이지.
헌데 이 점은 좀 애매모호하게 조심해서 다루게.
이봐, 내 어머니 아직 살아 계시지 않은가 말이야.

버킹엄
걱정 마십쇼, 각하. 제가 청원을 해 얻고자 하는   95
그 황금 덩어리 보상이10 마치 저를 위한 것인 양,
일장연설을 할 겁니다. 자, 그럼, 다녀오겠습니다.

리처드
일이 잘되면, 시민들을 베이나드 성으로11 데려와.
거기서 고매한 신부들과 학문이 높은 주교들과
어울려 내가 담소를 나누고 있는 걸 보게 될 거야.   100

버킹엄
가보겠습니다. 그리고 서너 시 경에는
시청에서 있었던 일을 말씀드리러 오겠습니다. 〔퇴장〕

---

10 왕관을 말함.
11 베이나드 성(Baynard's Castle)은 템즈 강변에 있는데, Blackfriars와 런던 다리
    사이에 소재함.

리처드

로벨, 쇼12 박사한테 급히 달려가게.

[케이쓰비에게]13 자넨 펜커14 수사에게 가고. 두 사람한테

한 시간 안에 베이나드 성으로 나를 보러 오라고 전해.　　　　105

[리처드만 남고 모두 퇴장]15

자, 이제 클라런스의 새끼들이 눈앞에

얼씬거리지 않게 할 은밀한 지시를 내려야지.

허고, 지체여하를 막론하고 그 누구도,

어느 때건 왕자들에게 접근하지 못하게 해야지. [퇴장]

---

12 John Shaw(또는 Shaa)는 런던 시장의 아우로서, 리처드를 위해 그가 얼마나 아
    첨하는 연설을 했는지 토머스 모어는 〈리처드 3세의 전기〉에서 적었다.

13 Craig와 Harrison은 리처드가 케이쓰비에게 말하는 것으로 표기하였고, Evans
    와 Hammond는 리처드가 래트클리프에게 말하는 것으로 표기하였다. 어느 쪽
    을 택할 것인가? 이 장면이 시작할 때, 17행에서 리처드가 케이쓰비에게 성벽
    을 주시하라고 명했을 때, Hammond는 케이쓰비가 퇴장하는 것으로 무대 지시
    를 썼다. 나는 케이쓰비가 단지 고개를 돌려 성벽 쪽을 보기만 하는 것으로 보
    았다. 그러므로 나는 Craig와 Harrison의 텍스트대로, 여기서 리처드는 케이쓰
    비에게 이 명을 내리는 것으로 본다.

14 토마스 모어에 의하면, Penker(혹은 Pynkie)는 어거스틴 수사파의 지역 수장이
    었다고 한다.

15 Evans는 여기서 퇴장하는 사람은 로벨과 케이쓰비라고 표기하였고, 따라서 그
    다음에 리처드가 들려주는 대사는 래트클리프를 향해 하는 것이라 보았다.
    Hammond는 퇴장하는 사람들은 래트클리프와 로벨이라고 표기했다. 왜냐면,
    Hammond는 케이쓰비가 이 장면 초두에서 이미 퇴장한 것으로 보았기 때문이
    다. Craig와 Harrison은 케이쓰비, 로벨, 래트클리프, 이 세 사람이 여기서 함
    께 퇴장하는 것으로 보았다. 나는 이것이 옳다고 본다. 그 다음에 리처드가 들
    려주는 대사는 의심할 나위 없이 방백 — 아니면 독백 — 으로 들리기 때문이다.

3막 6장

런던의 어느 거리. 사법서사, 종이 한 장 들고 등장 †

사법서사

여기 선량한 헤이스팅스 경의 죄상 밝히는 글을
사법 문서 격식에 맞추어 깔끔하게 정서해 놓았는데,
오늘 성 폴 성당에서 낭독이 된다지? 그런데,
얼마나 절묘하게 앞뒤가 맞아 들어가느냐 말이야.
이걸 다 베껴 쓰느라고 열한 시간을 보낸 거야.   5
왜냐면 간밤에 케이쓰비가 이걸 내게 보냈으니까 —
원본을 필사하는 데 그렇게 오래 걸리더란 말이지.
그런데 다섯 시간 전만 해도 헤이스팅스는 살아있었어.
아무런 혐의도 없고, 조사받을 일도 없고, 자유스럽게 —
세상 돌아가는 꼴이라니! 이건 뻔한 간계라는 걸   10
알아채지 못할 만큼 멍청한 놈이 어디 있겠어?
하지만 어느 누가 용감하게 나서서 그걸 지적하겠어?[1]

---

1 이 행의 원문은 두 가지로 읽힌다. (i) 'Yet, who's so blind, but says he sees
it not?'(Craig) 'Yet who's so blind but says he sees it not?'(Harrison) (ii) 'Yet
who['s] so bold but says he sees it not?'(Evans) 'Yet who's so bold but says
he sees it not?'(Hammond) 즉, 'blind'와 'bold' 두 단어 중 하나를 택해야 하는

세상 돌아가는 게 말이 아니고, 이런 못된 처사를
보기만 하고 입 다물고 있으면, 볼 장 다 본 거지. 〔**퇴장**〕

데, 'blind'라고 읽으면 '〔그것을 지적하는 데 따르는 위험을〕 보지 못한다'는 의
미가 되고, 'bold'로 읽으면 그 다음에 나오는 문장과 보다 직접적으로 연결이
된다. 나는 'bold'를 택하였다.

3막 7장

런던. 베이나드 성. 리처드와 버킹엄 각기 다른 문으로 등장

리처드

그래 어떻게 됐소? 시민들은 무어랍디까?

버킹엄

그런데 성모님을 걸고 드리는 말씀인데,
시민들은 입을 꽉 다물고 아무 말도 안 합니다.

리처드

에드워드 자식들이 사생아라는 건 언급했소?

버킹엄

그랬습니다. 루씨라는 규수와 약혼을 했던 일,   5
또 사절을 통해 프랑스에서 진행됐던 혼담도요. 1

---

1 토머스 모어에 의하면, 에드워드 4세가 엘리자베스 그레이 (Elizabeth Grey) 와 결
  혼할 당시, 엘리자베스 루씨 (Elizabeth Lucy) 란 규수와 약혼한 상태였다고 한다.
  또한 동시에 프랑스의 왕녀 사보이 가 (家) 의 보나 (Bona of Savoy) 와도 정략결혼이
  추진되고 있던 중이었다고 한다. 버킹엄이 나중에 밝히는 바에 따르면, 에드워드
  는 엘리자베스 루씨와의 사이에 자식이 이미 하나 있었고, 사보이 가의 보나에게
  청혼을 한 상태였으므로, 엘리자베스 그레이와의 결혼은 중혼죄에 해당되는 것이
  고, 따라서 그레이와의 사이에 낳은 자식들은 법적으로 사생아가 된다는 것이다.

한도 끝도 없이 이글대며 타오르던 정욕이며,
시민들의 여편네들을 겁탈했다는 이야기며,
사소한 일에 폭거를 자행했고, 출생이 의심스런데,
각하의 어르신께서 프랑스에 계신 동안 태어났고,   *10*
생긴 것도 공작 어르신을 닮지 않았다는 둥 —
덧붙여서, 각하의 풍모에 대해 언급하였지요.
각하의 어르신을 꼭 빼어 닮으셨으니,
외양만이 아니라 고매한 성품도 그러하심을요.
스코틀랜드에서 거두신 승전도 열거했고,   *15*
전시에는 엄격하고, 평화시엔 슬기로우시며,
넓은 도량과 미덕과 아름다운 겸양 지니심도요.
참말이지, 각하의 의중을 실현키 위해 필요한 건
하나도 빠뜨리거나 소홀히 다루지 않았습니다.
그리고 제 연설이 끝 부분에 다다랐을 때,   *20*
조국이 번영하기를 원하는 사람들이라면,
'영국의 군왕 리처드 만세!' 외치라고 했지요.

리처드
그리하던가?

버킹엄
아뇨. 글쎄, 그럴 수가 — 한 마디도 하지 않고,
말 못하는 석상, 아니면 숨 쉬는 돌멩이처럼,   *25*
서로 멍하니 쳐다보고, 낯빛은 사색이 되더군요.
그걸 보고, 저는 그자들을 책망하고는, 시장에게
이 고약한 침묵은 무얼 뜻하느냐고 물었지요.

시장이 대답하길, 시민들은 시청 사무관 아닌 사람이
말하는 걸 듣는 상황에 익숙지 않다는 것이었어요.   30
그래서 시장에게 제 이야기를 되풀이하라 했어요.
"공작 말씀은 이렇습니다. 공작께선 이렇게 주장하십니다."
이렇게 말할 뿐, 스스로 단정적으로 말하는 법이 없었어요.
시장이 말을 끝냈을 때, 제가 데리고 간 몇 사람들이
청사 입구 쪽에 서 있다가, 모자를 집어던지면서 —   35
한 열 명은 될까? —"리처드 임금 만세!"를 외쳤지요.
그래서 저는 이 몇 안 되는 사람들 호응을 틈 타,
말했지요. "고맙소, 지체 높은 시민, 친우 여러분.
이 만장의 갈채와 의기충천하는 외침은
그대들의 슬기와 리처드를 향한 사랑을 입증하오."   40
그리고는 이 시점에서 말을 끊고, 자리를 떴습니다.

리처드
아니, 그래, 통나무처럼 말이 없었다? 말 않으려 했다?
그러면 시장하고 그자 패거리는 아니 올 건가?

버킹엄
시장은 곧 이리 올 겁니다. 위엄을 보이세요.
간곡한 청원이 있지 않고선, 못 들은 체하세요.   45
그리고 기도서를 하나 손에 들고 계세요.
그리고, 각하, 성직자 두 명 사이에 서 계세요.
그걸 기조로 제가 성스런 찬가를 지어 부를 거예요.
그리고 사람들의 청원을 쉽게 들어주지 마세요.
처녀처럼 굴면서, 대답은 아니라 하시되, 받아들이세요.   50

리처드
가 보겠네. 자네는 시민들을 대신해 간청을 하고,
나는 나대로 자네에게 사양하는 시늉을 하면,
틀림없이 좋은 결과를 맺을 수 있을 거야.

버킹엄
자, 발코니로 올라가세요. 시장이 문을 두드리는군요.

리처드 퇴장. 곧이어 런던 시장과 시민들 등장 🗡

시장 어른, 어서 오세요. 난 예서 기다리는 중예요.   *55*
공작께서는 면담을 안 해 주실 모양예요.

케이쓰비 위에서 등장 🗡

그래, 케이쓰비, 각하께선 내 청원에 무어라시던가?

케이쓰비
각하께서는 대감께서 내일 아니면 그 다음 날
와 주십사고 간곡하게 말씀 전하라십니다.
고매한 성직자 두 분과 함께 안에 계시는데,   *60*
신앙의 문제에 대해 깊은 사색에 젖어 계시어,
세속과 관련된 소원(訴願)을 들어주시기 위해
성스런 묵상을 그만두시기를 마다하십니다.

버킹엄

이보게, 케이쓰비, 고매하신 공작께 다시 가서,

여쭈어 주게. 나하고 시장 어른하고 시의원들이, 2   *65*

적어도 국민 전체의 복지에 영향을 미칠 만큼

중차대한 문제와 관련하여 깊이 생각한 끝에,

각하와 의논을 드리고자 왔다고 말일세.

케이쓰비

즉시 가서 그대로 말씀 여쭙겠습니다. 〔퇴장〕

버킹엄

아하, 시장님, 이 왕친께선 에드워드와는 다르군요.   *70*

이분은 음탕한 침대3 위에 널브러져 있지 않고,

무릎 꿇고 사색에 잠겨 있으시군요.

화류계 여인들과 희롱하는 것이 아니라,

성스런 신학자 두 분과 성찰을 하시는군요.

나태한 육신을 살찌우려 수면에 빠지는 대신,   *75*

구원 향한 영혼 살지우려 기도에 정진하시는군요.

이 덕스러운 왕손께서 왕권을 수용하신다면,

영국은 참으로 복 받은 나라일 것이오.

허나 그분이 그러시도록 설득하지 못할 것 같소.

---

2 여기서 '시의원들'이라고 번역한 단어는 'aldermen'(Hammond), 혹은 'Aldermen'
(Evans)이다. Craig와 Harrison의 텍스트에는 'citizens'로 되어 있다.

3 'lewd day-bed'(Craig); 'lewd day bed'(Harrison); 'lewd love-bed'(Evans,
Hammond)

런던 시장
정말이지, 각하께서 우리 소청에 고개를 젓지 마시기를!   *80*

버킹엄
그러실 것만 같소. 〔케이쓰비 등장〕 케이쓰비가 다시 오는구려.
그래, 케이쓰비, 각하께서 무어라시던가?

케이쓰비
무슨 목적으로 시민들을 저렇게 모이게 해서
각하께 몰려오게 하셨는지 의아해하십니다.
각하께 사전에 예고도 해드리지 않고 말예요─   *85*
해악을 도모하시는 것은 아닌지 저어하십니다.

버킹엄
내 고매한 왕친께서 내가 그분께 해악을
도모하리라 의심을 하시다니 유감이외다.
하늘에 맹세코, 우리는 충정에 넘쳐 온 것이오.
그러니 다시 한 번 돌아가 각하께 고하시오. 〔케이쓰비 퇴장〕   *90*
신앙심 돈독한 분들이 경건한 기도에 임할 때,
그 자리를 떠나게 만드는 건 쉬운 일이 아니지.
사유에 몰입하는 맛은 아는 사람만이 알지.

무대 위 발코니에 주교 둘을 양쪽에 대동하고 리처드 등장. 케이쓰비 재등장 †

런던 시장
각하께서 성직자 두 분4 사이에 서 계신 걸 보시오!

183
3막 7장

버킹엄

기독교인 군주를 보좌할 미덕의 지팡이 한 쌍이니,　　　　　　95

저분이 자만으로 떨어지지 않게 지켜줄 분들이오.

그리고 보세요, 손에는 기도서를 들고 계시오.

신심 깊은 분임을 알게 만드는 참된 표징이오.

명성 높은 플랜타지네트,5 덕망 있는 왕손이시어,

저희들의 청원에 귀를 기울여 주시옵고,　　　　　　　　100

각하의 경건한 기도와 기독인다운 정진을

중단하시도록 만든 저희들을 용서하십시오.

리처드

그런 사과는 하실 필요가 없소이다.

부디 나를 용서해 주기를 바라는데,

주님께 드리는 예배에 몰두한 나머지,　　　　　　　　　105

내 그만 찾아온 벗들을 기다리게 했구려.

그건 그렇고, 하시고 싶은 말씀이 무엇인가요?

버킹엄

바라옵기로는, 하늘에 계신 하느님과 올바른 다스림

---

4 두 성직자는 3막 5장, 103, 104행에서 각기 언급된 쇼(Shaw)와 펜커(Penker)
　일 것이다.

5 셰익스피어의 영국사극 첫 번째 4부작(〈헨리 6세〉 1~3부와 〈리처드 3세〉)에서
　자주 언급되는 가문의 이름. 앙주(Anjou)와 메인(Maine)의 백작 제프리(Geoffrey)
　는 금작화(金雀花) 가지(*planta gesnista*)를 그 가문의 휘장(徽章)으로 썼다. 그로
　해서 'Plantagenet'는 그 가문의 명칭이 되었다. 그의 아들이 헨리 2세로 영국의
　임금이 되었고, 따라서 그의 후손들인 랭커스터 집안과 요크 집안, 둘 다 '플랜타지
　네트' 가문의 계열이다.

받지 못하는 이 섬나라를 기쁘게 할 바로 그 일입니다.

리처드
시민들 보기에 못마땅하게 여겨지는   110
무슨 잘못을 내가 저지른 것 같구려.
그래서 내 무지를 질책하려 오신 것 같소.

버킹엄
그리하셨습니다, 각하. 저희들이 간원하는 대로,
잘못하신 처사를 바로잡으셨으면 하옵니다.

리처드
내 그러지 않고 어찌 기독교 나라에서 살겠소?   115

버킹엄
하오면 여쭙는데, 각하께서 지존(至尊)의 자리,
군왕의 옥좌, 조상 대대로 전수된 왕홀(王笏)의 직분,
행운이 가져온 고귀한 신분, 출생과 함께 부여된 권한,
각하가 속하는 왕가에 대물림하여 내려오는 영광을,
오점으로 그 혈통이 혼탁하게 된 한 집안이6   120
그대로 보유토록 허락하심은 잘못된 처사입니다.
각하께서 몽롱한 사색의 평화로움에 잠겨 계시는 동안,
— 조국의 번성을 위해 저희들이 깨워드리려 합니다만, —

---

6 버킹엄은 여기서, 리처드가 앞에서 지시한 대로, 선왕 에드워드의 혈통에 대해
  의심을 제기하고 있다. 에드워드가 사생아라면, 그의 아들들도 왕위에 오를 적
  통이 아니라는 말이다.

이 고귀한 섬나라는 제대로 된 사지(四肢)를 결하고 있습니다.
이 나라는 치욕의 상처들로 면목이 훼손되었고,   *125*
왕통의 큰 줄기는 미천한 가지들로 접목되었으며,
어둡고 깊은 망각이 삼켜 버리는 심연 속으로
빠져들어 가며, 거의 그 모습이 잠겨 버렸습니다.
이를 치유하기 위해, 저희들은 충심으로
각하께 청원드리오니, 이 각하의 나라를 다스릴   *130*
책무와 군왕으로서의 통치권을 점유하시오소서.
다른 사람을 위한 일에 불과한 섭정, 관리인,
대리자, 또는 품위 없는 하수인 노릇이 아니라,
면면히 흐르는 혈통의 승계 원칙을 따라, 각하의
타고난 권한, 지배권, 고유의 권능을 되찾으소서.   *135*
이를 위해, 각하를 몹시 숭앙하고 흠모하는
친우들인 시민들과 뜻을 함께하여, 그리고
이네들의 열렬한 권유에 용기를 내어, 이 정당한
대의를 위해 각하의 마음을 움직이려 왔습니다.

리처드
말없이 자리를 뜨느냐, 아니면 그대를   *140*
질책하려 쓴소리 몇 마디 하느냐 — 어느 쪽이
내 처지나 그대 신분에 적합한지 모르겠구려.
대답을 아니하면, 아마도 그대는 생각할 테지.
야심으로 혀가 굳어 대답을 아니함으로써,
어리석게도 그대가 지금 내게 들씌우려하는   *145*
왕권의 금빛 멍에를 걸머지기로 승낙했다고 —
한편, 나를 향한 그대의 충정으로 넘쳐나는

소청을 그대가 하여 온다고 그대를 나무라면,
내가 나의 벗들을 심하게 대한다고 여길 테지.
이런 연유로, 말을 함으로써, 앞의 오해를 피하고,　　　　　　*150*
한편, 말은 하되, 나중의 오해를 불러오지 않게끔,
내 단정적으로 대답을 하여주리다.
그대의 충정에 나는 감사하오. 허나, 내 그릇은
그대의 소청을 받아들이기엔 너무나 부족하오.
첫째, 설사 모든 장애 요인들이 제거되고, 내가　　　　　　*155*
당연히 승계할 권리가 있고 출생에 의해 보장된
왕관에 이르는 길이 순탄하다고 할지라도,
나의 기개란 것이 하 보잘 것이 없고,
내가 가진 결함이 하도 크고 많기 때문에,
망망대해를 헤쳐 나가기엔 너무 작은 배인지라,　　　　　　*160*
제왕으로서의 위세를 두르고 거기 숨거나,
헛된 영광의 연무(烟霧)에 질식되길 바라느니,
차라리 나는 높은 지위일랑 버리고 숨고 싶다오.
허나, 다행히도, 나를 필요로 하지는 않을 것이고,
나를 필요로 하더라도, 그대들 돕기엔 난 부족하오.　　　　　　*165*
왕실의 나무는 왕재(王材)의 열매를 맺었으니,
모르는 사이에 시간이 흐르면 무르익게 되어,
왕위에 앉기에 손색없는 성년에 이를 것이고,
우리는 그의 치하에서 틀림없이 행복을 누릴 게요.
그대가 내게 지우려는 것을 나는 그에게 지우려오.　　　　　　*170*
그에게 비친 길조의 별들이 준 권리와 행운일진대,
내 그것을 빼앗는 것을 하느님은 용인치 않으리라.

버킹엄

각하, 하신 말씀은 각하의 양심을 입증하오이다.
허나 그 말씀에 드러난 관점은, 모든 정황을 신중히
고려해 볼 때, 너무 편협하고 사소한 것들입니다.   *175*
에드워드는7 각하의 형님의 아들이라 하셨습니다.
저희들도 동의합니다. 허나 정처 소생이 아니지요.8
왜냐면 에드워드는9 애초에 루씨 규수와 약혼하였고,
— 그 혼약의 증인이신 각하의 모친께서 살아 계시군요 —
그 후에, 프랑스 임금의 누이인 보나와,   *180*
대리인을 보내, 별도의 혼약을 맺었던 것이지요.
이 두 혼약이 성사되지 않은 상태에서, 한 가련한
청원자가 있었으니, 아들을 여럿 둔 팔자 사나운 여인,
시들어 가는 미모에 고뇌에 찬 한 과부가,
한창 때가 다 저물어가는 때에 늦깎이로,   *185*
에드워드의 방탕한 눈길을 사로잡아 낚아서,
드높은 신분과 지위에 있던 그를 미혹하여,
정도(正道)를 벗어나 끔찍한 중혼죄를 짓게 하였지요.10
이 여인으로부터, 부정(不貞)한 침상에서 에드워드를
낳게 되었고, 우린 관행에 따라 그를 왕자라 부르지요.   *190*
아직도 살아계신 어느 분의 체면을 생각해서11

---

7 죽은 에드워드 4세의 장남인, 에드워드 5세가 될 웨일즈 왕자를 말함.

8 3막 7장, 5~6행의 각주 참고.

9 죽은 에드워드 4세.

10 에드워드가 두 약혼녀를 버리고 그레이와 결혼하였다는 것 말고도, 과부였던 그
   와 결혼을 한 것은, 교회법에 따르면, 중혼죄(重婚罪)에 해당한다.

11 버킹엄은 앞서 리처드가 지시한 대로, 죽은 에드워드와 클라런스가 적통이 아닐

제가 말을 삼가서 할 필요만 없다면야,
보다 철저하게 파헤쳐 볼 수도 있겠습니다.
그러하오니, 각하, 왕가의 적통이신 각하께서는
왕위에 오르시라는 주청을 받아들이옵소서.   *195*
저희들과 이 나라를 복되게 할 양이 아니더라도,
잘못 돌아가던 세월이 야기한 타락의 수렁에서
각하의 고귀한 가문의 맥을 건져 내시어, 적통으로
이어가는 참된 계보로 되돌려 놓으시게 말입니다.

런던 시장
그리하십시오, 각하. 시민들이 간청합니다.   *200*

버킹엄
각하, 이 소청을 물리치지 마옵소서.

케이쓰비
아, 이들을 기쁘게 해 주소서. 정당한 간원을 들어주소서.

리처드
아, 어쩌자고 이 번뇌를 내게 씌우는 건가?
정치고 왕권이고 내게는 과분한 일이야.
나 그대들에게 바라는데, 오해하지 마시오.   *205*
나는 그대들 요구를 들어줄 수도, 그럴 생각도 없소.

지도 모른다는 억지 주장을 펴면서, 이들을 낳은 리처드의 어머니인 요크 공작
부인을 간부(姦婦)로 몰아간다.

버킹엄

각하의 형님의 아들인 그 아이에 대한 정 때문에

차마 폐위시키기를 꺼려, 계속 거절하시더라도,

—비록 저희가 각하의 다정다감한 성품과,

자애롭고 심약하시며 여성스런 연민의 정을,   *210*

각하의 친족들에게뿐만 아니라, 그 밖의 모든

사람들에게도 보이심을 보고 알고는 있습니다만, —

각하께서 저희들의 소청을 들어주시든 않든,

각하의 형님의 아들은 결코 즉위할 수 없고,

다른 사람을 옥좌에 앉힐 것임을 아셔야 합니다.   *215*

그러면 각하의 가문을 욕되게 하는 것일 테지요.

이런 각오를 말씀드리고 그만 물러나겠습니다.

갑시다, 시민 여러분. 결코 다시는 애원 않겠습니다.

리처드

아, 버킹엄 경, 맹세일랑 하지 마오.

버킹엄, 런던 시장, 시민들 퇴장 ✝

케이쓰비

각하, 다시 부르셔서, 저들의 소청을 들어주세요.   *220*

아니 들어주시면, 온 나라가 슬퍼할 것입니다.

리처드

내게 번민의 세계를 떠맡기려느냐?

다시 불러라. 나는 돌멩이가 아니라서,

자네들의 간절한 청원을 아니 들어줄 수 없구나.
내 양심과 영혼에 거슬리기는 하다만 말이다.   225

버킹엄과 그 밖의 사람들 등장 ✝

종친 버킹엄, 그리고 현명하고 사려 깊은 여러분,
내가 원하든 않든, 그대들은 나로 하여금 운명이 부과하는
짐을 지도록 내 잔등에 얽어매어 얹으려 하니,
나는 그 짐을 참고 견디어 내야 할 것이오.
허나, 만약 내가 그대들 요구를 수용하고 나서   230
음험한 구설이나 추악한 비난이 뒤따른다면,
그대들의 강압 때문이었다는 구실 하나만으로
나는 그 모든 불순한 오점과 혐의를 벗어날 것이오.
하느님이 아시는 바이고, 그대들도 얼핏 알 것이오.
내가 얼마나 이럴 마음이 없는 것인지 —   235

런던 시장
성총께 축복 내리소서. 저희도 아오며, 그리 말하오리다.

리처드
그렇게 말함은 곧 진실을 말함이오.

버킹엄
하오면, 군왕의 호칭으로 각하께 인사드립니다.
영국의 탁월한 군주, 리처드 만세!

런던 시장과 시민들
아멘.   *240*

버킹엄
내일 대관식을 거행하여도 되겠습니까?

리처드
아무 때나 하시구려. 다 그대들 고집대로이니 —

버킹엄
하오면, 내일 전하를 모시도록 하겠습니다.
그러면 저희들은 기쁨을 안고 물러납니다.

리처드
자, 그럼 우린 다시 성스런 과업으로 돌아갑시다.   *245*
종친, 잘 가시오. 다정한 벗들, 그대들도 잘 가오.

모두 퇴장 ✝

4막 1장

런던 탑 앞. 엘리자베스, 요크 공작부인, 그리고 도세트 후작 무대 한쪽에서 등장.
글로스터 공작부인이 된 앤과 클라런스 딸 마가레트 플랜타지네트 다른 쪽에서 등장.

요크 공작부인

아니, 이게 누구야? 내 손녀 플랜타지네트가
다정한 글로스터 숙모 손에 이끌려 오는구나.
틀림없이 런던 탑으로 가고 있는 중일 게야.
티 없이 맑은 정에 넘쳐 어린 세자를 만나려고ㅡ
며느리, 잘 만났구먼.   5

앤

두 분 어르신, 평온하고 즐거운 시간 보내세요.

엘리자베스

동서(同壻)도 그래야지. 어딜 가는 길이시우?

앤

런던 탑에나 가보려고요. 그리고 저도
두 분 어르신과 똑같은 기도를 드리려고요.
거기 있는 왕자님들을 찾아뵈려고요.   10

엘리자베스
동서, 고마워요. 함께 가도록 해요.
〔브래큰베리 등장〕
마침 때맞추어 간수장이 오는구려.
간수장 어른, 제발 면회를 허락해 주시구려.
왕세자하고 내 작은아들 요크는 어떠하오?

브래큰베리
선왕비 전하, 안녕들 하십니다. 송구스런 말씀입니다만,   15
두 왕자님을 면회하시는 걸 허용할 수 없습니다.
전하께서 엄금하라는 분부를 내리셨습니다.

엘리자베스
'전하'라! 그게 누구요?

브래큰베리
섭정 각하 말씀이옵니다.

엘리자베스
섭정이 군왕 참칭함을 주님께서 막아 주시기를!   20
그것들과 나 사이를 갈라놓았단 말이요?
난 그것들의 어미인데, 누가 날 막는다는 거요?

요크 공작부인
난 그것들 아비의 어미요. 그것들을 보아야겠소.

앤

난 법적으론 숙모요, 사랑하기론 어머니 같다오.

하니 날 왕자들에게 안내해요. 내가 책임질 테고,   *25*

어떤 경우라도 그대가 문책당하는 일은 없을 거요.

브래큰베리

절대로 안 됩니다. 제 직무를 저버릴 순 없습니다.

저는 맹세를 지켜야 하오니, 용서해 주십시오. 〔퇴장〕

더비 백작 스탠리 등장 †

스탠리

지금부터 한 시간 뒤에 마님들을 다시 뵙게 된다면,

저는 요크 여공님께 두 분 왕비님을¹ 며느리로 두시고,   *30*

두 분을 조심스레 대하는 분으로 인사 여쭐 것입니다.

〔앤에게〕 자, 부인께서는 곧바로 웨스트민스터로 가시어,

리처드 전하의 왕비로서 대관(戴冠)을 하셔야 합니다.

엘리자베스

아, 내 가슴을 옥조아 맨 끈이라도 끌러 주오.

그래서 내 꽉 막힌 가슴이 뛸 여유라도 있도록 말이오. ²   *35*

---

1 엘리자베스와 앤을 말함.

2 당시의 복식에서 여인의 몸매를 강조하려 허리를 몹시 졸라매는 풍습이 있었다.
  또한 격한 감정은 그 기운이 심장으로 몰리게 되고, 따라서 심장이 팽창하는 것
  으로 생각했다. 리어왕이 숨을 거두기 전, 앞섶 단추를 끌러 달라고 한다. (〈리
  어왕〉, 5막 3장, 309행)

그렇잖으면 이 기가 막힐 소식에 혼절할 것이오.

앤

이 무슨 해괴한 소식이람! 끔찍도 해라.

도세트

진정하세요, 어머니. 좀 어떠세요?

엘리자베스

아, 도세트, 내게 말할 시간 없어. 어서 떠나.

죽음과 파멸이 네 뒤를 바싹 쫓고 있어.   40

네 어미의 이름이 그 자식들에겐 불길해.

죽음을 피하려거든, 지옥을 벗어나 바다를

건너가서, 리치몬드와 함께 머물도록 해.3

가, 어서. 서둘러서 이 도살장을 벗어나.

그렇잖으면 죽는 사람 숫자만 늘게 되고,   45

마가레트의 저주대로 나도 꼼짝없이 죽게 돼.

어미도, 아내도, 어엿한 영국의 왕비도 아닌 채—

스탠리

이 충고야말로 사려 깊은 것이올습니다, 선왕비 전하.

〔도세트에게〕 촌각을 다투어 행동으로 옮기시게.

---

3 Owen Tudor의 아들인 Richmond 백작 헨리를 말함. 그를 낳은 어머니는 더비
백작 스탠리와 재혼을 했으므로, 스탠리는 그의 계부이다. 나중에 헨리 7세로
등극하여 튜더 왕조를 시작한다. 에드워드 4세 통치 기간에 그는 바다 건너 브
리타니에 망명중이었다.

공을 위해, 내 아들에게4 보내는 서신을 써서,   *50*
도중에 공을 만나 맞아들이라 지시할 터이니,
우물쭈물하다가 잡히지 않도록 하시오.

요크 공작부인
아, 독기를 흩뜨리는 참담한 바람인지고!
아, 저주받은 내 자궁아, 죽음을 잉태했었구나!
보기만 해도 죽음을 불러온다는 코커트리스를5   *55*
네가 이 세상에 태어나도록 하였구나.

스탠리
자, 서두르세요, 부인. 급한 전갈을 제가 맡았어요.

앤
그럼 난 마지못해 갈 수밖에 없군요.
아, 주님께 비나니, 내 이마를 감싸야 하는
금관의 둥그런 테두리가 불로 달구어진   *60*
쇠와 같아서, 머릿속까지 태워버렸으면 ― 6
죽음을 부르는 독으로 도유(塗油)를 받아,

---

4 스탠리의 의붓아들인 헨리 튜더(리치몬드 백작), 아니면 이 극에 등장하지는 않
  지만, 스탠리의 친아들인 조지, 두 사람 중 하나를 지칭한다고 볼 수 있다.
5 코커트리스(cockatrice)는 신화에 나오는 상상의 괴물로서, 수탉의 머리와 뱀의
  몸통을 갖고 있는데, 바실리스크(basilisk)와 이따금 혼동되고는 한다. 바실리
  스크는 파충류의 수장(首長)으로서, 보기만 하는 것으로 눈길 마주친 자를 죽
  게 만든다고 한다. 요크 공작부인은 바실리스크를 말하고자 함이었던 것 같다.
6 왕을 시해한 죄인을 처형할 때, 뜨겁게 달군 쇠테를 머리에 씌워 조여서 뇌수가
  타 죽게 하였다고 함.

'왕비전하 만세'라는 말 듣기 전에 죽었으면—

엘리자베스
가요, 불쌍한 사람. 난 당신 영광이 부럽지가 않어.
내 마음 좀 편케 하려면, 자기에게 해악이 없기나 빌어.   65

앤
아니, 어떻게요? 제가 헨리 임금님 시신을
따라가고 있을 때, 지금 제 남편이 된 그자가 왔어요.
천사 같던 먼젓번 남편7과, 그때 제가 울면서 따르던
그 성자 같으시던 분의8 몸에서 흐른 피가
채 그자의 손에서 씻겨 버리기도 전에 말씀예요.   70
아, 그때, 리처드의 얼굴을 보았을 때,
제 소망은 이랬어요. 제가 말했죠. "젊은 나를
이처럼 오래 과부로 살게 만든 네놈 저주받아라.
허고, 결혼하게 되면, 슬픔이 네 침상을 맴돌아라.
그리고 네 여편네는—어느 미친 것이 네게 시집온다면—   75
네가 내 낭군 죽게 만들어 날 비참하게 만든 것보다,
네놈이 살아있음으로 해서 더 비참해지길 빈다."
그런데 제가 이 저주를 되풀이하기도 전에,
그렇게 짧은 시간 안에, 제 아녀자의 가슴은
그자의 달콤한 말에 어리석게도 넘어갔고,   80
제 영혼의 저주를 받아들여야만 하게 되었어요.

---

7 헨리 6세의 아들인 웨일즈 왕자 에드워드를 말함.
8 헨리 6세를 말함.

그 저주로 인해, 저는 한순간도 눈을 못 붙였고,
그자의 침상에 누워서는 단 한 시간도
달콤한 잠에 빠져든 적이라곤 없었어요.
아니, 그자의 악몽[9] 때문에 노상 깨어 있었지요.   *85*
또 제 부친이 워리크이기 때문에 저를 미워하는데,[10]
틀림없이 얼마잖아 저를 치워 버릴 거예요.

엘리자베스

불쌍한 사람, 잘 가요. 당신 푸념 듣기에 안됐어.

앤

제 영혼 깊숙이, 저도 왕비님 영혼을 생각하면 슬퍼요.[11]

도세트

안녕히 계세요, 영광을 슬픔으로 맞이하는 분.   *90*

앤

잘 가요, 안쓰럽게도 영예를 뒤로하고 떠나는 분.

---

9 왕위 찬탈자는 흔히 악몽에 시달리는 것으로 문학작품에 나타난다. 그 대표적인
  예는 덩컨을 시해한 맥베스가 들려주는 대사('Macbeth shall sleep no more.'
  II, ii, 40)이다. 토머스 모어에 의하면, 리처드는 형 에드워드 4세의 두 아들
  을 살해하고 난 후 악몽에 시달렸다고 한다. 따라서, 앤이 하는 말은 시기적으
  로 조금 앞질러 하는 것이라고 볼 수 있다.
10 앤은 Richard Neville, Earl of Warwick, 'the King-maker'의 둘째 딸이었다.
11 'No more than *from* my soul I mourn for yours.'(Quartos; Craig, Harrison);
   'No more than *with* my soul I mourn for yours.'(Folio; Evans, Hammond)
   'from'을 쓰든 'with'를 쓰든 뜻이 달라지지는 않는다.

요크 공작부인

〔도세트에게〕 너는 리치몬드에게 가거라. 행운을 빈다.
〔앤에게〕 너는 리처드한테 가거라. 천사들이 가호해 주길 —
〔엘리자베스에게〕 너는 수도원으로 가거라. 평온을 빈다.
난 무덤으로 가련다. 거기선 평화와 안식을 누릴 테지.   95
여든이 넘는 해를 슬픔 속에서 살아왔지.12 그리고
한 시간의 기쁨도 한 주간의 슬픔이 부수고는 했지.

엘리자베스

기다리세요, 저하고 함께 런던 탑을 뒤돌아보세요.
해묵은 돌더미야, 악의로 말미암아 너의 벽 속에
갇혀 버린 내 어린 자식들을 불쌍히 여겨 다오.   100
그렇게 어리고 예쁜 것들에겐 거칠은 요람 —
우악스럽고 울퉁불퉁한 유모 — 가녀린 왕자들에겐
늙고 무뚝뚝한 놀이 상대 — 내 아가들한테 잘해 다오.
이처럼 속절없는 슬픔은13 네 돌무덤과 작별하누나.

모두 퇴장 ✝

---

12 리처드가 즉위한 1483년 요크 공작부인의 실제 나이는 68세였다.
13 'sorrow'(Craig, Harrison) ; 'sorrows'(Evans, Hammond)

4막 2장

런던. 궁전. 나팔소리.
왕관을 쓴 리처드, 버킹엄, 케이쓰비, 래트클리프, 로벨, 그 밖의 귀족들과 사동 등장

리처드
모두들 비켜 서시오. 버킹엄 경!

버킹엄
예, 전하!

리처드
그대 손을 주오. 〔왕좌에 오른다〕 이렇게 높이,
그대의 충고와 협조로 리처드는 왕위에 올랐소.
허나 과인은 이 영광을[1] 하루만 지닐 것인 게요?   5
아니면, 오래 지속되는 영광을 길이 누릴 것이요?

버킹엄
항상 그러할 것이오며, 영원히 지속될 것이옵니다.

리처드
아, 버킹엄, 난 지금 경이 금(金)이라면,

---

1 'honours'(Craig) ; 'honors'(Harrison) ; 'glories'(Evans, Hammond)

그 순도(純度)가 어떤지 알아보는 중이라네.
어린 에드워드 살아있고 ― 내가 하려는 말은 ―   *10*

버킹엄
말씀 계속하십시오, 전하.

리처드
이보게, 버킹엄, 난 임금이 되고 싶은 거야.

버킹엄
이미 되셨습니다, 고명하신 전하.

리처드
그래? 내가 임금인가? 그래 ― 헌데 에드워드가² 살아 있어.

버킹엄
참말로 그러하옵니다, 고귀한 왕자님.   *15*

리처드
고약한 대꾸로군 ― 에드워드가 아직
살아있고, '참말로 고귀한 왕자'라고?³

---

2 에드워드 4세의 아들.
3 바로 앞에서 버킹엄은 리처드가 한 질문에 답하여, 리처드가 '참말로' 임금이라
  고 하며, 그를 '고귀한 왕자'라고 불렀다. 이 말을 리처드는, 자기가 한 말 ― 에
  드워드가 살아있다 ― 에 잇대어 받아들임으로써, 에드워드야말로 '참말로 고귀
  한 왕자'라는 말로 전환시킨다. 버킹엄의 의도를 리처드가 알았든 몰랐든, 이러

이보게, 자네 머리가 이렇게 안 돌아간 적 있어?
곧바로 말해 줄까? 그 사생아들 죽었으면 해.
그리고 이 일 당장 실행에 옮겼으면 좋겠어.   20
자네 생각은 어때? 곧바로 말해. 짧게 —

버킹엄

전하 마음 내키시는 대로 하셔야지요.

리처드

체, 얼음장이로군. 자네 마음 얼어붙었어.
말을 해. 그것들 죽이는 일에 동의할 거야?

버킹엄

제게 숨 쉴 틈을 주십쇼, 잠시만요, 전하.   25
이 문제에 대해 확실한 말씀드리기 전에요 —
곧 제 생각을 아뢰도록 하겠습니다. 〔**퇴장**〕

케이쓰비

〔**방백**〕 임금께서 노하셨군. 입술을 깨무는 것 좀 보아.

리처드

〔**방백**〕 막돼먹은 무뢰배들, 앞뒤 안 가리는
놈들하고나 상종해야겠어. 사리 분별하며   30

한 의미의 전환을 순간적으로 할 수 있는 것은 리처드의 성격을 노정하는 좋은
예이다.

내 마음을 들여다보는 것들은 필요 없어.
야심만만한 버킹엄이라 신중해졌단 말이야. ─
여봐라!

사동
예, 전하?

리처드
돈 좀 쥐어 주면 사람 죽이는 일 은밀하게   35
떠맡아 줄 녀석 하나 알지 못하느냐?

사동
제가 불만에 가득 찬 신사 하나를 압니다.
그 사람 형편이 궁해 욕심만큼 살지 못하니,
황금이 웅변가 스무 명 몫은 할 테고,
틀림없이 무슨 일이건 하도록 할 것입니다.   40

리처드
그자 이름이 뭐야?

사동
티렐입니다, 전하.

리처드
누군지 어렴풋이 알겠다. 이리 데려와라. 〔**사동 퇴장**〕
〔**방백**〕 생각이 깊고 술수에 능한 버킹엄은

더 이상 내 참모 노릇을 해서는 안 돼.   *45*
그렇게 오래 지칠 줄 모르고 날 도와주다가,
지금 와서 숨 좀 돌리겠다? 그래, 그러라지.
〔더비 백작 스탠리 등장〕
어쩐 일이요, 스탠리 경, 무슨 소식이요?

스탠리
전하, 제가 듣기로는, 도세트 후작이 도주했는데,
리치몬드가 머물고 있는 곳으로 갔다고 합니다.   *50*

리처드
이리 좀 와, 케이쓰비. 내 아내 앤이
병이 나, 중태에 빠졌다는 소문을 내.
일체 출입을 금하는 명을 내릴 테니까.
신분 보잘것없는 녀석 하나 찾아보아.
클라런스 딸과 곧바로 결혼시킬 수 있게 말이야.   *55*
아녀석은4 시원찮아서 걱정할 필요 없어.
이봐, 무얼 꾸물대고 있는 거야? 다시 말하는데,
왕비 앤이 중환이라 죽을 것 같다는 말을 퍼뜨려.
서둘러. 왜냐면, 내게 위협이 될 만한 소지를
모두 제거하는 일이 내겐 중차대하기 때문이야.   *60*
〔케이쓰비 퇴장〕

---

4 클라런스의 장남, Edward, Earl of Warwick(1475~1499). 후일 헨리 7세는 대
  역죄를 걸어 그를 처형하였다. 요크 왕가의 후손이었기 때문이었다.

내 형의 딸하고5 결혼해야 돼. 그렇게 안 하면,
내 왕국은 부서지기 쉬운 유리 위에 선 거야.
그 오라비들을 죽이고 나서 그것과 결혼한다?
될 성싶지 않은 방법이야. 하지만 난 이미
피에 젖어, 죄가 또 다른 죄를 부르는 거야.   65
눈물 떨구는 연민의 정은 내 눈엔 없어.
〔티렐 등장〕
자네 이름이 티렐인가?

티렐

제임스 티렐 ― 전하의 충복이옵니다.

리처드

정말 그런가?

티렐

시험해 보십시오, 전하.   70

리처드

내 친구 하나 죽일 용기가 있나?

티렐

원하신다면요. 허나 차라리 적 둘을 죽이겠습니다.

---

5 에드워드 4세의 딸 엘리자베스(1465~1503). 리처드는 왕위를 확고히 하려 그
  와 결혼하기를 바랐으나, 1486년 헨리 7세가 그와 결혼을 하였다.

리처드
그러면 그렇게 해. 철천지원수 두 놈—
내 안식을 방해하고, 달콤한 잠 어지럽히는 것들—
이것들을 자네가 맡아 처리해 주어야겠어.   75
티렐, 런던 탑에 있는 두 사생아들 말이야.

티렐
그것들한테 갈 수 있는 공적인 허락만 내주십시오.
허면 그것들에 대한 두려움을 말끔히 없애 드리지요.

리처드
듣기 좋은 노래로구나. 이봐, 이리 좀 와, 티렐.
이걸 증표로 가지고 가. 일어나. 귀 좀 빌리세. 〔**티렐에게 귓속말**〕   80
그렇게만 하면 돼. 이 일 끝내면, 나 자네를
좋아할 테고, 출셋길도 열어 줄 걸세.

티렐
곧바로 해치우겠습니다. 〔**퇴장**〕

버킹엄 등장

버킹엄
전하, 전하께서 조금 전에 제게 말씀하신
사안에 대해 숙고해 보았습니다.   85

리처드
그건 잊어도 좋아. 도세트가 리치몬드에게 도주했어.

버킹엄
소식 들었습니다, 전하.

리처드
스탠리, 그자는 자네 부인의 아들이지.6 유념하시게.

버킹엄
전하, 전하께서 약조하신 바를 이행하셔야겠습니다.
전하의 명예와 신의가 걸린 문제올습니다.   90
제게 하사키로 약조하신 허포드 백작 자리와
그에 따르는 동산(動産) 말씀이옵니다.

리처드
스탠리, 자네 부인을 조심하시게. 리치몬드에게
편지라도 보내게 되면, 그건 자네가 책임져야 돼.

버킹엄
전하, 저의 당연한 요구를 들어주실 것입니까?   95

리처드
내 잘 기억하는데, 리치몬드가 철부지였을 때,
헨리 6세가 예언하길, 리치몬드가 왕이 될 거랬어.
왕이라… 그렇다면… 그렇다면—

---

6 헨리 튜더(리치몬드)를 지칭함. 그를 낳은 여인이 현재 스탠리의 아내가 되었으
  니, 스탠리의 의붓아들이다.

버킹엄

전하!

리처드

그때 내가 곁에 있었는데, 내가 리치몬드를   *100*
죽여야 한다는 말을 그 예언자가7 왜 안 했지?

버킹엄

전하, 전하께서 약속하시길, 백작 자리를 —

리처드

리치몬드라! 내가 지난번 엑스터에 갔을 때,
시장이 의전상 나를 성(城)으로 안내해 주었는데,
그 성이 '루지몬트'라 했고, 그 말에 내가 움찔했지.   *105*
아일랜드에서 온 점술사 하나가 언젠가 내게
'리치몬드'를 보고 나면 오래 못 살거라 했거든.8

버킹엄

전하 —

리처드

그래 — 지금 몇 시인가?

---

7 헨리 6세를 말함.
8 'Rougemont'는 '붉은 산'이란 뜻이다. 소리 나는 것이 'Richmond'(풍요로운 언
  덕)와 비슷하기 때문에 리처드는 '루지몬트'라는 성의 이름을 듣고 곧바로 '리치
  몬드'를 머리에 떠올렸다는 말.

버킹엄
전하께서 약조하신 바를 이처럼   *110*
무엄하게 상기시켜 드립니다.

리처드
그래. 헌데 지금 몇 시인가?

버킹엄
열 시 정각입니다.

리처드
그래, 때리라고 해.

버킹엄
왜 때리라 하십니까?   *115*

리처드
왜냐면 자넨 꼭두각시가 시계를 때리듯,
끈질긴 애걸로 내 사색을 끊기 때문이야.
난 오늘 내어줄 기분이 아니야.

버킹엄
제발 저의 소청을 들어주지 않으시렵니까?

리처드
골치 아프게 하는군. 난 그럴 기분이 아니야. 〔**퇴장**〕   *120*

이어서 버킹엄만 남고 모두 퇴장

버킹엄

일이 이렇게 되는 건가? 내가 그렇게 잘 모셨는데,
이런 모욕으로 갚아? 이러라고 저를 왕으로 만들었어?
아, 헤이스팅스 꼴 되지 않으려면, 내 머리가 아직
붙어 있을 때 브레크노크로[9] 가 버리는 게 상책이야. 〔퇴장〕

---

9 Brecknock는 버킹엄의 고향인 웨일즈의 Brecon에 있는 성.

4막 3장

같은 장소. 티렐 등장.

티렐

그 포악하고 잔혹한 일을 끝냈어.

일찍이 이 땅에서 저질러진 참담한

살육 중에서 제일 끔찍스런 거였어.

이 무자비한 도살을 시행하라고

내가 지시했던 다이튼과 포레스트—1   5

단련된 악당, 피에 주린 개들임에도—

그것들 죽음의 슬픈 이야길 하며, 측은지심과

연민으로 녹아내려, 두 애들인 양 울었어.

다이튼이 말했지. "아, 이렇게 아이들이 누워 있었어요."

포레스트가 말했지. "이렇게, 이렇게,   10

희고 고운 팔로 서로 끌어안고 누웠는데,

그것들 입술은 줄기 위 네 송이 붉은 장미였고,

여름 날 피어난 채 서로 입 맞추고 있었어요.

그것들 베개 위엔 기도서 하나 놓여 있었고,

그걸 보고 하마터면 내 마음 바꿀 뻔했지요.   15

헌데 그만 악마가—"에서 그 악당놈 말 끊자,

다이튼이 이어갔지. "첫 번째 창조가 이루어진

---

1 Dighton은 Tyrrel의 마구간 지기. Forrest는 Tyrrel이 고용한 자객들 중 하나.

뒤로, 자연이 일찍이 지어내길 제일 완벽하고
사랑스런 아이들을 숨 막아 죽여 버렸습니다."
이처럼 둘 다 양심의 가책과 회한으로   *20*
더는 말을 잇지 못하였고,2 나는 그자들을
뒤로하고 잔인한 왕에게 이 소식 전하려 왔어.

〔리처드 등장〕
여기 왕이 오는군. 건안을 축수드립니다, 전하.

리처드
다정한 티렐, 좋은 소식 가져왔나?

티렐
명하신 일을 완수함이 전하를 기쁘게 해드린다면,   *25*
기뻐하십시오. 일을 끝냈으니까요 ―

리처드
하지만 죽은 걸 보았나?

티렐
그랬습니다, 전하.

---

2 'Thus both are gone with conscience and remorse; They could not speak;'
 (Craig) ; 'Thus both are gone with conscience and remorse. They could not
 speak,'(Harrison) ; 'Hence both are gone with conscience and remorse They
 could not speak;'(Evans) ; 'Hence both are gone with conscience and
 remorse They could not speak,'(Hammond) 구두점의 차이를 고려하지 않고
 보면, 'Thus'와 'Hence' 중 하나를 택해야 한다. 의미상으로는 달라질 것이 없
 으나, 'Hence'보다는 'Thus'가 나의 귀에는 더 자연스럽게 들린다.

리처드

허고, 묻어 버렸겠지, 티렐?

티렐

런던 탑 신부가 매장을 했습니다만,   *30*
사실대로 여쭙자면, 어딘지 모릅니다. 3

리처드

식사 끝내고 후식이나 하러 오게, 티렐.
그때 자세한 이야기를 듣기로 함세. 4
그동안 자네가 원하는 보상이나 생각해 두게.
원하는 대로 해 줄 테니까 ─ 그러면 다시 봄세.   *35*

티렐

소생 물러갑니다. 〔**퇴장**〕

리처드

클라런스 아들은 꼼짝 못하게 가둬 놓았고,
그 딸은 천한 놈한테 시집가게 만들었고,

---

3 토머스 모어에 의하면, 티렐은 죽은 왕자들을 런던 탑 돌계단 밑에 깊이 파묻으
  라 했다고 한다. 1674년 White Tower의 보수 작업을 하던 중, 목관이 발굴되
  었고, 거기에 각기 13세와 11세 되는 소년들의 유해가 담겨 있었다 한다. 찰스
  2세의 명에 의해 이 유해들은 웨스트민스터 사원으로 이장되었다.

4 원문은 'Come to me, Tyrrel, soon at after-supper, / When thou shalt tell the
  process of their death.' 식후 디저트를 들면서 조카들의 참혹한 죽음의 순간에
  대한 보고를 듣겠다는 이 말은 리처드의 비인간적임을 단적으로 드러낸다.

에드워드5 아들들은 아브라함 품에 잠들었고,
내 여편네 앤은 이 세상과 작별을 고하였지.   *40*
자, 내 알기론, 브리타니로 도망친 리치몬드가
내 형6 딸년, 나어린 엘리자베스를 노리는데,
그것하고 결혼해서 왕관을 차지하려는 거야.
그것한테 가서 한판 멋들어지게 청혼해야지.

래트클리프 등장 ☦

래트클리프
전하!   *45*

리처드
갑자기 뛰어드니, 좋은 소식이야 나쁜 소식이야?

래트클리프
나쁜 소식입니다, 전하. 엘리 주교가7 리치몬드에게
도주했고, 버킹엄은 사나운 웨일즈 놈들 데리고
진을 쳤는데, 그 군세가 불어난다 합니다.

리처드
엘리 주교가 리치몬드와 함께 있는 것이   *50*

---

5 에드워드 4세.

6 에드워드 4세. 그의 딸 엘리자베스는 후일 리치몬드 백작 헨리 튜더와 결혼하여
  튜더 왕조의 첫 왕비가 되었다.

7 Ely의 주교 John Morton은 당시 버킹엄의 고향에 있는 Brecknock 성에 감금되
  어 있었다.

버킹엄이 급조한 병력보다 더 신경 쓰이는군.

좋아. 내 알기로, 겁에 질려 이러쿵저러쿵 해 보았자,

결국 아무것도 못하게 만드는 짐만 될 뿐이야.

지체하면 아무것도 해낼 수 없는 거야.

그러니 후닥닥 해치우는 게 내 날개이고,   55

주피터의 머큐리이고, 왕의 전령인 거야.

가서 징병을 해. 공론보다는 방패 드는 거야.

역도들이 들판 누빌 땐, 긴말 필요 없어. 8

모두 퇴장

---

8 막다른 궁지에 몰렸을 때 리처드가 보이는 결연한 모습은, 맥베스가 절체절명의
  상태에서도 자세를 흐트리지 않고 최후의 일각까지 운명과 맞닥뜨려 보려 하는
  영웅적 태도를 예고한다.

4막 4장

런던. 궁전 앞. 마가레트 왕비 등장 ⚔

마가레트
이제 번영이 익다 못해 문드러져서,
죽음의 썩은 아가리 속에 떨어지누나.
여기 이 근처에서 조심스레 칩거하면서
내 원수들이 망해가는 꼴을 보아왔어.
음산한 서막을 보고 났으니, 나는 이제   *5*
프랑스로 건너가야겠어. 귀추가 시작 못잖게
쓰고, 어둡고, 비극적이길 바라면서 말이야.
〔요크 공작부인과 엘리자베스 왕비 등장〕
물러서 있어라, 불쌍한 마가레트야. 누가 오지?

엘리자베스
아, 가여운 내 왕자들! 아, 내 사랑스런 아가들,
피지도 못한 꽃들, 막 피어나려던 봉오리들!   *10*
너희들 고운 혼백이 허공을 날고 있고,
영원한 판결이 아직 내려지지 않았다면,
가벼운 나래 퍼득이며 내 주위를 날으렴.
그래서 너희들 어미 탄식을 듣게 말이다.

217

마가레트

〔방백〕 저것 주위를 맴돌면서 말해 주거라. 올바름을 위해   *15*
너희들 유년의 아침 어두워져 노년의 밤 되었다고.

요크 공작부인

수많은 참담함이 내 음성을 찢어 놓아,
슬픔에 지친 내 혀 아무 말도 못하겠구나.
에드워드 플랜타지네트야,[1] 왜 죽었느냐?

마가레트

〔방백〕 플랜타지네트를 플랜타지네트로 갚은 거고,   *20*
에드워드 죽인 빚을 에드워드로 갚은 거야.[2]

엘리자베스

오, 주여, 그처럼 온순한 양들을 버리시어,
늑대의 내장 속에 들어가게 하시겠나이까?
그런 짓 저지를 때 주께서는 주무셨나이까?

마가레트

〔방백〕 성자 같던 해리와[3] 내 착한 아들 죽을 때도 그랬어.   *25*

요크 공작부인

죽음 같은 삶, 눈 뜬 장님, 죽지 못해 사는 혼백이로세 —

---

1 에드워드 4세일 수도 있고, 그 아들일 수도 있으나, 여기서는 후자라고 봄이 옳다.
2 앞의 에드워드는 헨리 6세와 마가레트의 장남; 뒤의 에드워드는 에드워드 4세의
  아들. 둘 다 첫 번째 왕위 계승권을 가진 '웨일즈의 왕자'였다.
3 남편 헨리 6세.

비탄의 장, 세상의 치욕, 생명 빼앗겨 무덤밖엔 갈 곳 없어 —
아, 지겨운 날들의 축약이며 연대기인 나 —
〔땅바닥에 앉으며〕
무고하게 흘린 피로 흥건히 적셔졌으나,
잉글랜드의 당당한 대지 위에 내 지친 몸 쉬어 볼거나.   *30*

엘리자베스

아, 대지여, 네가 우울한 쉴 자리를 내어주듯,
그토록 쉽사리 무덤 하나 갖도록 허락한다면,
여기 내 뼈를 쉬느니, 차라리 묻히게 할 것을 —
〔요크 공작부인 곁에 앉으며〕
아, 저 말고 슬퍼할 이유 있는 사람 누구겠어요?4

마가레트

〔앞으로 나오며〕 오래된 슬픔을 가장 존중해야 한다면,   *35*
내 슬픔의 연륜을 보아 높은 자리에 앉게 하고,
내 비탄이 위에서 찌푸리며 내려보게 하게나.
슬픔으로 인해 서로 간에 벗 삼을 수 있다면,
내 슬픔을 보고 자네들 슬픔을 다시 헤아려 보게.
내겐 에드워드가5 있었어. 리처드 놈이 죽이기 전엔 —   *40*
내겐 남편이 있었어. 리처드 놈이 죽이기 전엔 —

---

4 'who hath any cause to mourn but I?'(Craig, Harrison)；'who hath any cause
  to mourn but we?'(Evans, Hammond) 엘리자베스가 요크 공작부인 곁에 앉으
  며 하는 말이기 때문에 '우리 말고'가 온당한 것이라 생각할 수도 있으나, 앞의
  석 줄에서 엘리자베스는 자신의 고통을 토로하였으므로 '저 말고'가 더 자연스
  럽게 들린다.
5 헨리 6세와 마가레트의 장남인 웨일즈 왕자 에드워드.

자네에게도 에드워드가6 있었지. 리처드 놈이 죽이기 전엔—
자네에겐 리처드가7 있었지. 리처드 놈이 죽이기 전엔—

요크 공작부인
내게도 리처드가8 있었지만, 당신이 죽였지요.
내겐 러틀랜드도9 있었는데, 당신이 죽게 만들었지요.   *45*

마가레트
자네에겐 클라런스도 있었는데, 리처드가 죽였지.
자네 자궁에서, 개집이기라도 한 양, 우리 모두를
죽음으로 모는 지옥의 개 한 마리가 기어 나왔어.
눈도 채 뜨기 전에 이빨부터 난 그 개—10
양들을 겁박하고, 양순한 피 핥는 그놈 말이야.   *50*
이 땅에 일찍이 태어난 그 희대의 폭군,
우는 영혼의 아린 눈에 군림하는 그놈 말이야.
조물주 하시는 일 욕되게 하는 그 추악한 것을
자네 자궁이 내보내, 우리를 무덤으로 쫓게 했어.
아, 올곧고, 정의롭고, 공평무사하신 하느님!   *55*
어찌나 고마운지요—이 살점 뜯는 개가
그 어미의 육신에서 나온 것들을 먹어 치워,
제 어미가 다른 것들과 슬픔을 나누니 말예요.

---

6 에드워드 4세와 엘리자베스의 장남인 웨일즈 왕자, 에드워드 5세.
7 에드워드 4세와 엘리자베스의 차남인 요크 왕자 리처드.
8 요크 공작이었던 리처드(요크 공작부인의 남편).
9 요크 공작부인의 둘째 아들.
10 리처드는 태어날 때부터 이빨이 나 있었다 한다.

요크 공작부인

아, 해리의 왕비, 내 슬픔에 기고만장하지 마시오.
하느님께서 아시지만, 그대 슬픔에 나도 울었다오.   *60*

마가레트

날 용서하게나. 난 복수에 굶주려 있고,
난 지금 그게 이루어지는 걸 보고 뿌듯하다네.
내 에드워드를 죽인 자네의 에드워드[11] 죽었고,
내 에드워드 값하려 자네의 다른 에드워드도[12] 갔어.
나어린 요크는 덤일 뿐이야. 둘 다 합쳐 보았자,   *65*
내가 잃은 아들 하나와 견줄 수도 없으니 —
내 에드워드를 찌른 자네의 클라런스도 죽었고,
이 광란의 짓거리를 보고만 있던 것들 —
간부(姦夫) 헤이스팅스,[13] 리버스, 본, 그레이 —
다 제명대로 못 살고, 어두운 무덤에 누워 있어.   *70*
리처드 아직 살아있지 — 지옥의 검은 첩자 —
영혼을 사들여 지옥으로 보내는 책무 맡아
잠시 고용된 하수인 — 하지만, 머지않아, 곧
비참한, 받아 마땅한 최후를 맞게 될 게야.
땅은 입 벌리고, 지옥은 불타고, 악귀들은 으르렁대고,   *75*
성인들은 기도하리니 — 이자를 세상에서 낚아채려고 —
주 하느님께 비오니, 이자가 이룰 책무를 취하여,
내가 살아남아, "개가 죽었다"고 말하게 해 주소서.

---

11 에드워드 4세.
12 에드워드 5세.
13 헤이스팅스가 에드워드 4세의 정부였던 쇼어 부인과 통정한 것에 대한 암시.

엘리자베스

아, 언젠가 마님은 이런 때가 오리라 예언하셨지요.
그 병(甁) 모양의 거미, 역겨운 곱사등이 두꺼비를   *80*
저주하는데 저를 도와 달라고 마님께 애원할 거라고요.

마가레트

그때 나는 자네가 내 자리를 빼앗아 앉은 허깨비라 했지.
그때 난 자네를 불쌍한 그림자, 허울뿐인 왕비,
내가 한때 누렸던 영광을 흉내 내는 자라 불렀어.
끔찍스런 볼거리에 선행하는 멋들어진 서사(序辭) ―   *85*
높이 치켜올려졌다가 내동댕이쳐질 존재 ― 14
결국은 잃게 될 두 예쁜 자식들로15 행복에 겨운 어미 ―
지난날의 영광을 꿈에서나 누리게 될 자 ― 16
날카로운 시위의 표적이나 될 나부끼는 깃발 ―
위엄의 표징에 불과한, 한 번의 숨결, 거품 ―   *90*
그저 한판 연극이나 메꿀 가짜 왕비에 불과하다고.
자네 남편 지금 어디 있나? 자네 오라비들은?
자네 두 아들들은? 사는 즐거움 어디서 찾나?
누가 간청하고, 무릎 꿇고, "왕비님 강녕하소서" 하나?
자네에게 아첨하던 굽신거리는 귀족들은?   *95*

---

14 운명의 수레바퀴가 구름에 따라 영광에서 나락으로 떨어지는 이미지는 문학의
   오래된 모티프이다.

15 'with two sweet babes'(Craig, Harrison); 'with two fair babes'(Evans,
   Hammond)

16 'A dream of what thou wert'(Craig, Harrison); 'A dream of what thou wast'
   (Evans, Hammond)

자네 뒤를 떼 지어 따르던 무리는 다 어디 갔나?[17]
이 모두를 짚어 보고, 자네 지금 처지를 보아.
행복한 아내가 아니라, 비탄에 젖은 과부이고,
기쁨에 넘친 어미가 아니라, 자식 잃고 울부짖고,
애소를 듣던 사람이 읍소하는 처지가 되었구려.   100
한때는 왕비였으나, 수심에 가득 찬 가련한 여인 —
한때는 나를 비웃었으나, 이젠 내게 비웃음 받고,
한때는 모두가 두려워했으나, 이젠 두려움에 떨고,
한때는 모두에게 군림했으나, 이젠 누구도 순종을 않지.
이처럼 사필귀정 이루는 운명의 수레바퀴 획획 돌아,[18]   105
자넨 지금 흐르는 세월의 먹이가 되고 말았으니,
가진 거라곤 자네가 과거에 누구였었다는 기억뿐 —
지금 신세를 생각하면 더욱 괴로울 것이야.
자네는 내 자리를 빼앗았어. 그러니 자네는
그에 걸맞게 내 슬픔도 앗아 가야잖겠는가?   110
이제 자네의 오만한 목이 내 멍에의 반은 졌고,
난 지금 지친 내 머리를[19] 그 멍에에서 빼낼 테니,

---

17 과거의 영광이 덧없이 흘러갔음(*Sic transit gloria mundi*)을 강조하는, 되풀이하
여 묻는 이 질문은 흔히 고대영어 엘레지 — 특히 *The Wanderer* — 에 자주 등장
하는 *Ubi sunt*의 시구들에서 그 시원을 찾을 수 있다.

18 'Thus hath the course of justice wheel'd about,'(Craig) ; 'Thus hath the
course of justice wheeled about,'(Harrison) ; 'Thus hath the course of justice
whirl'd about,'(Evans) ; 'Thus hath the course of justice whirl'd about'
(Hammond). 'wheeled' 혹은 'wheel'd'가 내포하는 '운명의 수레바퀴'라는 이미
지와 'whirl'd'가 갖는 '어지럽게 돈다'는 의미를 함께 담을 수 있도록, 위와 같은
번역을 하였다.

19 'weary neck'(Craig, Harrison) ; 'weary head'(Evans, Hammond). 어느 쪽을

자네가 그 모든 짐을 다 지게나.
잘들 지내시게, 요크 마님, 그리고 비운의 왕비도—
영국이 겪는 슬픔 덕분에 난 프랑스에서 웃음 짓겠네.   115

엘리자베스

아, 저주에 능하신 분, 잠시 머물러,
제게 제 원수들을 저주하는 법 가르쳐 주세요.

마가레트

밤에는 잠자지 말고, 낮에는 먹지도 말어.
지난날의 행복을 현재의 슬픔과 견주어 보아. 20
자네 자식들이 실제보다 더 사랑스러웠고,   120
그 아이들 죽인 놈 더욱 흉악한 놈이라 생각해.
잃은 걸 더 크게 보면, 그리 만든 자 더 몹쓸 놈이 돼.
이런 생각을 계속하면 저주하는 걸 배우게 돼.

엘리자베스

제 말주변은 무디어요. 아, 마님 말씀으로 벼리어 주세요.

마가레트

슬픔이 자네 저주를 내 것처럼 날카롭게 만들어 줄 거야. [퇴장]   125

택하든 의미는 같다.
20 이 행은 단테의 *Divine Comedy*, 〈지옥편〉, 다섯 번째 칸토에 들어있는 프란체
스카의 말을 반향한다. "No greater grief than to remember days of joy, when
misery is at hand …"(Henry Francis Cary의 번역)

224
리처드 3세

요크 공작부인
재앙이 닥쳤다고 해서 말 많을 필요가 있어?

엘리자베스
슬픔이 의뢰인이라면, 말은 위탁받은 변호인이지요. 21
실속 없는 즐거움이나 물려받는 공허한 상속인 ―
비참한 처지나 되뇌는 가련한 달변가 ―
마음대로 쏟아 놓으라세요. 비록 얻게 되는 건   130
아무것도 없지만, 그래도 마음은 달래 주지요.

요크 공작부인
그렇다면 입 다물고 있지 말고, 나하고 함께 가서,
쓰디쓴 말을 쏟아 놓아, 저주받은 내 자식놈,
네 두 아들을 숨지게 한 그놈의 숨통을 막아 버리자.
나팔이 울린다. 속이 후련토록 퍼부어 보렴.   135

리처드 왕과 시종들, 진군하며, 고수들과 나팔수들과 함께 등장

리처드
내가 진군하는 길 막는 자 누군가?

요크 공작부인
아, 네놈을 저주받은 자궁에 배었을 때,

---

21 'Windy attorneys to their client woes,' (Craig, Harrison) ; 'Windy attorneys to
  their client's woes,' (Evans) ; 'Windy attorneys to their clients' woes,'
  (Hammond) 내 번역은 Craig와 Harrison의 텍스트를 따랐다. "말(words)은 의
  뢰인(client)인 슬픔(woes)을 대변하는 변호인 노릇을 한다."

숨통을 졸라 죽여, 너절한 네놈이 저지른
그 숱한 살육을 미연에 막지 못한 그년이다.

엘리자베스

적통 왕자를[22] 살해했고, 불쌍한 내 자식들과   *140*
오라비들을 잔혹하게 도륙했다는 낙인이 ―
정의가 실현됐다면 ― 찍혔어야 할 그 이마빡을
감추려 금관을 쓰고 있는 것이냐?
말을 해, 악당 노예 놈아, 내 자식들 어디 있어?

요크 공작부인

이 두꺼비 같은 놈, 네 형 클라런스는 어디 있어?   *145*
또 클라런스 아들 ― 어린 네드 플랜타지네트는?[23]

엘리자베스

사람 좋은 헤이스팅스, 리버스, 본, 그레이는 어디 있어?[24]

---

22 헨리 6세의 장남 에드워드를 지칭한다. 그러나 죽은 에드워드 4세가 엘리자베
   스의 남편이고, 리처드의 만행 ― 헨리 6세의 아들을 척살함 ― 이 결국 그의 남
   편 에드워드로 하여금 왕위에 오르게 하였다는 사실을 감안할 때, 엘리자베스
   의 이 힐난은 다소 공허하게 들린다.
23 'Ned'는 'Edward'의 애칭. 클라런스의 아들 에드워드(1475~1499)는 클라런스
   가 살해되었을 당시 세 살이었다. 4막 3장 37행 참조. 나중에 Earl of Warwick
   가 되었으나, 24세라는 젊은 나이에 헨리 7세에 의해 처형되었다.
24 이 행은 텍스트에 따라 두 가지로 다르게 읽힌다. (i) *Elizabeth*. Where is kind
   Hastings, Rivers, Vaughan, Grey?(Quartos ; Craig, Harrison) ; (ii) *Elizabeth*.
   Where is the gentle Rivers, Vaughan, Grey? *Duchess of York*. Where is kind
   Hastings?(Folio ; Evans, Hammond) 헤이스팅스가 엘리자베스와 그 인척들과
   적대관계에 있었다는 점을 고려하면, (ii)에 나타난 대사가 적절한 듯 보이기는

리처드

진군나팔을 불어라! 사기 북돋는 북을 쳐라!
하느님이 점지한 군왕에게 이 말 많은 여자들이
악담하는 걸 하늘이 듣지 못하게 해―북을 쳐라!　　　　*150*
〔나팔소리와 북소리〕
인내심을 가지고 내게 공손하게 말해요.
그렇잖으면 전쟁을 알리는 굉음을 내어
지껄여대는 소리를 이렇게 파묻어 버릴 테요.

요크 공작부인

너 내 아들 맞아?

리처드

예, 하느님, 아버님, 그리고 당신 덕분에요.　　　　*155*

요크 공작부인

허면 못 참고 하는 내 말 참고 들어.

리처드

어머니, 난 당신 성미를 좀 타고 났는지라,
나를 비난하는 말 따위는 참지를 못해요.

요크 공작부인

아, 내 할 말이 있다.

한다. 그러나 방금 말을 마친 요크 공작부인이 엘리자베스가 한마디 하자말자
또 한마디를 던지는 것은 리처드의 모후라는 체모에 걸맞지 않은 것도 사실이
다. 따라서 나는 ⓘ을 선택하였다.

리처드
말해요. 난 안 들을 테니 ─   *160*

요크 공작부인
내 차분하고 부드럽게 말을 하마.

리처드
그리고, 짧게요, 어머니. 지금 바빠요.

요크 공작부인
그렇게 바빠? 정말이지, 고통 속에서 ─
번민 속에서 내 너를 기다린 지 오래다.

리처드
그래서 이렇게 위로해드리려 왔잖아요?   *165*

요크 공작부인
아냐, 성가(聖架)에 걸어 말하는데, 네가 잘 알아.
넌 이 세상이 내게 지옥이 되게 하려 태어난 놈이야.
네가 태어난 게 내겐 한스러운 짐이었어.
네가 어렸을 땐 성마르고 변덕스러웠고,
학동 땐 놀래키고, 막되고, 거칠고, 걷잡을 수 없었고,   *170*
청년 땐 겁 없고, 앞뒤 안 가리고, 무엇에든 덤벼들었고,
나이 들어선 교만하고, 교활하고, 간특하고, 잔인해졌어.
성깔 죽인 듯했지만, 더 해악스럽고, 겉으로만 착했지.
너하고 지내는 동안, 내가 마음 편하게 느낀
복된 때가 어느 한시라도 있었는 줄 아느냐?   *175*

리처드

물론 없었지요. 어머니 뱃속에서 내가 나오자,

허기진 배 채우려 조반 드시려 가셨을 때는 빼고요.25

어머니 눈에 내가 그렇게 보기 싫은 놈이라면,

진군을 계속해서 눈에 안 뜨이게 해드리지요. 북 쳐!

요크 공작부인

제발, 내 말 좀 들어 보아.   *180*

리처드

하시는 말이 너무 심해요.

요크 공작부인

한 마디만 하마. 그리고 다시는 아무 말 않을 테니 —

리처드

하세요.

---

25 'Faith, none, but Humphrey Hour, that call'd your grace / To breakfast once
forth of my company.'(Craig); 'Faith, none but Humphrey Hour, that called
your Grace / To breakfast once forth of my company.'(Harrison); 'Faith,
none, but Humphrey Hour, that call'd your Grace / To breakfast once, forth
of my company.'(Evans); 'Faith, none but Humphrey Hower, that call'd your
Grace/ To breakfast once, forth of my company.'(Hammond) 리처드가 냉소적
인 말을 하고 있는 것은 분명한데, 'Humphrey Hour / Hower'가 무엇을 의미하는
지에 대해서는 의견이 분분하다. 자신이 태어난 후로는 그의 어머니가 마음 편할
때가 한시도 없었을 것이라는 말을 리처드가 하고 있는 것임에는 틀림이 없다.

요크 공작부인
네가 이 전쟁에서 승리하고 돌아오기 전에,
주님의 정의로운 명령에 의해 네가 죽든가,   185
아니면 슬픔과 노쇠로 인해 내가 죽어 버려,
다시는 네 얼굴을 보지 않게 되기를 바란다.
해서, 극한의 저주를 네게 주니, 가져가거라.
전쟁을 하는 날, 그 저주가 네가 걸치고 있는
무거운 갑주보다 더 너를 지치게 하도록 말이다.   190
나는 네가 맞싸울 상대편을 위해 기도하련다.
또 전장에서 에드워드의 어린 자식들 혼령이
네 적들의 정령들에게 귓속말로 소근거리고,
그들에게 성공과 승리를 약속할 것이다.
너는 피로 얼룩졌으니, 네 최후가 그럴 것이다.   195
치욕이 네 삶을 누비고, 네 죽음을 따를 것이다. 〔퇴장〕

엘리자베스
내게 맺힌 한은 더하지만, 저주할 기력은
저분만 못하니, "아멘"밖에 더 할 말 있겠소?

리처드
기다리시오, 형수씨. 드릴 말씀이 있소.

엘리자베스
당신이 도륙할 왕통 물려받은 아들들이   200
내게 더는 남아있질 않아. 리처드, 내 딸들은
통곡하는 왕비가 아니라 기도하는 수녀가 될 테니,
그것들의 목숨 노릴 생각일랑 아예 하지도 말어.

리처드
엘리자베스라는 이름 가진 딸이 있지요?
참하고, 어여쁘고, 왕가의 기품을 지니고, 우아한 —   205

엘리자베스
그래서 그 애가 죽어야 한다고? 아, 살려 두어 —
그것의 행실을 천하게 만들고, 얼굴도 못쓰게 만들고,
에드워드 몰래 서방질해 난 자식이라 말해서,
그것에게 치욕의 면사포를 들씌울 테니 —
피비린내 나는 살육을 피해 그것이 살 수만 있다면,   210
그것이 에드워드의 딸이 아니라고 천명할 것이야.

리처드
출생을 더럽히지 말아요. 왕가의 규수예요.

엘리자베스
그것이 살아남게 하려, 그렇잖다고 말할 거요.

리처드
출생이 고귀해야 살아남을 수 있는 거요.²⁶

엘리자베스
바로 그랬기에 그 애 오라비들이 죽었소.   215

---

26 리처드는 형 에드워드 4세의 딸인 엘리자베스와 결혼을 함으로써 자신의 왕위
  를 확고히 하려는 계획을 갖고 있기 때문에, 엘리자베스의 출생에 한 점의 의혹
  도 없어야 그녀의 안전이 보장받을 수 있다는 말을 하고 있다.

리처드

보시오, 그 아이들 태어날 때 액운이 덮쳤던 거요.

엘리자베스

아니야, 살아있는 애들한테 못된 것들이 덮친 거지.

리처드

피할 수 없는 일은 다 운명이 내린 결정이라오.

엘리자베스

그럼! 은총을 저버린 자가27 운명을 결정할 땐 그래.

당신이 보다 나은 삶을 살도록 은총을 받았더라면,   220

내 아이들 그보다는 나은 죽음을 맞을 운명이었어.

리처드

마치 내가 조카 녀석들을 죽인 것처럼 말하시는군.

엘리자베스

숙질 간이다마다! 헌데 숙부가 다 도둑질해 버렸지.28

안락이며, 왕국이며, 친족애며, 자유며, 생명이며, 다—

어느 놈 손이 내 애들의 가냘픈 가슴을 찔렀든,29   225

뒤에서 사주하고 지시한 건 당신 머리예요.

---

27 곧 리처드.

28 이 행에는 'Cousins'와 'cozen'd' 두 단어가 들어 있는데, 의심할 나위 없이 'pun'
의 한 예이다. 이를 번역문에 반영해 보려 했으나, 결국 '숙질', '도둑질'로밖에
표현할 방법을 찾지 못했다.

29 'lanced'(Craig, Harrison) ; 'lanc'd'(Hammond) ; 'lanch'd'(Evans)

그 사람 잡는 칼은, 내 어린 양들 오장(五腸)을
파고들어 휘젓도록 당신의 돌 같은 심장에 갈아
날 세워지기 전엔, 틀림없이 둔하고 무딘 거였소.
줄기찬 탄식이 몰아치는 슬픔을 달래지만 않았다면,   *230*
내 혀가 당신 귀에 내 아들들 이름을 들려주기 전에,
내 손톱은 당신 눈을 벌써 파고들어 박혔을 게고,
나는 그처럼 절망적인 죽음의 협만(狹灣)에서,
돛이며 닻줄 없는 가련한 쪽배처럼, 당신의
바위 같은 가슴에 부딪쳐 산산조각 났을 거요. 30   *235*

리처드

형수씨, 치열한 전쟁에 임하는 내가 승패를
예측하기는 어려우나, 좋은 결과 맺기를 비는 바요.
이는 나로 인해 피해를 입은31 형수와 아이들에게
그를 보상하고도 남을 좋은 일을 하려는 때문이오.

엘리자베스

그 온화한 얼굴은 도대체 무슨 좋은 일을 감추길래,   *240*
내게 좋은 일이란 걸 알게 될 것이란 말이요?

리처드

아이들이 높이 오르는 것이지요, 마나님.

---

30 엘리자베스는 난파 직전의 배 — 엘리자베스 자신 — 가 결국은 그 배를 파선시
  키고야 말 협만 — 리처드 — 에 어쩔 수 없이 정박하려 다가가는 이미지를 차용
  하여 자신의 절망적인 상황을 토로한다.
31 'were by me wrong'd!'(Craig); 'were by me wronged!'(Harrison); 'by me
  were harm'd!'(Evans); 'by me were harm'd.'(Hammond)

엘리자베스

처형대로 말이지? 거기서 머리가 떨어지게 —

리처드

운명이 허락하는 위엄 있고 높은 자리 —
이 지상에서의 영광인 드높은 제왕의 상징!32   *245*

엘리자베스

소상히 이야기해서 내 슬픔을 달래주어요.
어떤 지위, 어떤 위엄, 어떤 영예를
당신이 내 어느 아이에게 줄 건지 말해요.

리처드

내가 가진 것 모두를 — 그래요, 나 자신과 모두를
형수씨의 아이 하나에게 다 줄 것이오.   *250*
그러니 노여워하는 그대 영혼의 망각의 강에,33
내가 그대에게 저지른 것으로 짐작하고 있는
그 모든 몹쓸 짓의 슬픈 기억일랑 던져 버려요.

엘리자베스

짧게 말해요. 그렇잖으면, 당신이 가지고 있는
친절이, 길게 말하는 중에 사라질지도 모르니 —   *255*

리처드

허면, 내 영혼 깊숙이 따님을 사랑함을 알아주시오.

---

32 왕관을 말함.
33 'the Lethe'는 하계에 있다고 믿던 '망각의 강'이다.

엘리자베스

내 딸년 어미도 영혼 깊숙이 생각하는 바가 있지.

리처드

무슨 생각을 하시는데?

엘리자베스

당신이 내 딸을 사랑한다니, 당신 영혼에는 어울리지 않다고.
당신이 그 애 오라비들을 사랑했다는 말도 마찬가지이고 ― 34   *260*
하니 나 또한 내 마음에 있지도 않은 감사의 말을 해야겠어.

리처드

너무 서둘러서 내 참뜻을 오해하지 말아요.
내 말은 영혼을 다해 댁 따님을 사랑한다는 것이고,
나는 그 사람을 잉글랜드의 여왕으로 만들려는 거요.

엘리자베스

그래? 그렇다면 그 애가 섬길 임금은 누구요?   *265*

리처드

바로 그 애를 왕비로 삼는 사람이지, 누구겠소?

엘리자베스

아니, 뭐라고? 당신?

---

34 리처드의 영혼은 증오로 가득 차 있기 때문에 '사랑'이란 그에게는 가당찮은 것
   이다. 그가 섬기는 존재는 악마이기에, 그가 사랑을 표하고자 할 때 그 결과는
   증오였다. 이런 말을 엘리자베스는 반어적으로 하고 있다.

리처드
바로 그렇소. 어찌 생각하시오?

엘리자베스
어떻게 그 애한테 청혼을 하겠다는 거야?

리처드
따님 성격을 잘 아시니, 그걸 가르쳐 주시오.   *270*

엘리자베스
나한테 배우려 하오?

리처드
제발, 부탁해요.

엘리자베스
그 오라비들을 죽인 자를 시켜, 한 쌍의 피 흐르는
심장을 보내요. 거기에 각기 '에드워드'와 '요크'라고
새겨서 말이오. 허면, 아마 그 애가 울지도 몰라요.   *275*
그러니, 한번은 마가레트가 러틀랜드의 피에 담갔던
손수건을 당신 아버지에게 보냈던 것처럼, 35 손수건을
그 애한테 보내어, 이렇게 일러주어요. 제 사랑스런
오라비 몸에서 흐른 진홍색 피를 머금은 것이라고 ─
이렇게 해서 그 애 마음을 움직일 수 없거든,   *280*
당신이 이룬 고귀한 행적을 적은 편지를 보내요.
그 애 숙부 클라런스와 외숙부 리버스를 없앴다고

---

35 1막 3장 174~178행 참조.

말해 주고―그렇지, 또 그 애를 위해서,
그 애의 착한 숙모 앤을 서둘러서 죽게 했다고―

리처드
날 조롱하시는군. 그래선 따님 마음을 얻지 못해요.   285

엘리자베스
그 방법밖엔 없어요. 몰골을 바꾸고, 이 모든
짓거리를 한 리처드가 아니게 된다면 몰라도―

리처드
이 모든 일을 내가 한 건 사랑 때문이라고 할까요?

엘리자베스
안 되지. 그랬다간, 그런 잔혹한 짓을 해서 사랑을 산
당신을 그 애가 증오할 수밖에 없을 거요.   290

리처드
이미 한 일은 지금 와서 달리 바꿀 수가 없소.[36]
사람들은 이따금 앞뒤 안 가리고 행동하고,
나중에 돌이켜 보고 후회하는 일이 많아요.
아드님들로부터 왕국을 빼앗기는 했지만,

---

[36] 'Look, what is done cannot be now amended:'(Craig); 'Look, what is done cannot be now amended.'(Harrison); 'Look what is done cannot be now amended:'(Evans, Hammond) 'Look what'가 'whatever'를 뜻하는 숙어로 보는 사람들이 있지만, 나는 'Look' 다음에 comma가 있는 쪽을 선택하고 싶다. 이 말은 〈맥베스〉에 나오는 'What's done cannot be undone'(5막 1장, 75행)과 같은 대사를 예고한다.

이를 시정하려 따님한테 돌려주려는 거요.   *295*
그대가 낳은 자식들을 내가 죽였다고 하면,
그대 후손들이 새 생명 얻도록 하려, 내 자식을
그대 혈손인 따님으로 하여금 낳게 하려는 거요.
할머니라는 호칭은 맹목적인 사랑을 담은
어머니라는 이름보다 덜 정겨운 게 아니라오.   *300*
그대 육신 물려받아 같은 피 흐르는 것이니,
손주들은 다만 한 단계 아래 자식들인 거요.
애태우긴 마찬가지인 것이, 따님은 그 나름의 산고를
겪어야 하고, 이는 그대도 이미 겪은 괴로움이었잖소?
그대의 자식들은 그대 젊은 날의 걱정거리였으나,   *305*
내가 나을 자식들은 그대 노년의 위안이 될 거요.
그대가 잃은 것은 임금이었어야 할 아들이지만,
그를 잃음으로 해서 따님은 왕비가 되는 것이오.
내가 원하는 만큼 보상을 다 해드리지는 못하나,
내가 한껏 베푸는 선의를 받아들이기 바라오.   *310*
그대 아들 도세트는 두려움을 이기지 못하여
외국 땅에서 불안한 방황을 계속하고 있으나, 37
이 좋은 혼인이 성사되면 곧 귀국을 허락받고,
높은 지위에 승차하여 영예를 마음껏 누릴 것이오.
그대의 아리따운 딸을 아내라 부르는 임금은   *315*
그대의 도세트를 처남이라 다정히 부를 것이오.

---

37 엘리자베스는 도세트에게 서둘러 피신해서 바다 건너에 있는 리치몬드에게 몸
을 의탁하라고 지시한 바 있다(4막 1장, 39행 이하 참조). 그러나 도세트는 곧
바로 리치몬드에게 가지 않고, 버킹엄과 합류하였다. 버킹엄의 반란이 실패로
끝나자, 도세트는 비로소 리치몬드에게 간 것으로 알려져 있다.

그대는 다시금 임금의 모후가 될 것이며,
어수선한 세월이 야기한 그 모든 상처는
곱절로 풍요로운 만족으로 치유되리다.
그렇지요! 앞으로 좋은 날이 얼마나 많소?   *320*
그동안 그대가 떨구었던 눈물방울들은
반짝이는 진주가 되어 다시 돌아올 것이오.
진 빚에 이자를 더해 갚으려는 듯,³⁸
열 배의 곱절이 되는 행복과 더불어 말이오.
그러니, 장모, 가세요. 따님한테 가세요.   *325*
젊어 수줍은 따님을 경륜으로 격려해 주세요.
청혼자의 말에 귀기울이게 만들어 주세요.
소심한 가슴에 금관 쓰고픈 열망의 불꽃이
타오르게 만드세요. 왕녀가 알도록 해 주세요.
결혼의 기쁨에 찬 달콤하고 고요한 시간들을 —   *330*
그리고 이 내 팔뚝이 그 조무래기 반역도,
아둔한 머리의 버킹엄을 혼쫄내고 나면,
승리의 화환으로 치장하고 나는 귀환하여,
따님을 정복자의 침상으로 이끌어가서는,
내가 어떻게 승리를 거두었는지 들려줄 것이니,   *335*
따님은 유일한 승자 — 씨저의 씨저가 되는 거요.

엘리자베스
무어라고 말해야 하지? 그 애 아버지 아우가

---

38 'Advantaging their *loan* with interest'(Craig, Harrison, Hammond) ; 'Advantaging
   their *love* with interest'(Evans). 논리적으로 보아 'love'보다는 'loan'이 합당하다.

그 애 남편이 되런다고? 아니면 아저씨라 해야 하나?
아니면 제 오라비와 아저씨들을 죽인 자라 해야 하나?
어떤 호칭으로 당신을 불러 중신어미 노릇을 해야,   340
하느님과 인류와 내 명예와 그 애 마음이
그 어린 나이에 거리낌 없이 받아들이게 할 건가?

리처드
이 결혼으로 잉글랜드에 평화 올 것임을 천명하오.

엘리자베스
그걸 얻으려 끝도 없는 싸움을 치러야겠군. 39

리처드
영을 내릴 임금이 간청한다고 전하시오.   345

엘리자베스
'군왕의 주군'이40 금하시는 바가 그 애에게 달렸다고 —

리처드
고귀하고 강력한 왕비 될 것이라 전해 주오.

엘리자베스
제 어미가 그랬듯, 결국엔 그 자리가 한스럽겠지. 41

---

39 영국의 평화를 위해 결혼한다지만, 그건 오래 지속될 부부 간의 불화를 대가로
   요구한다.
40 곧 하느님. 리처드와 그의 질녀와의 결혼은 근친상간의 죄목에 해당한다.
41 'To *wail* the title, as her mother doth.' (Craig, Harrison) ; 'To *vail* the title,

리처드
영원히 사랑할 것이라 전해 주오.

엘리자베스
허나 그 '영원'이란 게 얼마나 오래갈는지 ―   350

리처드
따님이 고운 삶 마칠 때까지 달콤한 맛 잃지 않고 ―

엘리자베스
허나 그 애의 달콤한 삶이 얼마나 오래 고울는지 ―

리처드
천지신명이 허락하는 동안만큼 ―

엘리자베스
지옥과 리처드가 허용하는 동안일 테지.

리처드
임금인 내가 신하처럼 따님을 받드리라 일러주오.   355

엘리자베스
허나 신민인 그 애는 당신 같은 임금을 혐오해요.

---

as her mother doth.'(Evans, Hammond) 'wail'과 'vail' 중 하나를 택해야 하는
데, 'vail'(양도한다)은 단순히 왕비 자리를 내놓는다는 의미일 뿐이지만, 'wail'
이 의미상으로 더 포괄적이라고 나는 생각한다.

리처드
나를 위해 말씀을 잘해 주어요.

엘리자베스
정직한 이야기는 꾸밈없이 할 때 효과가 있다오.

리처드
허면 내 사랑 이야기를 꾸밈없이 해 주구려.

엘리자베스
꾸밈없으면서 정직하지 않기란 지난한 노릇이라오.　　　　　*360*

리처드
그대가 하는 응답은 얄팍하고 가볍기만 하구려.

엘리자베스
안 그래요. 내 응답의 원인은 깊고 무겁기만 하다오.
깊은 곳에 무거이 불쌍한 내 어린것들 무덤에 있소.

리처드
같은 줄만 퉁기지 말아요. 지나간 일이오.

엘리자베스
언제까지고 같은 줄 뜯을 거요. 내 애간장 끊어질 때까지 ―　　*365*

리처드
자, 성(聖) 조지 장(章)과, 기사장(騎士章)과, 왕관에 걸어 ― 42

242
리처드 3세

엘리자베스
더럽혀지고, 수치로 얼룩지고, 그리고 찬탈한 ─

리처드
나 맹세하니 ─

엘리자베스
헛일이야. 이건 맹세가 아니니 ─
당신의 조지 장은 더럽혀져, 성스런 명예를 잃었고,   370
당신 기사장은 얼룩져서, 기사의 덕목 전당 잡혔고,
당신 왕관은 찬탈한 것이라, 군왕의 영광을 모독했어.
무언가 미더운 걸 내세워 맹세를 하고프면,
당신이 해악을 끼치지 않은 걸 내세워 보아.

리처드
자, 온 세상에 걸어 ─   375

엘리자베스
당신이 저지른 패악으로 차 있잖아?

리처드
내 아버님의 죽음에 걸어 ─

---

42 'Now by my George, my Garter, and my crown ─ ' 'George'는 용을 죽이는
Saint George의 모습을 새긴 메달. 'Garter'는 기사의 명예를 상징하는 푸른 리
본으로 왼쪽 무릎 아래에 매었다. 여기에는 이런 모토가 쓰여 있었다. *'Honi
soit qui mal y pense.'* ('악을 생각하는 자에게 재앙 있으라')

엘리자베스

당신의 삶이 그 명예를 더럽혔지.

리처드

허면, 나 자신에 걸어 —

엘리자베스

당신이 당신 자신을 막 굴리잖아?43   *380*

리처드

그렇다면 주님에 걸어 —

엘리자베스

주님을 욕되게 한 것이 제일 큰 죄야.

주님께 한 맹세 깨뜨리길 두려워했다면,

내 남편 선왕이 이루어 놓은 화합을44 그대가

깨뜨리지도, 내 오라비들 죽지도 않았을 것 —   *385*

주님에 걸어 한 맹세 깨뜨리길 두려워했다면,

지금 당신 머리를 두르고 있는 제왕의 관은

내 아들의 보드라운 관자놀이를 덮었을 것 —

그리고 두 왕자가 다 여기서 숨 쉬고 있겠지.

---

43 'Thyself thyself misusest.'(Craig, Harrison); 'Thyself is self-misus'd.'
    (Evans); 'Thy self is self-misus'd.'(Hammond) 나는 Craig와 Harrison의 텍스
    트를 따르고 싶다.

44 2막 1장은 병고에 시달리며 죽음을 목전에 둔 에드워드 4세가 왕비 엘리자베스
    와 그의 혈족들과 적대 관계에 있던 헤이스팅스, 버킹엄 등이 화해하도록 만드
    는 장면으로 시작한다.

헌데 지금, 그 흙 속에 나란히 누운 아이들은45   *390*
당신의 배신으로 벌레들의 먹이가 돼 버렸어.
이제 무엇에 걸어 맹세하시려오?

리처드
앞으로 올 세월!

엘리자베스
그건 지나간 세월에 당신이 벌써 망쳐 버렸어.
나 자신 앞으로 올 세월에 눈물깨나 흘려야 하는데,   *395*
그게 다 당신이 망쳐 놓은 지나간 세월 때문이야.
당신한테 아버지46 도륙당한 아이들이 살아있어.
아비 없이 자라야 하니, 나이 들어 슬퍼하겠지 ―
당신한테 자식들 참살당한 부모들이 살아있어.
늙고 시든 나무들, 노년에 접어들며 탄식하겠지 ―   *400*
다가올 세월에 걸어 맹세하지 말아요. 오기 전에
당신이 망쳐 버렸으니, 벌써 지난 거나 진배없어.47

---

45 'two tender playfellows for dust,'(Craig, Harrison) ; 'two tender bedfellows for
   dust,'(Evans) ; 'two tender bed-fellows for dust ― '(Hammond) 나는 'playfellows'
   보다는 'bedfellows'를 택하고 싶다.
46 'parents'(Craig, Harrison) ; 'fathers'(Evans, Hammond). 리처드는, 앤을 제
   외하고는, 미워하는 여인들에게 고통은 주었으나, 죽이지는 않았다. 따라서,
   여기서는 'fathers'가 적합하다고 본다.
47 'by time misused o'erpast.'(Craig, Harrison) ; 'by times ill-us'd 〔o'erpast〕.'
   (Evans) ; 'by times ill-us'd o'erpast.'(Hammond) 조금씩 텍스트를 달리하긴
   하지만, 의미는 동일하다.

리처드

일이 잘 풀린 다음에야 참회라도 할 수 있을 테니,

무력으로 맞부딪는 험한 전쟁에서 승리하기만을

바랄 뿐이오. 내 입으로 나 자신을 저주하리다.   405

하늘과48 운명은 내게 행복한 시간을 허락지 않으리오.

낮은 내게 빛을, 그리고 밤은 휴식을 주지 않으리오.

내 만약 그대의 아리땁고 왕녀다운 따님을

진정한 사랑과, 성결스런 사모와, 성스런 상념으로

대하는 것 아니라면, 행운을 가져오는 모든 행성이   410

내가 하려는 일마다 아니 되게 할 것이외다.

나와 그대의 행복은 따님에게 달렸소이다.

따님 없이는, 이 나라와 나 자신에게는 물론,

그대와, 따님과, 그 밖의 많은 기독교인들에게, 49

죽음, 황량, 황폐, 그리고 파멸이 뒤따를 뿐이오.   415

이를 피할 길은 내가 말한 한 가지 뿐이오.

그대로 아니하면 이를 피할 길이 없어요.

그러니, 장모님 — 이렇게 부를 수밖에 없어요 —

따님에 대한 내 사랑을 대변해 주어요.

---

48 'Heaven'(Craig, Harrison, Evans) ; 'God'(Hammond) 나는 전자를 택하고 싶다.

49 (i) 'Without her, follows to this land and me, / To thee, herself, and many a Christian soul,'(Craig, Harrison) ; (ii) 'Without her, follows to myself and thee, / Herself, the land, and many a Christian soul,'(Evans) ; (iii) 'Without her follows to myself, and thee, / Herself, the land, and many a Christian soul,'(Hammond) (ii)와 (iii)은 구두점이 조금 다를 뿐, 동일하다. 나는 (i)을 택하고 싶다. (i)에서는 국가와 왕 자신을 언급한 후, 엘리자베스, 그의 딸, 그 밖의 사람들 순으로 엮어 나감으로써 우선순위의 등급이 존중되고 있다. (ii)와 (iii)에서는 'myself'라는 재귀대명사로 시작하는데, 나의 귀에는 어색하게 들린다.

내가 어땠는지가 아니라 어떨 건지 말해 주어요.   *420*
지금 받을 보상이 아니라 앞으로 받을 것 말이오.
그 필요성과 작금의 시국이 어떤지를 강조하고,
어리석게도 큰일을 그르치지 말라고 전하세요.[50]

엘리자베스
악마한테 이렇게 유혹받아도 되는 건가?

리처드
그럼요, 악마가 좋은 일 하라 부추길 땐 —   *425*

엘리자베스
내가 어떤 일 당했는지 잊을 수 있단 말이야?

리처드
그럼요, 지난 일 기억해서 해롭기만 하다면요.

엘리자베스
하지만 당신은 내 자식들을 죽였어.

---

50 (i) 'And be not peevish-fond in great designs.'(Craig, Harrison); (ii) 'And be
not peevish[-fond] in great designs.'(Evans); (iii) 'And be not peevish found
in great designs.'(Hammond) 이 중에서 (iii)은 무리가 많다. Hammond가 읽은
바를 다른 말로 풀어 놓으면, 'And do not be found [to be] peevish in great
designs'가 되는데, 이는 어색하기 짝이 없는 말이다. 나는 Craig, Harrison,
Evans를 따라 읽고 싶다. 그리고 이 문장은 리처드가 엘리자베스를 향해 직접 하
는 명령문이라기보다는, 엘리자베스가 그의 딸에게 말해 줄 메시지를 직접화법
의 형태를 빌려 지시하는 것이라고 봄이 타당할 것이다.

리처드
하지만 따님의 자궁에 그 애들을 묻을 테고,
거기에서, 불사조의 둥지에서처럼, 그 애들은   430
다시 태어나, 그대에게 위무가 될 것이외다.

엘리자베스
내 가서 내 딸이 당신 뜻을 따르게 만드오리까?

리처드
그렇게 하여 행복스런 어머니가 되시오.

엘리자베스
가리다. 나한테 곧 편지를 써요.
그러면 그 애 생각을 알려줄 것이니 ―   435

리처드
내 참된 사랑의 입맞춤을 가져다주어요. 〔입 맞춘다〕 그럼 잘 가시오.
〔엘리자베스 퇴장〕
쉽게 누그러지는 멍청이 ― 속 옅고 변덕스런 여편네 같으니 ―51
〔래트클리프 등장〕
그래, 무슨 소식인가?

---

51 자신의 아들들을 죽인 리처드와 딸 사이에 혼담이 성사되도록 '중신어미'의 역할
을 하기로 동의한다는, 있을 수 없는 상황 앞에서, 관객은 당혹할 수밖에 없다.
그러나 이는 주어진 극적 상황을 너무 단순하게 받아들이는 것이다. 아들들이
죽임을 당한 엘리자베스에게, 딸의 생존은 절박한 문제이다. 딸의 생명을 보존
키 위해서는, 리처드의 강압적인 요청에 응하는 시늉이라도 해야 하는 엘리자
베스의 처절한 상황을 우리는 감지해야 할 것이다.

래트클리프
지엄무쌍하신 전하, 서쪽 해안에는 막강한 수군이
침공을 노리고 있고, 우리 해안에는 숫자는 많으나,   440
미심쩍고 전의도 없는 것들이, 무장도 제대로 않고,
적을 퇴치할 결의도 없이 우글대고 있사옵니다.
리치몬드가 저들의 수장(首將)인 걸로 사료됩니다.
거기서 돛을 펄럭이며, 그들의 상륙을 돕기 위해
버킹엄이 오기만을 기다리고 있는 듯하옵니다.   445

리처드
날렵한 녀석 하나를 노포크 공작에게 보내.
래트클리프, 자네, 아니면 케이쓰비가 ― 그자는 어딨어?

케이쓰비
여기 있습니다, 전하.

리처드
케이쓰비, 노포크한테 달려가.

케이쓰비
즉시 달려가겠습니다, 전하.   450

리처드
래트클리프, 이리 와. 쏠즈베리로 가.
거기 도착하면 ― 〔케이쓰비에게〕 이 굼뜬 얼간망둥이!
왜 여기 머무적거리고 노포크한테 안 가는 거야?

케이쓰비
전하, 우선 제게 전하의 의중을—
무엇을 전해야 하는지 말씀해 주십시오.   *455*

리처드
아, 맞는 말이야, 케이쓰비! 지금 즉시
가능한 한 막강한 군대를 징발 소집해서,
곧 쏠즈베리에서 나와 합류하라 일러.

케이쓰비
그리하겠습니다. 〔**퇴장**〕

래트클리프
전하, 쏠즈베리에서 제가 할 일이 무엇입니까?   *460*

리처드
내가 도착하기 전에 자네가 거기서 할 일이 무어냐고?

래트클리프
전하께서 저보고 서둘러서 앞서 가라 하셨습니다.

리처드
내 생각이 달라졌어. 〔**더비 백작 스탠리 등장**〕 스탠리, 무슨 소식인가?

스탠리
전하, 듣고 기뻐하실 소식은 아니나,
그리 대단한 일도 아니오니, 여쭙겠습니다.   *465*

리처드

어허 — 수수께끼로군! 좋지도 않고 나쁘지도 않다?
곧바로 이야기하면 될 걸, 왜 그리 휘돌려서 말하나?
다시 묻는데, 무슨 소식이야?

스탠리

리치몬드가 해상(海上)에 있습니다.

리처드

가라앉으라 해. 바닷물 깊숙이 —   *470*
비겁한 반역도! 바다에서 무얼 하는데?

스탠리

잘은 모르겠고, 추측만 할 뿐입니다, 전하.

리처드

그래, 그대 추측은?

스탠리

도세트, 버킹엄, 모튼 등의 부추김을 받아,
왕관을 노리고 영국으로 진군하는 겁니다.   *475*

리처드

왕좌가 비었는가? 왕권이 부재한다던가?
임금이 죽었다던가? 왕국의 임자가 없다던가?
과인 말고, 요크가의 대통 잇는 자 누구인가?
대 요크의52 후손 말고, 누가 영국 왕이란 말인가?

그런데 그자가 바다에서 무얼 하겠다는 거야?53

480

스탠리

그 목적이 아니고선, 전하, 달리 추측하기 힘듭니다.

리처드

그자가 그대의 주군이 되려고 오는 것 아니고선,

왜 그 웨일즈 놈이54 오는지 짐작키 어렵단 말이지.

그대도 날 배신하고 그자에게 도주할 듯싶은데?

스탠리

그럴 리 없습니다, 전하. 소신을 믿어 주십시오.

485

리처드

허면 그자를 퇴치할 군대는 어디 있소?

그대가 거느리는 수하 장수들은 어디 있소?

그자들은 지금 서해안으로 몰려가서,

상륙하는 반도들 안내나 하고 있는 것 아니오?

---

52 선왕 에드워드 4세의 부친, 요크 공작 리처드.

53 'what doth he upon the sea?'(Craig, Harrison); 'what makes he upon the
seas?'(Evans); 'what makes he upon the seas!'(Hammond)

54 헨리 리치몬드는 웨일즈 출신인 오웬 튜더(Owen Tudor)의 손자다. 헨리 5세가
죽고 난 후, 그의 왕비였던 프랑스의 발로아 왕녀 캐서린(Katherine of Valois)
은 오웬 튜더와 재혼하여 아들 셋과 딸 하나를 두었다. 리치몬드가 왕권을 주장
한 것은 그가 John of Gaunt의 후손이라는 사실에 근거하였다. 랭커스터 공작
존 오브 곤트는 첫 번째 부인 블랑쉬(Blanche)가 병사하자, 캐서린 스윈포드
(Katharine Swynford)와 재혼하였고, 헨리 리치몬드는 그 후손이었다.

스탠리

아닙니다, 전하. 제 친구들은 북쪽에 있습니다.   490

리처드

리처드에겐 차가운 친구들이군.[55] 자기들 주군을 위해
서쪽에 가 있어야 할 자들이 북쪽에서 무얼 하는 거야?

스탠리

그런 명령을 받지 못한 겁니다, 전하.
전하께서 허락만 해 주신다면,
아군을 소집해서, 전하께서 지정하시는   495
장소에 때맞추어 대령토록 하겠습니다.

리처드

그렇고말고. 리치몬드와 합류하러 갈 테지.
경을 믿을 수가 없단 말씀이야.

스탠리

전하, 제 충정을 못 미더워 하실 이유가 없습니다.
여태껏 그러했듯, 앞으로도 결코 거짓됨 없을 것입니다.   500

리처드

그럼 가서 군세를 모으시오. 그렇지만 경의 아들

---

55 'Cold friends to Richard:'(Craig) ; 'Cold friends to Richard.'(Harrison) ; 'Cold
   friends to me!'(Evans, Hammond) 리처드의 냉소적인 성격에 비추어 볼 때,
   'me'보다는 'Richard'가 걸맞게 들린다.

조지 스탠리는 남겨 놓고 가시오. 신의를 지켜요. 56
그렇잖으면 경의 아들 목이 성하리란 보장이 없어요.

스탠리
제 자식놈은 제 충성도에 따라 대접해 주십시오. 〔**퇴장**〕

전령 1 등장

전령 1
전하께 아룁니다. 아군 측의 확실한 정보에 의하면,   *505*
지금 데본셔에서 에드워드 커트니 경과 그의 형인
오만한 성직자, 엑스터의 주교가, 그 밖의 많은
동조자를 규합하여 무장봉기를 하였다 합니다.

전령 2 등장

전령 2
전하, 켄트에서는 길포드 일족이 군대를 일으켰고,
시시각각으로 점점 더 많은 동조자들이   *510*
반군에 합류하여, 그 군세가 점강하고 있습니다.

전령 3 등장

---

56 'look your faith be firm,'(Craig) ; 'Look your faith be firm,'(Harrison) ; 'Look
   your heart be firm,'(Evans, Hammond)

전령 3
전하, 버킹엄 공작의 군대가―

리처드
닥치거라, 올빼미들!57 죽음의 노래들뿐이야?
〔전령 3을 때리며〕 자, 한 대 맞아라. 나은 소식 가져올 때까지―

전령 3
전하께 말씀드릴 소식은, 급작스런 홍수와   515
폭우로 인해, 버킹엄의 군대가 흩어졌고,
공작 자신은 홀로 사라졌는데, 어디로 갔는지
아무도 모르옵니다.

리처드
용서해 다오. 여기 내 지갑 받아라. 매 값이다.
그 역도를 잡아들이는 자에게 포상을 하겠다고   520
선포한 사려 깊은 사람은 있었는가?

전령 3
그런 포고문이 났습니다, 전하.

전령 4 등장 †

---

57 올빼미 울음은 흔히 다가오는 죽음이나 재앙의 전조라고 여겼다.

전령 4

전하, 들리는 바에 의하면, 토머스 로벨 경과
도세트 후작이 요크셔에서 군사를 일으켰다 합니다.
그러나 이 좋은 소식을 전하께 가져왔습니다.   525
브리타니 함대가 폭풍을 만나 흩어졌습니다.
리치몬드는 도세트셔에서 배 한 척을
육지로 보내어, 해변에 대기하고 있는 자들이
원군인지 아닌지 알아보려 하였답니다.
저들은 리치몬드 편에 가담하려 버킹엄으로부터   530
온 것이라 대답했으나, 리치몬드는 믿지를 않고,
돛을 올리고는, 다시 브리타니로 향했습니다.

리처드

진격하라, 진격하라. 이미 출정하지 않았는가?
침공하는 외적을 맞아 싸우는 건 아니나,
바로 나라 안에 있는 반도들을 쳐부술지어다.   535

케이쓰비 등장

케이쓰비

전하, 버킹엄 공작이 잡혔습니다.
이것이 최상의 소식입니다. 리치몬드 백작이
막강한 군대를 이끌고 밀포드에58 상륙한 것이

---

58 웨일즈의 해안에 위치한 Milford Haven이란 포구. 리치몬드의 첫 번째 침공 시
   도는 1483년에 있었으나 실패로 돌아갔고, 그가 밀포드 상륙에 성공한 것은

좀 서늘한 소식이긴 하나, 아뢰어야겠습니다.

리처드
쏠즈베리로 진격하라! 예서 탁상공론 하는 동안   *540*
국운 판가름할 군왕의 전쟁을 놓칠 수 있으렷다.
누가 가서 버킹엄을 쏠즈베리로 데려오라는
명령을 전하고, 나머지는 나와 진군을 계속하라.

나팔소리. 모두 퇴장 ✝

1485년이었으니, 2년이라는 시간의 경과를 작품 속에서는 구체적으로 밝히지
않음으로써 극의 진행을 압축하고 있다.

4막 5장

더비 백작 스탠리의 집. 스탠리와 크리스토퍼 어스위크 신부 등장

스탠리

크리스토퍼 신부님, 리치몬드에게 이렇게 전하시오.
내 아들 조지 스탠리가 극악무도한 멧돼지[1] 우리에
꼼짝없이 갇힌 몸이 되었다고 말이오.
내가 반란을 일으키면, 나어린 조지 머리가 떨어지오.
그것이 두려워 나 지금 곧바로 돕지 못하는 거라오.   5
헌데, 군왕다운 리치몬드는 지금 어디 계시오?

크리스토퍼

펨브로크, 아니면 웨일즈의 하포드웨스트일[2] 겁니다.

스탠리

어느 명사들이 그분 편에 가담했소?

크리스토퍼

월터 허버트 경 ― 명성 높은 무장이지요.

---

1 리처드 글로스터의 휘장이 멧돼지였다.
2 Ha'rford-west 또는 Haverford-west는 Milford Haven 가까이 있다.

길버트 톨버트 경, 윌리엄 스탠리 경,   *10*

옥스포드, 용맹스런 펨브로크, 제임스 블런트 경,

용맹스런 일당을 이끌고 있는 라이스 앱 토머스,

그 밖에 많은 쟁쟁한 명성과 지위의 인사들인데,

런던을 향해 군대를 곧 이동시킬 겁니다.

진군 도중 저항을 맞닥뜨리지 않으면요 —   *15*

스탠리

그대 주군에게 돌아가서 안부 말씀 전해 주시오.

왕비께서 그분과 왕비의 따님 엘리자베스가

결혼하는 것에 흔쾌히 동의하셨다고 전하시오. 3

---

3 16~19행에 해당하는 부분이 Hardin Craig의 텍스트에서는 다음과 같다.

> 'Return unto thy lord; commend me to him
> Tell him the queen hath heartily consented
> He shall espouse Elizabeth her daughter.
> These letters will resolve him of my mind.' (Craig)

Harrison의 텍스트도 구두점 등 몇 군데 사소한 차이만 있을 뿐 동일하다. Craig
와 Harrison은 Quarto 판을 따랐고, Folio판을 따른 Evans와 Hammond의 텍스트
에서는 이 말이 나오는 자리가 다르다. 즉, Evans의 텍스트에서는 위 번역의 5행
과 6행 사이에 다음 대사가 들어있다.

> 'So get thee gone; commend me to thy lord.
> Withall say that the Queen hath heartily consented
> He should espouse Elizabeth her daughter.' (Evans)

그리고 스탠리의 마지막 대사는 다음과 같다.

> 'Well, hie thee to thy lord; I kiss his hand.
> My letter will resolve him of my mind.
> Farewell.' (Evans)

이 서한을 읽으면 내 뜻을 아시게 될 거요.
잘 가시오.   *20*

둘 다 퇴장 †

Hammond의 텍스트도 구두점만 조금 달리할 뿐 동일하다. 번역에 있어 어느 쪽을 택하건 크게 문제 될 것은 없지만, 스탠리가 리치몬드에게 전해 달라고 하는 중요한 메시지는 엘리자베스가 그의 딸과 리치몬드의 결혼에 찬의를 표했다는 사실이다. 이 말은 스탠리가 리치몬드의 근황을 듣고 난 다음에 크리스토퍼에게 하는 것이 자연스럽다는 생각이 든다.

5막 1장

쏠즈베리의 어느 광장.

지방장관과 창을 든 병사들의 호송받으며, 처형장으로 향하는 버킹엄 등장

버킹엄

리처드 임금께선 내게 말씀 나눌 기회도 아니 주시나?

지방장관

그런 말씀 없으셨습니다. 허니 그러려니 생각하십시오.

버킹엄

아, 헤이스팅스, 에드워드의 아이들, 그레이와 리버스,
성자 같던 헨리 임금,[1] 그리고 그분의 출중한 아들 에드워드,
본, 그리고 비열하고 더럽고 추악한   5
불의로 인해 비명에 간 그 밖의 모든 사람들—
만약 억울함과 분노로 치를 떠는 그대들 영혼이
먹장구름을 통해 이 순간을 내려다본다면,
이게 바로 복수라 여기고 내 죽음 조롱하구려.
오늘이 바로 만령절이렷다?[2] 그렇지?   10

---

1 헨리 6세를 말함.
2 '만령절'(萬靈節, All-Souls' Day)은 11월 2일.

지방장관

그렇습니다.

버킹엄

그렇다면 만령절이 내 육신의 종말이로구먼.

오늘이 바로 그날이야. 에드워드 임금 시절에,

내 만약 그분의 자제들과 처족들을 배신한다면

죽어 마땅할 것이라 천명하였던 그날이었어.   15

오늘이 바로, 내가 가장 믿었던 사람이 배신하면

내가 죽기를 바랐던, 바로 그날이로구먼.

바로 이 만령절까지만, 두려움에 떠는 내 영혼에게

내 죄에 대한 응징을 유예하리라 약정하였던 거야.

내가 희롱하기를 일삼던 지고하신 하느님께서   20

내 거짓 기도를 내 머리 위에 돌리신 것이고,

내가 장난삼아 청한 것을 진정으로 주시는 거야.

이처럼 주님께서는 사악한 자들의 칼로 하여금

그 끝을 돌려 칼 잡은 자 가슴을 찌르게 하시지.

결국 마가레트의 저주가 내 목에 떨어졌구나. 3   25

이렇게 말했었지. "그자가 네 심장을 슬픔으로 쪼갤 때,

마가레트가 예언자였다는 걸 기억하거라!"

자, 자네들, 나를 치욕의 단두대로 데려가게나.

불의는 불의를 부르고, 수형(受刑)은 수형(授刑)의 대가야.

모두 퇴장 †

---

3 1막 3장 300~306행 참조.

5막 2장

탬워스 근처의 군영. 리치몬드, 옥스포드, 블런트, 허버트, 그 밖의 몇 사람들, 고수와 기수들과 함께 등장

리치몬드
폭압의 굴레에 억눌려 상처 입은
전우들이여, 그리고 다정한 벗들이여,
우리는 여태까지 별다른 저항 없이
본토 깊숙이 진군을 계속해왔소.
그리고 나의 의부 스탠리 경께서 보내신   5
위무가 되고 고무적인 글월을 받았소.
그대들의 여름 들판과 풍성한 넝쿨을 헤집은
그 비열하고 잔인하고 왕위를 찬탈한 멧돼지가
그대들의 더운 피를 구정물처럼 마시고,
그대들의 찢긴 가슴을 구유로 삼았으나,   10
이 끔찍한 돼지는 지금 이 섬 바로 가운데에—
레스터 시 가까이 있다고 들어 알고 있소.
탬워스에서 거기까지는 하루면 갈 수 있소.
주님의 이름으로 이르니, 용감한 벗들이여,
씩씩하게 진군하여 이 한판 치열한 결전으로   15
영원히 지속될 평화를 수확으로 거둡시다.

옥스포드

매 사람의 양심이 일천 자루의 검이 되어

그 잔악무도한 도살자를 대적할 것이오. 1

허버트

그자 수하들이 우리에게 투항하리라 믿어 의심치 않소. 2

블런트

그자 수하라고 했자 어쩔 수 없이 매인 자들일 뿐,　　　　　　　　　*20*

막상 그자가 필요로 할 땐 도망칠 게 분명하오. 3

리치몬드

모든 게 우리에게 유리하오. 하니 주님의 이름으로 진군합시다.

참된 희망은 그 조급함이 마치 날으는 제비와 같아서,

군왕은 신이 된 듯, 범용한 자는 군왕 된 듯 느끼게 만드는구려.

모두 퇴장

1　(i) Every man's conscience is a thousand *swords*, To fight against *that bloody* homicide. (Craig, Harrison) ; (ii) Every man's conscience is a thousand *men*, To fight against *this guilty* homicide. (Evans, Hammond) 나는 (ii) 보다는 (i) 을 택하고 싶다. 'guilty homicide'는 왠지 맥 빠지게 들리고, '일천의 병력'보다 는 '일천 자루의 검'이 그 앞에 나온 '양심'이라는 단어와 더욱 효과적으로 조응 한다고 생각하기 때문이다.

2　'I doubt not but his friends will *fly* to us.' (Craig, Harrison)

　　'I doubt not but his friends will *turn* to us.' (Evans, Hammond)

3　'He hath no friends but *who* are friends for fear,

　　Which in his *greatest* need will *shrink* from him.' (Craig, Harrison)

　　'He hath no friends but *what* are friends for fear,

　　Which in his *dearest* need will *fly* from him.' (Evans, Hammond)

5막 3장

보즈워스 벌. 무장한 리처드 왕, 노포크, 래트클리프, 써레이 백작, 그 밖의 몇 사람들과 등장

리처드

여기에 군막을[1] 치세. 바로 이 보즈워스 들판에 ―

헌데 써레이 경, 왜 그리 침울해 보이오?

써레이

제 마음은 제 겉모양보다 열배는 가볍습니다.

리처드

노포크 경.

노포크

예, 전하.   5

---

1 'tents,'(Quartos 2~6, Craig, Harrison); 'tent,'(Folio, Evans, Hammond)
Hammond는 각주에서 'tents'라는 단어는 여기서 '불가'하다고 말하지만, 이는 그 앞에 나오는 'our'라는 인칭대명사를 'royal *we*'의 소유격으로만 보기 때문일 것이다. 전투를 치르기 전에 들판에 천막을 어찌 하나만 칠 것인가? 무대 위에는 실제로 리처드의 천막 하나와 리치몬드의 천막 하나만을 설치할 수밖에 없다. 그러나 연극의 대사는 마음의 눈으로 보는 정경 전체를 담는 것이므로, 실제로 무대에 천막이 몇 개냐는 문제가 되지 않는다.

리처드

우리에게는 타격일 텐데. 아니 그런가?

노포크

그야 양쪽이 다 그러할 겁니다, 전하.

리처드

내 군막을 쳐! 오늘밤엔 여기서 자련다.
헌데 내일은 어디서? 아무려면 어때?
반군의 숫자를 관측해 본 사람 있나?   10

노포크

고작해야 육칠천 정도입니다.

리처드

그렇다면 우리 군세가 세 갑절이로군!
게다가 군왕이란 칭호는 막강한 탑과 같은 것 —
적군에게는 그와 같은 보루가 없지.
군막을 세워! 자, 고귀한 여러분들,   15
지형을 살펴 유리한 지점을 찾아봅시다.
군사적 탁견을 가진 분들을 오라 하시오.
만반의 태세를 갖추도록 하오.2 지체 없이 —
여러분, 내일은 바쁜 날이 될 테니 말이오.

모두 퇴장 ⚔

---

2 'Let's *want* no discipline,'(Craig, Harrison); 'Let's *lack* no discipline,'(Evans, Hammond)

무대 다른 쪽에서 리치몬드, 윌리엄 브랜든, 옥스포드, 허버트, 블런트,
그 밖의 몇 사람들 등장. 리처드의 군막을 마주보게 하여 리치몬드의 군막을 세운다.

리치몬드

하루의 여로에 지친 해는 금빛 찬란하게 지고,   20
불타는 수레3 지나가며 남긴 눈부신 자국으로
새날이 밝으면 좋은 날 되리라 알려 주는구려.
윌리엄 브랜든 경, 그대가 내 깃발을 들어주오.
옥스포드 경, 윌리엄 브랜든 경, 그리고
월터 허버트 경, 그대들은 나와 함께 있으오.   25
펨브로크 백작은 그분 부대를 이끌고 있소.
블런트 장군, 그분께 안부 말씀 전해 주시고,
새벽 두 시가 넘기 전에 백작께서는
내 군막으로 나를 보러 오시라 말씀해 주오.
그리고 장군, 한 가지 더 부탁드리고 싶소.   30
스탠리 경께서 어디 계신지 알고 계시오?

블런트

제가 그분의 군기(軍旗)를 잘못 보지 않았다면,
—그럴 리는 없다고 확신하고 있습니다만—
그분의 부대는 왕이 이끄는 막강한 주력 부대에서
남쪽으로 적어도 반 마장 되는 곳에 있습니다.   35

리치몬드

위험을 감수하지 않고 가능하다면, 블런트 장군,

---

3 태양신 아폴로가 모는 전차.

그분과 말씀을 나눌 무슨 방도를 찾아내시어,
내가 쓴 이 중차대한 내용의 서찰을 전해 주시오.

블런트

제 목숨을 걸고, 각하, 그 일은 책임지겠습니다.
허면 주님의 가호로 평안한 밤 되시길 빕니다.   40

리치몬드

안녕히 가시오, 블런트 장군. 〔블런트 퇴장〕
내 천막에 잉크하고 종이를 가져다주어요.
우리 전투 대형과 작전 계획을 그려 놓고,
각 지휘관이 수행할 임무를 확정함으로써,
우리의 적은 군세를 적절히 분산 시킬 것이오.4   45
자, 여러분, 내일을 위한 작전을 상의하십시다.
내 막사로 드십시다. 이슬이 아리고 차가워요.

리치몬드, 브랜든, 옥스포드, 허버트는 천막에 들고, 나머지는 퇴장 ⸸

리처드의 군막 쪽에 리처드, 래트클리프, 노포크, 케이쓰비, 그 밖의 몇 사람 등장 ⸸

리처드

지금 몇 시인가?

케이쓰비

저녁 잡수실 시간입니다, 전하. 아홉 시입니다.

---

4 42~45행에 해당하는 부분은 Craig, Harrison, Evans의 텍스트에서는 위 번역
의 23행과 24행 사이에 나온다. 나는 Hammond를 따라 이 부분에 나오는 것으
로 보고 싶다. 그 다음에 나오는 대사와 자연스럽게 연결이 되기 때문이다.

리처드
오늘 저녁은 안 들겠다. 잉크하고 종이를 가져와.   *50*
그래, 내 면갑(面鉀)은 좀 느슨하게 조이고,
내 갑주는 내 막사 안에 모두 챙겨 놓았겠지?

케이쓰비
그러하옵니다, 전하. 장구는 완벽합니다.

리처드
노포크 경, 지휘할 부대로 서둘러서 가시오.
경계를 철저히 하고 ─ 믿을 만한 초병들을 골라요.   *55*

노포크
물러가겠습니다, 전하.

리처드
동 트기 전에 일어나시오, 노포크 경.

노포크
어김없을 것이옵니다, 전하. 〔**퇴장**〕

리처드
케이쓰비.

케이쓰비
예, 전하.   *60*

리처드

스탠리의 부대로 전령 부관을 보내서,

해 뜨기 전에 병력을 이끌고 오라고 해.

아들 조지가 영원한 밤의 캄캄한 토굴에

떨어지는 걸 원치 않는다면 말이야 — 〔케이쓰비 퇴장〕

술 한 잔 따라다오. 촛불도 하나 밝히고5 —   65

내일 탈 내 흰 말 써레이에6 안장을 얹어.

창대들이 튼튼한지, 너무 무겁지 않은지 확인해.7

래트클리프!

래트클리프

예, 전하.

리처드

자네 노섬벌랜드 경 얼굴이 어두운 걸 보았나?   70

래트클리프

써레이 백작 토머스와 그분께서는

---

5 'Give me a watch.' 여기서 'watch'는 얼마나 시간이 흘렀는지 알 수 있도록 눈금
표시가 된 초〔燭〕, 아니면 보초를 설 병사, 둘 중 하나를 의미한다. 내 생각으로
는 전자가 더 합당한 듯싶다. 〈줄리어스 씨저〉에서 브루터스가 씨저의 혼령을
보는 것은 필리파이의 전투를 앞둔 전날 밤 그의 막사에서이고, 여기서도 촛불
이 깜박이는 것으로 되어 있다. 이날 밤 리처드도 많은 혼령을 만나게 된다.

6 Edward Hall에 의하면, 리처드는 '큰 백마'를 탔다고 한다. 'Surrey'란 이름은 셰
익스피어가 지어낸 것이라고 학자들은 추정한다. 나는 '써레이 산(産)'이란 뜻
은 아닐까 생각해 본다.

7 케이쓰비는 이미 퇴장했고, 래트클리프는 68행에 가서야 부르기 때문에, 65~
67행은 군막 안에 있는 시종이나 병사에게 하는 지시라고 보아야 한다.

해 질 무렵 내내, 병사들 사기를 돋구려
전군 부대를 차례차례 순방하셨습니다.

리처드
그랬다면, 잘한 거지. 술 한 잔 부어 주게.
왠지 오늘 밤엔, 평소와는 다르게,   75
민첩한 정기와 발랄한 정신이 아니야.
거기 내려놓아.8 잉크하고 종이는 준비됐나?

래트클리프
준비됐습니다.

리처드
보초 잘 서라 하고, 물러가게.
래트클리프, 자정쯤 해서 내 막사로 와서   80
무장하는 걸 도와주게. 그만 물러가라니까.

래트클리프 퇴장. 리처드는 막사에 들고, 초병들 남는다. †
리치몬드의 막사. 참모들과 있는 리치몬드를 향해 더비 백작 스탠리 등장 †

스탠리
행운과 승리가 그대의 투구 위에 내리기를!

리치몬드
어두운 밤이 줄 수 있는 모든 평온을

---

8 술잔을 말함.

향유하시길 바랍니다, 경애하는 계부님.
말씀해 주세요. 어머님은 안녕하시지요?   85

스탠리
그대 어머니를 대신하여 그대를 축복하오.
그대 모친은 리치몬드 잘되길 축수한다오.
그건 그렇고, 침묵의 시간은 어느새 흘러,
빛이 새어 나는 어둠이 동쪽에서 흩어지오.
긴말 할 것 없이 ― 시간이 얼마 남지 않았으니 ―   90
아침 일찍 있을 전투에 만반을 기하고,
피비린 혈전과 사생을 농단하는 전투가
내리는 결정에 그대의 명운을 맡기시오.
내 비록 원하는 대로 행동할 입장은 아니지만,
상황을 보아가며 주변 사람들 눈을 속이고,   95
이 결말 예측키 힘든 전투에서 그대를 도우리다.
허나 드러내 놓고 그대 편을 들을 수는 없다오.
그리하였다가는 그대의 나어린 아우 조지가[9]
제 아비의 눈앞에서 처형당할 것이기 때문이오.
잘 있으오. 시간이 없고 긴박한 상황인지라,   100
오랫동안 떨어져 있던 다정한 사람들이
나누어야 할, 격식에 맞는 사랑의 맹세와
다정한 이야기를 마음껏 나눌 겨를이 없구려.
그렇게 사랑을 나눌 여유로운 때가 올 것이오.

---

9 George는 리치몬드의 생모와 스탠리 사이에서 태어났으므로, 리치몬드와는 생
  부를 달리하는 아우이다.

다시 한 번, 잘 있으오. 용감히 싸워 뜻을 이루오.   *105*

리치몬드

제관들, 어르신을 이분 부대까지 경호해드리오.

머리는 복잡하나, 나는 잠을 좀 청하려 하오.

승리의 나래를 펴서 날아올라야 하는 내일,

무거운 잠이 쏟아져선 아니 되겠기에 말이오.

다시 한 번, 편히 쉬오, 다정하고 미더운 제관들.   *110*

〔**리치몬드만 남고 모두 퇴장**〕

아, 주님, 제가 주님을 대변키로 자처하였사오니,

제가 이끄는 병력에 자애로운 눈길을 던지소서.

저들의 손에 주님의 분노의 철퇴를 쥐어 주시어,

저희들의 적들이 쓰고 있는 반역의 투구 위에

무겁게 떨어지어 박살을 내도록 하여 주소서.   *115*

저희들로 하여금 주님의 응징을 대행케 하시어,

저희들이 승리의 와중에 주님을 찬양케 하소서.

저의 두 눈꺼풀이 떨어져 감기도록 하기 전에,

주님께 저의 잠 못 이루는 영혼을 맡기오이다.

잠들어 있건, 깨어 있건, 저를 가호해 주소서. 〔**잠든다**〕   *120*

헨리 6세의 아들, 젊은 에드워드 왕자의 혼령 등장 ✟

에드워드 왕자의 혼령

〔**리처드에게**〕 내일 나는 네 영혼을 무겁게 누르련다.

내 젊음이 한창 피어날 때 튜크스베리에서 네가 나를

찌른 걸 기억하거라. 그래서 절망하고 죽음을 맞거라.

〔리치몬드에게〕 용기백배 하시게, 리치몬드.
도륙당한 왕자들 영혼은 그대 편에서 싸울 것이니 ―   125
리치몬드여, 헨리 임금의 아들은 그대를 응원하네. 〔**퇴장**〕10

헨리 6세의 혼령 등장 †

헨리 6세의 혼령
〔**리처드에게**〕 내게 육신이 있었을 제, 내 성유(聖油) 바른 몸에
너는 수 없이 많은 난도질을 하였다.
런던 탑과 나를 기억하거라. 절망하고 죽을지어다.
해리 6세는 네게 절망하고 죽을 것을 명하노라.   130
〔**리치몬드에게**〕 덕 있고 신심 있는 자네, 승리를 거둘지어다.
자네가 임금 되리라 예언하는 나 해리는
잠든 자네를 위무하네. 살아서 번영을 누리게! 〔**퇴장**〕

클라런스의 혼령 등장 †

클라런스의 혼령
〔**리처드에게**〕 나는 내일 네 영혼을 무겁게 누르련다.
끔찍스런 술통에 잠겨 죽음으로 씻겨버린 나 ―11   135

---

10 Craig, Harrison, Evans 등의 텍스트에서는 유령들이 각기 한마디씩 하고 퇴장
하는 것이 아니라, 무대에 나타나 각자의 저주와 축언을 하고 그대로 남아 있다
가, 한꺼번에 사라지는 것으로 되어 있다. 나는 Hammond가 한 무대 지시대
로, 유령들이 차례로 등장하여 한마디씩 하고 퇴장하는 것으로 보고 싶다. 무대
위에 유령들이 줄지어 서는 장면은 무리가 있고, 유령이 하나씩 나왔다가 사라
지는 것이 무대를 살리는 길이다.
11 1막 4장 144~146행 참조.

네 간교함이 죽음으로 몰아 간 불쌍한 클라런스를
내일 있을 전투에서 기억하거라. 그리고 네가
휘두르는 칼은 무디어, 절망하고 죽음을 맞으라.
〔리치몬드에게〕 랭커스터 가문의 후손인 그대, 억울하게 당한
요크 가문의 후예들은 그대를 위해 기도한다오.   *140*
그대의 전투에 천사들의 가호 있으리. 살아서 번영하게. 〔**퇴장**〕

리버스, 그레이, 본의 혼령들 등장 ⸸

리버스의 혼령
〔**리처드에게**〕 폼프레트에서 죽은 리버스다. 내일 나는 네 영혼을
무겁게 누르련다. 절망하고 죽음을 맞으라.

그레이의 혼령
〔**리처드에게**〕 그레이를 기억하고, 네 영혼을 절망케 하거라.

본의 혼령
〔**리처드에게**〕 본을 기억하고, 죄책감에 떠는 두려움으로   *145*
네 창을 떨구어라. 절망하고 죽음을 맞으라.

세 혼령들
〔**리치몬드에게**〕
깨어나오. 리처드 가슴속 억울한 우리 죽음의 기억이
그자를 멸할 것임을 아시오. 깨어나 승전을 거두오. 〔**세 혼령들 퇴장**〕

헤이스팅스의 혼령 등장 ⸸

헤이스팅스의 혼령

〔**리처드에게**〕 잔악하고 죄 많은 자, 죄업을 느끼며 깨어나라.

그리고 유혈낭자한 전투에서 삶을 끝내거라.   *150*

헤이스팅스 경을 기억하고, 절망하며 죽어라.

〔**리치몬드에게**〕 평화롭고 평온한 영혼이여, 깨어나시게나.

무장하고, 싸워서, 아름다운 영국을 위해 승전하오. 〔**퇴장**〕

두 어린 왕자들의 영혼 등장 †

왕자들의 혼령

〔**리처드에게**〕 런던 탑에서 질식사당한 조카들 꿈을 꿔요.

리처드 아저씨, 당신 가슴속 납덩이가 되어,   *155*

파멸과 치욕과 죽음으로 눌러 내릴 거예요.

당신 조카들 영혼은 당신이 절망하고 죽기를 바라요.

〔**리치몬드에게**〕 리치몬드, 평화로이 주무시고, 기쁘게 깨어나세요.

좋은 천사들이 멧돼지12 공격으로부터 그대를 수호하리 —

살아남으세요. 면면히 이어가는 군왕들을 낳으시도록 —   *160*

에드워드의 불쌍한 아들들은 그대의 번영을 빌어요. 〔**퇴장**〕

리처드의 아내 앤 왕비의 혼령 등장 †

앤의 혼령

〔**리처드에게**〕 리처드, 당신의 불쌍한 여편네, 나 앤은

살아서 단 한 시간도 편히 잠 이루지 못했다오.

---

12 리처드를 말함. 리처드의 휘장은 멧돼지였다.

이제 당신 잠자리를 뒤숭숭하게 해 줄 게요.

내일 전쟁터에서 나를 기억해요. 그리고는   *165*

무력한 칼이나 휘두르다가, 절망하고 죽어요.

〔리치몬드에게〕 그대 평온한 영혼, 편안한 잠을 즐기도록 해요.

성공과 행복한 승리가 오는 꿈을 꾸어요.

그대 적수의 아내는 그대를 위해 기도할 게요. 〔**퇴장**〕

버킹엄의 혼령 등장

버킹엄의 혼령

〔리치드에게〕 당신이 왕관을 쓰도록 처음 도와준 사람은 나였고,   *170*

당신의 폭거를 마지막으로 당한 사람도 나였어요.

아, 전쟁터에서 버킹엄을 기억해요.

그래서 죄책감으로 두려움에 떨며 죽어요.

잔혹한 짓거리와 죽음에 대한 꿈 끊임없이 꾸어요.

기진맥진하여 절망하고, 절망하며 숨을 거두어요.   *175*

〔리치몬드에게〕 그대를 도울 수 있기 전에 나는 절망 속에 죽었으나,¹³

그대는 용기를 내고, 사기를 잃지 마시오.

주님과 착한 천사들이 리치몬드 편에서 싸울 것이고,

리처드는 교만의 정점에서 추락할 것이오. 〔**퇴장**〕

---

13 원문은 'I died for hope ere I could lend thee aid'이다. 여기서 'for hope'를 어떤
의미로 읽어야 하는지에 대해 의견이 분분하다. 이를테면, 'for want of hope'
(Craig), 'hoping I could aid you'(Evans), 'in consequence of the hope which
led 〔me〕 to engage in the enterprise'(Kemp Malone) 등이다. 나는 단순히 '희
망을 가지려 안간힘을 하다가' 정도로 읽고 싶다. 버킹엄은 리처드에게 버림을 받
고 리치몬드 편에 가담하려다가 잡혀 처형되었다. 그 희망이 좌절된 가운데 죽음
을 맞았다는 의미로 읽으면, 아무 무리가 없다.

리처드

다른 말 가져와!14 내 상처를 잡아매! 예수님, 살려 주세요!   *180*
〔깨어나며〕 이런, 내가 꿈을 꾼 것이로군.

아, 겁먹은 양심아, 나를 꽤나 괴롭히는구나!

촛불이 가물거리는구나.15 지금은 한밤중인데 —

두려움에 솟는 차가운 땀이 떨리는 육신에 돋는구나.

뭐가 무섭지? 나 자신이? 주위에 아무도 없는데 —   *185*

리처드는 리처드를 사랑해 — 나는 나를 말이야.

여기 살인자가 있는 거야? 아니야! 그래, 나야!

허면 도망쳐야지. 아니, 나로부터? 이유야 많지.

복수하지 않으려면 — 아니, 내가 나한테 복수를?

이런, 나는 나를 좋아해. 왜냐고?   *190*

내가 나를 위해서 한 그 어느 짓거리 때문에?

아, 아니야. 난 내가 저지른 끔찍한 짓거리 때문에

오히려 나 자신을 혐오하는 걸.

난 악당이야. 아니야, 거짓말이야. 난 아니야.

이런 멍청이! 저를 좋게 말하네! 멍청아, 아첨 말어.   *195*

내 양심은 일천 개 따로 노는 혓바닥이 있고,

혓바닥마다 제각기 다른 이야기를 들려주지만,

---

14 이 말은 나중에 리처드가 나중에 들려주는 유명한 절규 — 'A horse! A horse! My kingdom for a horse!'(5막 4장, 마지막 행) — 를 예고한다.

15 혼령이 나타나면 촛불이 가물거린다는 속설이 있었다. 〈줄리어스 씨저〉, 4막 3장, 275행에서도, 씨저의 혼령이 나타나기 전, 촛불이 가물거린다는 말을 브루터스가 한다. 아직 한밤중이므로 촛불이 잘 타고 있어야 할 텐데, 마치 새벽이 되어 초가 거의 다 타버린 것처럼 가물거리는 것이 이상하다는 말을 리처드는 하고 있다.

그 이야기마다 한결같이 나를 악당이라는구나.
거짓과 위선, 그것도 간악하기 견줄 데 없는―
살인, 끔찍한 살인, 극악무도하기 이를 데 없는―   *200*
벼라별 악행들, 정도만 다를 뿐 다 내가 저지른―
이것들이 "유죄, 유죄!" 외치며 심판대로 몰려드는구나.
절망할 밖에! 나를 좋아하는 자는 아무도 없어.
내가 죽더라도, 날 불쌍해할 자는 하나도 없어.
하기야 그럴 리가 없지. 나 자신도 나를 보면서   *205*
연민의 정이란 전혀 느낄 수가 없으니 말이야―
내가 살해한 모든 사람들 혼령이 내 천막에
온 것 같았어. 그리고 그 하나하나 다 위협했지.
내일이면 리처드 머리에 복수가 떨어질 거라고―

래트클리프 등장

래트클리프
전하.   *210*

리처드
제기랄. 누구야?

래트클리프
전하, 저 래트클리프입니다. 농가의 첫 닭이
벌써 두 차례 울었습니다. 전하의 휘하 장수들은
모두 기상을 했고 지금 무장을 하고 있습니다.

리처드
아, 래트클리프, 간밤에 무서운 꿈을 꾸었다네.   *215*
어찌 생각하나? 아군이 다 충성스러울 것 같나?

래트클리프
틀림없습니다, 전하.

리처드
아, 래트클리프, 두렵네, 두려워!

래트클리프
그러시면 안 됩니다, 전하. 허깨비를 무서워 마세요.

리처드
사도 폴에 걸어 말이네만, 간밤에 본 유령들이   *220*
리처드의 영혼을 공포로 떨게 하였단 말일세.
육신을 가진 일만 명의 병졸들이 완전무장을 하고
애송이 리치몬드의 지휘하에 몰려오는 것보다 더 —
동이 트려면 아직 멀었어. 자, 나하고 같이 가세.
아군의 막사 근처에서 엿들어 보아야겠어.   *225*
탈영을 할 낌새가 혹 있는지 염탐해야겠어.

리처드와 래트클리프 퇴장 †

막사에 있는 리치몬드를 향해 그의 수하 장수들 등장 †

장수들
아침인사 드립니다, 각하.

리치몬드
용서하오, 장군들, 그리고 만전 기하는 여러분,
굼뜬 느림보를 데리러 오셨구려.

장수 1
침수 편히 드셨습니까, 각하?   *230*

리치몬드
경들과 헤어지고 난 후, 졸음에 겨운 머리에
일찍이 든 그 어떤 잠보다 달콤한 잠을 잤고,
더할 나위 없이 좋은 꿈을 꾸었다오, 장군들.
리처드가 살해한 사람들의 영혼이
내 막사에 와서 승전을 외치는 것 같았소.   *235*
장담하는데, 그처럼 좋은 꿈을 기억하니,
내 영혼은 기쁨으로 가득하다오.
지금 시각이 얼마나 되었소, 장군들?

장수 1
네 시를 쳤습니다.

리치몬드
허면 무장하고 군령 내릴 때로군. 〔막사에서 나온다〕   *240*
〔**병사들에게**〕16 사랑하는 동포들이여, 시간이 없고 우리가 처한
상황이 위급한지라, 내 이미 말해온 바를 더 이상

누누이 되풀이하진 않겠소. 허나 이것만은 기억하오.
주님과 정당한 명분이 이 싸움에서 우리 편임을—
성인들과 억울하게 비명에 간 영혼들의 기도가,   245
높이 세운 방호벽처럼, 우리 얼굴을 막아 주고 있소.
리처드를 제외하고, 우리가 대적하는 사람들은
그들을 이끄는 폭군보다 우리가 승전하길 바라오.
그들을 이끄는 자가 누구요? 여러분, 진정코,
이자는 잔학한 폭군이고 살인마가 아니오?   250
피로 입신한 자, 피로 왕위에 오른 자—
지금 보유하는 왕좌를 앗으려 간계를 꾸몄고,
음모의 도구로 이용한 사람들을17 도륙해 버린 자—
비천하고 흉한 돌이 영국의 왕좌를 거짓 술수로
차지하여, 그 후광으로 값진 보석처럼 보이는 자—   255
이자는 항상 하느님의 적이었소. 그러므로 그대들이
주님의 적을 대적하여 싸운다면, 정의 실현을 위해,
주께서는 자신의 병사들인 그대들을 지켜 주실 것이오.
폭군을 제압하려 그대들이 땀을 흘리면,
폭군은 죽음을 맞고, 그대들은 평화로이 잠잘 것이오.   260
그대들 조국의 적들과 대적하여 싸우면,

---

16 리처드몬드는 그의 막사에서 나와, 밖에 있는 많은 병사들을 향해 독전을 하는 것
   이 주어진 극적 상황이다. 그런데 좁은 무대 위에 있는 얼마 안 되는 참모들을
   향해 연설하는 것은 아무리 연극이라 해도 어색하다. Antony Hammond가 제안
   한 대로, 리처드몬드는 무대에 있는 몇 사람들뿐만 아니라, 관객을 향해 독전사를
   하는 것이 이 장면을 자연스럽게 처리하는 방법일 것 같다.
17 'those that were the means to help him.' 여기서 'those'라는 복수 인칭대명사
   를 썼지만, 의심할 나위 없이 버킹엄을 지칭한다고 보아야 한다.

그대들 조국의 풍요로움이 그대들 노고를 보상하리다.
그대들 아낙을 지켜내려 전투에 임하면,
그대들 아낙은 승전코 귀환하는 임을 반겨 맞으리다.
그대들 아이들을 칼끝으로부터 자유롭게 해 주면,   265
그대들 아이들의 아이들 그대들 노년에 보은하리다.
그러므로 주님과 이 모든 권리를 지키기 위하여,
깃발 나부끼며 진격하고, 힘차게 검을 뽑으오!
나로 말하면, 내 담대한 시도가 무위로 끝나면,
차가운 땅 위에 차가운 내 육신을 누일 뿐이오.   270
허나, 내 만약 승리를 거두면, 내가 얻게 될 소득을
그대들 중 제일 지위가 낮은 자도 나누어 가질 거요.
북을 울리고, 나팔을 불라. 용맹무쌍, 의기충천하라.
주님과 성(聖) 조지18! 리치몬드와 승리를 위하여!

리치몬드와 그의 수하 장수들 퇴장 ⚔

리처드, 래트클리프, 수하 병사들 등장 ⚔

리처드
노섬벌랜드는 리치몬드에 대해 무어라던가?   275

래트클리프
실전 경험이 전혀 없다 합니다.

리처드
그 말이 맞아. 그 말을 듣고 써레이는 무어라던가?

---

18 용을 죽인 영국의 수호성자.

래트클리프
빙긋이 웃으며 이러더군요. "우리에게 유리하구먼."

리처드
옳은 말이야. 사실이 그래. 〔시계 치는 소리〕
몇 점을 치는지 세어! 천문력 하나 가져와 —   280
오늘 해 뜨는 걸 본 사람 있나?

래트클리프
저는 못 보았습니다.

리처드
그렇다면 해가 빛날 생각이 없는 거야. 이 책력을 보면,
한 시간 전에 벌써 해가 동녘을 밝혔어야 하거든 —
누구한테인가 캄캄한 날이 될 거야. 래트클리프!   285

래트클리프
예, 전하.

리처드
오늘은 해가 안 보일 거야.
하늘은 찌푸려 있고, 우리 군대를 흘겨보는구나.
이 이슬방울들이 땅에서 말라 버렸으면 한다만 —
오늘은 햇빛이 안 비친다? 아니, 그게 어째서   290
리치몬드에게보다 나에게 더 문제가 된단 말이야?
내게 찌푸리는 바로 그 하늘이 그놈도 흘겨보잖나 —

노포크 등장 ✝

노포크

무장, 무장하십시오, 전하. 적이 들판에 포진했습니다.

리처드

자, 빨리 서둘러! 내 말에 마구를 얹어. 〔**갑주를 입는다**〕

스탠리 경을 불러. 병력 이끌고 오라 해.   295

나는 병력을 벌판으로 인솔할 것이야.

그리고 내 병력 배치는 다음과 같이 한다.

선봉 부대는 길게 횡으로 포진하는데,

기병과 보병을 동일한 숫자로 병렬한다.

궁수들은 한가운데에 위치할 것이다.   300

노포크 공작 존과 써레이 백작 토머스가

이 보병과 기병을 지휘한다.

이렇게 포진을 한 상태에서, 짐은 주력 부대를

이끌 것인데, 짐의 가장 막강한 기병대가

주력 부대의 양익을 옹위하고 돌격한다.   305

이상, 그리고 성 조지의 가호를! 어떤가, 노포크?

노포크

탁월한 작전입니다, 용명하신 전하.

〔**종이 하나를 보여 주며**〕 오늘 아침 제 천막에 이게 붙어 있는 걸 발견했습니다.

리처드

〔읽는다〕 "노포크의 똘마니야, 만용은 금물이다.

네 주인 리처드 놈은 매입된 매물이다."19   310

적들이 만들어낸 술수로군.

제장들, 해산하오. 각자 맡은 임무로!

〔혼잣말〕20 시시껄렁한 꿈 때문에 주눅 들어선 안 돼.

양심이란 비겁한 놈들이나 쓰는 말이야.

애초에 강한 자를 두려움에 가두려 지어낸—   315

내 강한 무력이 내 양심이고, 칼이 법이다.

〔**병사들에게**〕21 진격하라! 용감히 합세하라! 격렬히 맞닥뜨리자!

천국이 아니라면, 지옥에라도 함께 가자!

내가 이미 피력한 것보다 무엇을 더 말하겠는가?

그대들이 대적할 자들이 누구인지 기억하라.   320

부랑자, 범법자, 떠돌이들의 떼거리 아닌가?

브리타니의22 더껑이, 어중이떠중이 농노들 아닌가?

저것들의 나라가 메슥거림 못 참고 토해내어,

---

19 'Jockey of Norfolk, be not too 〔or so〕 bold, / For Dickon thy master is
bought and sold.' 'Jockey'는 'Jack' 또는 'John'을 비하해서 부르는 말이지만,
'말단 일꾼'이란 의미도 갖는다. 'Dickon'은 'Richard'를 비하해서 부르는 별칭이
다. 'Dickon thy master is bought and sold'에서 'is bought and sold'는 뇌물에
매수된 자들에 의해 배신을 당했다는 뜻.

20 다음의 네 행이 혼잣말이라는 무대지시는 원문 텍스트에 들어있지 않다. 그러
나 내용상 왕이 자신의 부하들에게 하는 말이라고는 믿을 수 없다. 리처드의 머
리를 스치고 지나가는 생각이라고 봄이 옳을 것이다.

21 241행부터 시작하는 리치몬드의 독전사 앞에 있는 무대지시에 대한 각주 참조.

22 리치몬드는 프랑스의 브리타니(Bretagne)에 피신해 있다가, 반군을 징집하여
영국을 침공했다.

막무가내 짓거리, 어김없는 파멸로 내몰린 것들이다.
그대들 편히 자는데, 저것들 소란 피우고 있다.   325
땅을 소유하고, 아름다운 아내와 행복을 누리는데,
저것들이 땅을 빼앗고, 그대들 아내를 더럽히려 한다.
헌데, 별것 아닌 친구가 저들을 이끌고 있단 말이다.
내 어머니 돈으로23 브리타니에 오래 살려둔 자—
물컹이! 살아생전에 추위라고는 단 한 번도   330
장화 밖 눈이 얼마나 시린지 모르고 지낸 자—
이 떨거지들 다시 바다 건너로 매질해 보내야 한다.
이 분수 모르는 프랑스 누더기 패, 사는 게 고달픈,
굶주림에 시달린 거지들을 여기서 몰아내야 한다.
이 어리석은 약탈의 허무맹랑한 꿈만 아니었으면,   335
가난으로 — 불쌍한 쥐새끼들 — 목매 죽었을 것들이다.
우리가 정복을 당할 것이라면, 사람들에게라야지,
저 브리타니 잡놈들에겐 아니다. 우리 조상들은
저들을 저들의 땅에서 때리고 매질하고 동댕이쳐,
저들을 치욕을 물려받은 자들로 기록되게 하였다.24   340
저들이 우리 국토를 누려? 우리의 아낙들과 잔다?
우리 딸들을 겁탈해? 〔**멀리서 북소리**〕 들리나? 저들의 북소리가?
싸우라, 잉글랜드의 신사들아! 싸우라, 담대한 농민병들아!

---

23 Antony Hammond는 리처드의 어머니 요크 공작부인이 리치몬드에게 재정적 지
   원을 한 기록이 없다고 하며, 다른 텍스트에 들어있는 'at our mother's cost'를
   'at our brother's cost'로 바꾸어 놓고, 여기서 'our brother'는 버건디 (Burgundy)
   공작을 지칭한다고 주장한다. 나는 Craig, Harrison, Evans 등을 따라, 전자대로
   번역하였다.
24 리처드는 헨리 5세가 이끄는 영국군이 프랑스를 침공했던 사실을 언급하고 있다.

당겨라, 궁사들아, 시위를 머리까지 당겨라!
오만한 말에 힘껏 박차를 가하고, 피범벅 되어 달려라.   345
부러진 창대들로 하늘을 놀라게 하라!
〔전령 등장〕
스탠리 경이 무어라더냐? 병력을 데려온다던?

리처드

전하, 오기를 거부합니다.

리처드

그자 아들 조지 목을 쳐!

노포크

전하, 적이 늪지대를 지나 왔습니다.   350
조지 스탠리 처형은 전투 뒤로 미루시지요.

리처드

일천 개의 심장이 내 가슴속에서 뛴다.
기수들, 앞으로! 적군을 공격하라!
우리의 오랜 전투의 함성 — 성(聖) 조지여,
불 뿜는 용들의 노기를 우리에게 불어넣으소서!25   355
공격하라! 승리는 우리 투구 위에 놓였다!

모두 퇴장 ✟

---

25 전설에 의하면, 영국의 수호성자인 성 조지(Saint George)는 불을 뿜는 용을
   퇴치하였다. 리처드는 여기서 전설상의 두 적수들을 향해 동시에 도와달라고
   호소하고 있다.

5막 4장

들판의 다른 곳. 비상나팔 소리. 노포크와 병사들 싸우며 등장.
무대 다른 쪽에서 케이쓰비 등장.

케이쓰비

원군! 노포크 공, 원군, 원군이 필요하오!
전하께선 초인적 무용(武勇)을 펼치고 계시오.
물불 안 가리고 모든 위험을 직면하시면서 —
타시던 말은 죽었고, 땅 딛고 싸우고 계시오.
죽음도 불사하고 리치몬드를 찾으시면서 —   5
원군을 보내 주시오. 안 그러면 패전이오!

노포크와 병사들 퇴장
나팔 소리. 리처드 등장

리처드

말 한 필! 말 한 필! 말 한 필에 내 왕국이다![1]

---

1 'A horse! A horse! My kingdom for a horse!' 리처드의 이 절규는 두 가지 의미를 복합적으로 갖는다. (i) '말 한 필 가져오면, 내 왕국이라도 내주겠다.' (ii) '내 왕국의 운명이 말 한 필에 달려 있다.' 많은 사람들이 (i)의 의미로만 받아들이고 있고, 죽음을 눈앞에 둔 리처드가 왕국도 내어 놓겠다는 절규를 하는 것이라고 생각하면, 간악한 인간이지만 목숨에 연연하는 모습을 떠올리며 연민을 느끼게 된다. John Webster의 *The Duchess of Malfi* 끝 부분에서 죽음을 목전에 둔 추기경이 'My dukedom for rescue!'(5막 5장 20행)라고 외칠 때,

케이쓰비

피하십시오, 전하. 제가 말을 구해 보겠습니다.

리처드

빌어먹을 놈! 난 내 목숨을 주사위에 걸었고,

죽음의 주사위 패가 나와도 받아들일 테다.2   *10*

전장에 리치몬드가 여섯 놈이나 되는 모양이야.

진짜 대신에 오늘 다섯 놈이나 죽었거든—3

말 한 필! 말 한 필! 말 한 필에 내 왕국이다!

두 사람 퇴장

이는 분명히 자기를 구해 주는 자에게 공작령이라도 내어 주겠다는 뜻이다. (아마도 웹스터는 리처드의 절규를 머리에 떠올렸던 듯하다) 그러나 말 한 필만 있으면 끝까지 싸워 자신의 왕국을 지켜내겠다는 뜻으로 받아들이면, 과연 리처드다운 견인불발의 정신을 대하는 것 같아 작은 감동을 얻게 된다. 리처드가 이어서 들려주는 말이 이런 생각을 뒷받침한다(다음 각주 참조).

2 ‘I have set my life upon a cast, / And I will stand the hazard of the die.’ (주사위는 이미 던져졌고, 어떤 결과가 나와도 그걸 받아들이겠다) 이 대사는 주사위 던지기와 관련된 일련의 단어들이 나오는데, ‘cast’, ‘stand’, ‘hazard’, ‘die’ 등이다. 여기서 ‘die’는 ‘dice’의 단수이지만, 동시에 ‘죽음’이라는 의미도 중첩되어 있다. Hamlet가 주위의 만류를 뿌리치고 유령과 대면하기 위해 달려가기 전에 하는 말—‘I do not set my life at a pin’s fee,’ (*Hamlet*, 1막 4장) —을 연상시키는 말이다.

3 리처드가 죽인 다섯 명은 리치몬드로 위장한 자들이다. 전쟁터에서 실제 지휘관의 것과 동일한 갑주를 착용함으로써 적을 속이려 하는 경우는 셰익스피어 극에 자주 나타난다.

5막 5장

들판의 또 다른 곳. 독전 나팔소리.
리처드와 리치몬드 무대 양쪽에서 등장하여 싸운다.
리처드 쓰러지고, 퇴각 나팔소리. 리치몬드 퇴장과 동시에 리처드 시신 무대 밖으로 운구.
장중한 음악 속에 리치몬드와 왕관을 손에 든 스탠리 및 다른 귀족들과 병사들 등장1

리치몬드
승리를 거둔 벗들이여, 주님과 그대들의 무용에
칭송 있으리오. 우리가 승리했소. 간악한 개는 갔소.

스탠리
용감한 리치몬드, 할 일을 잘해내셨소!
〔왕관을 들어 올리며〕 보시오, 여기, 이 오래 찬탈되었던 왕관을
이 숨 거둔 잔악한 악당의 머리에서 벗겨내,   5
그대의 이마를 두르게 하오이다.
쓰시오, 향유하시오, 그 권한을 누리시오.

리치몬드
위대한 천상의 하느님, 만유를 축복하소서!
말씀해 주세요. 젊은 조지 스탠리는 살아있나요?

---

1 이 무대 지시에 나타나는 상황은 빨리 진행되는 무언극의 형태로 진행된다.

291

스탠리
그러합니다, 전하. 레스터 읍에 안거하옵고,   *10*
마음 내키신다면, 지금 함께 가셔도 좋습니다.

리치몬드
양측에서 전사한 명사들은 누구누구입니까?

스탠리
노포크 공작 존, 페러스 경 월터,
로버트 브래큰베리 경, 그리고 윌리엄 브랜든 경입니다.

리치몬드
그분들 지체에 걸맞은 장의로 시신을 모시도록 하오.   *15*
적진에서 탈주한 병사들에겐 사면을 선포하시오.
그들이 우리 측으로 투항토록 말이요 —
그리고 과인이 성체 성사 미사에서 맹세한 대로,
과인은 흰 장미와 붉은 장미의 화합을 이룰 것이오. 2
하늘이시여, 두 집안의 불화에 오랜 세월   *20*
눈살 찌푸리셨으나, 이 가연에 미소 지으소서.
과인의 말을 듣고 "아멘"으로 화답지 않을 자 누구요?
영국은 오랜 세월 광기에 시달리어 자해를 한 셈이오.

---

2 Rheims 성당에서 진행된 성체 성사의 의식에서 리치몬드는 에드워드 4세의 딸
  엘리자베스와 혼약을 맺기로 선서하였다는 기록이 있다. 리치몬드의 모계가 랭
  커스터 집안과 인척관계에 있었고, 엘리자베스는 요크 가문이므로, 두 사람의
  결혼으로 '붉은 장미'(랭커스터 가)와 '흰 장미'(요크 가)가 합일이 되는 상징적
  의미가 있었다.

형과 아우 사이에 몽매한 유혈 행위가 자행되었고,

아비가 자식을 성급하게 살해한 일도 있었고,   *25*

아들이 어쩔 수 없이 아비를 죽인 일도 있었소. 3

이처럼 불목하던 요크와 랭커스터 —

끔찍스런 갈등으로 갈라졌던 두 가문을, 4

두 왕가의 진정한 계승자로 가문을 잇는

리치몬드와 엘리자베스로 하여금,   *30*

하느님의 명을 따라 결합토록 하소서!

그리고, 주님의 뜻이 그러하시다면, 저희들 후손이

안온한 평화와, 미소 짓는 풍요와, 번영하는 날들로,

다가오는 세월을 살지게 일구도록 이끌어 주소서!

은혜로우신 주님, 피로 얼룩진 날들을 다시 부르고,   *35*

가련한 영국을 피의 탁류에서 울게 만들지 모르는,

반역도들의 칼날을 무디어지게 하소서. 5

아름다운 조국의 평화를 반역으로 상처 내려는 자

---

3 〈헨리 6세〉 제3부, 2막 5장에는 전장에서 아비를 죽인 아들과, 아들을 죽인 아
  비의 슬픔을 헨리가 보고 듣는 장면이 있다.

4 'All this divided York and Lancaster, / Divided in their dire division, …'(Craig,
  Harrison, Evans) Hammond는 이 두 행이 하나의 완결된 문장을 이루는 것으
  로 보았다. ('All this divided York and Lancaster — / Divided, in their dire
  division.') Hammond의 생각은 'this'는 리치몬드가 앞에서 예로 든 불행한 일들
  (23~26행)을 지칭하고, 'divided'는 동사라는 것이다. 그러나 그렇게 읽으면
  석줄 아래(31행)에 있는 'conjoin'이라는 동사의 목적어가 없는 결과가 된다. 나
  는 Craig, Harrison, Evans 등이 읽은 대로, 'All this divided'는 하나의 구를 이
  루면서 'York and Lancaster'를 수식하고, 'York and Lancaster'는 31행에 나오
  는 동사 'conjoin'의 목적어라고 본다.

5 글자 그대로는 반역의 칼날을 무디게 해달라는 말이지만, 거기 함축된 뜻은, 반
  역행위를 촉발하는 불만을 종식시켜 달라는 것이다.

살아남아 이 땅의 번영을 맛보지 못하게 하소서!
내란의 상처가 치유되었으니, 다시 평화가 왔소.   *40*
평화가 오래오래 지속되도록 주님께 비오이다. 아멘!

모두 퇴장 ✝

셰익스피어의 다른 영국사극들과 마찬가지로, 〈리처드 3세〉를 쓸 때 셰익스피어가 전거로 삼았던 것은 라파엘 홀린스헤드(Raphael Holinshed)의 《연대기》(*Chronicles of England, Scotland, and Ireland*, 1587)였다. 홀린스헤드의 《연대기》에 들어있는 글로스터 공작 리처드(1452~1485)에 관한 기록은 에드워드 홀(Edward Hall)이 펴낸 《랭커스터가와 요크가 두 명문의 결합》(*The Union of the Two Noble and Illustrate Families of Lancaster and York*, 1548)을 거의 그대로 옮겨 놓은 것이었고, 에드워드 홀이 정리해 놓은 기록은 그에 앞서 토머스 모어(Thomas More)가 펴낸 《리처드 3세의 역사》(*The History of King Richard the Third*, 1543)에 근거한 것이었다. 그러나 셰익스피어가 〈리처드 3세〉를 쓰고 있었을 때, 얼마만큼 이 문헌들에 의존하였고, 그가 쓴 작품이 전거와 어느 정도 내용 면에서 일치하는지 살펴보려는 노력은 별 의미가 없다. 작가는 주어진 자료를 가지고 자기 나름의 문학작품을 만들어낼 자유가 있고, 또 그리할 때에만 창작의 의미가 살아나는 것이다. 역사극이라 해서, 연대기를 고스란히 극화함으로써 그 존재 가치가 입증되는 것은 아니기 때문이다. 역사적 사실로부터 지나친 일탈을 하지 않는 한, 작가는 주어진 사료를 나름대로 재해석하여 작품으로 내어 놓을 권리가 있다.

그런데 역사를 기록한 문헌이 사실에 입각한 정확한 기술이 아닐 가능성은 늘상 존재한다. 셰익스피어가 〈리처드 3세〉를 쓰기 위해 전거로 삼았던 홀린스헤드의 《연대기》에 들어있는 리처드에 관한 기술의 출처인 에드워드 홀의 글이 출판된 것은 1548년, 즉 튜더 왕조의 두 번째 임금인 헨리 8세(1491~1547)가 죽고 난 다음 해였다. 그리고 에드워드 홀이 그의 기술의 근거로 삼은 토머스 모어의 글이 쓰인 해가 1543년이었으니, 이는 헨리 8세가 살아 있을 때였다. 물론 토머스 모어 같은 학자이자 사상가였던 사람이 자신이 살고 있는 시대의 지배세력이었던 튜더 가문에 아유하기 위해 의도적으로 리처드를 부정적으로 그려 놓았다고 생각하기는 어렵다. 그러나 요크 가문의 마지막 임금이었던 리처드 3세의 치세를 문헌으로 정리하는 데 있어, 그를 제압하고 새로운 왕조를 연 헨리 7세(1457~1509)를 출중한 인물로 부각시키는 것은 튜더 왕조 시대를 살았던 사람들에게 자연스런 행위였을 뿐 아니라, 그렇게 하는 과정에 튜더 왕조를 연 헨리 리치몬드가 제압한 요크가의 마지막 임금 리처드 3세를 부정적인 시각에서 기술하는 것은 있을 수 있는 일이었다. 우리 역사를 보아도 이런 현상이 나타난 것을 어렵지 않게 발견한다. 이를테면, 조선조의 광해군을 이야기할 때, 그는 배다른 아우 영창대군을 죽인 폭군이었고, 그의 폭정을 응징하기 위해 인조반정이 일어났으며, 그의 최후가 외롭고 비참하였던 것은 당연한 역사의 심판이었다고 후세인들은 알고 있다. 그리고 이 모두는 사관들이 기록한 문헌에 의존하여 얻은 지식이다. 그러나 광해군은 임진왜란 당시 출중한 군 지휘관이었고, 왕위에 오른 후에는 탁월한 외교를 포함해 통치자로서의 능력을 입증한 인물이었다고 밝혀진 바 있다. 광해군이 폭군이었다고 기억하는 것은 반정에 성공하여 인조를 왕위에 앉힌 사람들에 의해 기정사실인 양 굳어진 의도적인 기록상의 오류에 의한 것일 가능성이 많다고 보아야 할 것이다. 리처드 3세의 경우도 이와 비슷한 것일 수 있다.

어찌 생각하면, 리처드 3세는 셰익스피어에 의해 희대의 악한으로 후세 사람들의 뇌리에 각인된 피해자일 수도 있다. 그러나 우리가 〈리처드 3세〉를 대할 때, 이 작품이 사실(史實)의 정확한 기록인 것으로 받아들이지만 않는다면, 리처드는 너무 애통해할 필요가 없을 것이다. 아니, 오히려 셰익스피어의 극작품 하나로 인해 자신이 불후의 존재가 된 것을 기꺼워해도 좋을 듯싶다. 이는, 튜더 왕조 치하의 사람들이 당대의 영광을 드높이려 하는 가운데, 어쩔 수 없이 저지른 오도된 기록과 극화를 통해 자신이 극악한 존재로 후세인들의 머리에 각인된 것을 너그러이 받아들여도 좋을 것이라는 이야기도 된다.

극의 전개

1막 1장

극은 글로스터 공작 리처드의 독백으로 시작한다. 랭커스터와 요크 두 가문이 벌인 왕위 쟁탈전이 끝나고, 리처드의 형인 에드워드가 왕위에 오름으로써 이제는 평화를 구가하는 세월이 왔다. 주위의 모든 사람들이 사랑의 유희로 시간을 보내고 있지만, 자신은 태어날 때부터 정상이 아닌 신체적 조건을 가짐으로 인해, 남들처럼 희희낙락하며 지낼 기회가 박탈되었다. 그러므로 자신이 추구할 것은 이 모든 설움을 보상하고도 남을 왕관을 탈취하는 것이다. 왕좌에 오르기는 했지만 건강이 나쁜 형 에드워드에게 둘째 형 클라런스가 역심을 품고 있다고 모함을 함으로써, 그를 제거할 계획을 세웠다. 이상이 리처드가 들려주는 독백이 함축하는 내용이다. 리처드의 독백이 끝나면, 감옥으로 호송되는 클라런스가 등장하고, 리처드는 짐짓 클라런스를 동정하는 시늉을 하며, 곧 그가 감옥에서 풀려나도록 애써 보겠다고 약속한다. 클라런스가 퇴장하자, 리처드는 클라런스를 죽일 계획이 서 있다는 말을 방백으로 들려준다. 헤이스팅스와의 대화에서 에드워드가 곧 죽을 것이라는 사실을 확인하고, 리처드는 또 하나의 혼잣말에서 클라런스를 죽일 계획과 아울러, 자신이 척살한 선왕 헨리 6세의 아들 에드워드 왕자의 미망인 앤과 결혼하겠다는 계획을 밝힌다.

1막 2장

시아버지인 선왕 헨리 6세의 시신을 운구하며, 앤은 남편과 시아버지를 죽인 리처드를 저주한다. 그때 리처드가 나타나, 앤의 저주를 받아들이는 가운데, 자신이 그녀의 남편 에드워드를 죽인 것은 그녀의 미모가 야기한 질투 때문이었다고 하며, 그녀에 대한 연모의 정을 토로한다. 앤이 리처드의 얼굴에 침을 뱉지만, 리처드는 오히려 자신의 검을 그녀에게 건네며, 자신을 찌르라고 한다. 앤이 차마 그렇게 하지 못하자, 리처드는 감언이설을 계속하고, 결국 앤은 리처드가 건네주는 반지를 받아들이고, 그를 다시 만나 주겠다고 약속한다. 앤이 퇴장한 후, 리처드는 앤의 마음이 그토록 쉽게 흔들린 것에 대해 조소를 금치 못한다.

1막 3장

왕비 엘리자베스는 오라비 리버스와, 전남편과의 사이에서 난 아들 도세트와 그레이에게, 남편 에드워드 4세가 죽고 나면, 리처드가 어린 왕자의 섭정을 맡아 하며 전횡을 휘두를 것이라 두려움을 토로한다. 곧 리처드를 비롯한 몇 중신들이 등장하고, 이들 사이에 나쁜 감정을 담은 대화가 오고 간다. 헨리 6세의 미망인 마가레트가 등장하여, 여태껏 언쟁을 하던 사람들을 싸잡아 저주하면서, 에드워드 4세는 물론, 거기 있는 모든 사람들이 횡액을 맞을 것을 기원한다. 자신이 겪은 모든 고통을 엘리자베스가 고스란히 물려받을 것을 바라는 것이다. 마가레트는 리처드에게 가장 혹심한 저주를 퍼붓고, 버킹엄도 언젠가는 리처드에게 당할 것이라고 예언한다. 다른 사람들이 왕의 부름을 받고 퇴장하자, 리처드는 자객들을 불러 감옥에 있는 형 클라런스를 살해하라고 지시한다.

1막 4장

런던 탑에 갇힌 클라런스는 간수장 브래큰베리에게 자신이 꾼 악몽을 들려준다. 곧 자객들이 등장하고, 브래큰베리는 그들에게 클라런스의 신병을 인계한다. 클라런스의 애원 앞에 자객들 중 하나는 양심의 가책을 느끼고 마음이 흔들리지만, 다른 하나가 클라런스를 척살하고, 술통에 시신을 넣으려 끌고 나간다. 자객 하나는 돈이고 무엇이고 필요 없다고 말하며 자리를 뜨고, 남은 하나는 돈이나 챙기고 난 다음 종적을 감추겠다고 말하며 퇴장한다.

2막 1장

임종을 앞 둔 에드워드 4세는 그동안 불화를 계속해온 왕비 인척들과 헤이스팅스, 버킹엄 등 중신들이 화해할 것을 명하고, 이들은 왕의 지시대로 서로 친화할 것을 서약한다. 그 자리에 리처드가 도착하여 클라런스가 임금의 지시에 따라 죽임을 당했다는 말을 천연덕스럽게 하고, 모든 사람들은 경악을 금치 못한다. 클라런스에 대한 사면령이 적시에 전달되지 못한 것을 안타까워하며 임금은 아우를 죽게 한 데 대해 심한 가책을 느낀다.

2막 2장

요크 공작부인이 클라런스의 어린 자식들과 클라런스의 죽음에 대한 이야기를 나누는 가운데, 글로스터 공작 리처드가 얼마나 간교하게 어린 조카들을 속이고 거짓 슬픔을 보였는지 알게 된 공작부인은 리처드에 대한 혐오를 억누르지 못한다. 왕비 엘리자베스가 그 자리에 와, 에드워드 4세의 죽음을 알리고, 두 여인은 함께 슬픔을 나눈다. 리처드와 버킹엄 등이 등장해 어린 왕자 에드워드의 대관식 절차를 서둘러야 하니, 러들로우로부터 런던으로 왕자를 데려오자고 제안한다. 여인들이 퇴장하자 리처드와 버킹엄은 왕자를 그의 외가 쪽 사람들로부터 격리시킬 것에 의견을 같이한다.

2막 3장

런던 시민들 셋이 거리에서 마주쳐, 불안한 시국에 대한 걱정을 나눈다.

2막 4장

엘리자베스, 요크 공작부인, 그리고 왕세자 에드워드의 아우인 어린 요크 공작이 왕세자가 런던에 도착하기를 기다리고 있다. 이때 전령이 와서 엘리자베스의 인척들이 투옥되었다는 소식을 전하고, 엘리자베스는 어린 아들 요크 공작과 함께 성소(聖所)로 피신하기로 마음먹는다. 요크 대주교는 엘리자베스의 결정에 동의한다.

3막 1장

런던에 도착한 왕세자 에드워드는 자신을 맞는 자리에 어머니 엘리자베스와 아우 요크가 없는 것을 의아하게 생각한다. 헤이스팅스가 도착해 엘리자베스와 요크가 성소에 피신을 하였다는 보고를 하고, 버킹엄은 추기경에게 강압적으로라도 이 두 사람을 성소에서 나오도록 하라고 명한다. 그날 밤 어디에서 묵게 되는냐는 에드워드의 질문에 리처드는 두 왕자들이 런던 탑에 당분간 기거할 것이라 일러준다. 요크가 도착하고, 이 어린 소년은 리처드를 상대로 재기에 넘치는 말씨름을 전개한다. 두 왕자들이 런던 탑으로 호송되어 가고 난 뒤, 리처드는 케이쓰비에게 헤이스팅스의 의중을 떠보고 오라는 지시를 한다. 즉 리처드가 왕위에 오르는 것을 헤이스팅스가 반대할 경우에는 그를 처형해 버릴 것이며, 목적을 이루고 난 다음에는 후사할 것이라고 버킹엄에게 약조한다.

3막 2장

스탠리는 헤이스팅스에게 전령을 보내, 간밤에 고약한 꿈을 꾸었으니 함께 도주하는 것이 좋겠다는 전갈을 해오지만, 헤이스팅스는 이를 일축한다. 케이쓰비가 도착하여, 리처드와 버킹엄이 일러준 대로, 리처드가 왕위에 오르는 것에 대해 어떻게 생각하느냐고 물어오자, 헤이스팅스는 선왕을 향한 그의 충성을 분명히 밝힌다. 케이쓰비가 떠난 다음, 스탠리가와, 그날 있을 중신들의 회의에 대해 불안감을 표시하지만, 헤이스팅스는 조금치도 불안해하지 않고 스탠리와 함께 회의장으로 향한다.

3막 3장

래트클리프가 엘리자베스의 피붙이들인 리버스, 그레이, 그리고 본을 폼프레트 성에서 처형장으로 이끌어가고, 죽음을 눈앞에 둔 세 사람들은 헨리 6세의 미망인 마가레트가 일전에 그들에게 하였던 저주를 상기한다.

3막 4장

중신 회의가 열리고, 리처드는 자신이 왕위에 오르는 것에 반대하는 헤이스팅스를 제거할 목적으로 버킹엄을 따로 불러낸다. 다시 들어온 리처드는 자신을 마술로 저주하여 불구로 만든 자들과 공모하였다는 죄목을 헤이스팅스에게 씌워 곧 처형토록 지시한다. 헤이스팅스는 함께 도주하자는 스탠리의 제안을 받아들이지 않은 것을 뒤늦게 후회하며 처형장으로 향한다.

3막 5장

런던 시장을 불러오게 한 다음, 리처드는 사뭇 긴박한 비상사태가 닥친 것 같은 장면을 연출한 후, 상황이 너무 급박한지라 정식 재판에 회부할 틈도 없이 헤이스팅스를 처형할 수밖에 없었다고 설명한다. 시장은 그대로 시의회에 전달하겠다는 약속을 하고 물러간다. 리처드는 선왕 에드워드가 요크 공작의 피를 물려받지 않은 사생아라는 말과 함께, 런던 탑에 갇혀 있는 그의 어린 아들들이 요크 집안의 혈통이 아니라는 소문을 퍼뜨리라고 버킹엄에게 지시한다.

3막 6장

사법서사 하나가 헤이스팅스의 죄목을 적은 문서를 들고 나와, 자신이 그걸 정서하는데 그토록 오랜 시간이 걸렸는데, 얼마 전까지만 해도 헤이스팅스에겐 아무 일도 없었으니, 모든 일은 미리 계획된 것이라고 지적하면서, 그런 음계가 진행되어도 아무 말도 못하는 처지를 개탄한다.

3막 7장

리처드가 왕위를 계승하는 데 대해 런던 시민들이 보이는 냉담한 반응을 보고한 다음, 버킹엄은 자신이 동원한 런던 시민들 앞에서 리처드가 한판의 연극을 할 것을 권유한다. 즉 아무리 간곡히 청원하여도 왕위를 극구 사양할 것이며, 두 성직자들과 함께 영적 세계에 몰입해 있는 모습을 보이라는 것이다. 버킹엄이 일러준 대로, 리처드는 가히 속세를 떠난 구도자의 모습으로 런던 시민들 앞에 나타나, 버킹엄 등이 간절히 요청해 오는 왕위 등극을 사양한다. 이 한판의 연극 놀이가 끝나갈 때, 리처드는 마침내 시민들의 간곡한 소청을 못 이기고 들어주는 양, 왕위에 오를 것에 동의한다.

4막 1장

요크 공작부인, 엘리자베스, 그리고 도세트는 런던 탑에 갇혀 있는 어린 왕자들을 보러 가는 길에, 리처드의 아내가 된 앤과 마주친다. 앤 또한 왕자들을 만나러 가는 길이다. 간수장 브래큰베리는 '왕명'에 의해 왕자들을 면회할 수 없다고 말하고, 곧이어 스탠리가 와서 앤에게 리처드가 즉위할 것이며, 리처드의 아내로서 앤은 왕비의 대관을 해야 한다는 전갈을 한다. 상황이 급박하게 돌아감을 알고, 엘리자베스는 아들 도세트에게 도피할 것을 권유한다. 앤은 어쩔 수 없이 대관식에 참석하러 가고, 엘리자베스는 다시 성소로 향한다.

4막 2장

왕이 된 리처드가 런던 탑에 감금되어 있는 두 왕자들을 살해할 것을 종용하자, 버킹엄은 난색을 표하고 퇴장한다. 리처드는 티렐이란 자를 시켜 왕자들을 죽이기로 마음먹고, 케이쓰비에게는 앤의 병이 깊어 곧 죽을 것이라는 소문을 내도록 한다. 앤을 죽인 다음에 형 에드워드의 딸 엘리자베스와 결혼함으로써 무리해서 오른 왕좌를 튼튼히 하려는 것이다. 티렐이 등장하여 리처드의 지시대로 왕자들을 살해할 것을 약속한다. 곧이어 버킹엄이 돌아와, 리처드가 앞서 약속한 백작령을 하사해 달라고 조르지만, 리처드는 못들은 체하다가 결국 면박만 주고 퇴장한다. 버킹엄은 리처드 곁을 떠나기로 결심한다.

4막 3장

하수인들의 말을 인용하며, 티렐은 왕자들의 가련한 죽음의 순간을 들려준다. 리처드는 이제 그의 왕권에 위협이 될 존재들을 모두 제거하였다고 생각한다. '두 왕자들은 죽었고, 클라런스의 아들은 감옥에 넣었고, 클라런스의 딸은 평민과 결혼을 시켰다. 그리고 앤도 죽었으니, 선왕 에드워드의 딸 엘리자베스와 결혼해서 왕좌를 굳건히 해야겠다.' 이런 생각을 하고 있을 때, 엘리 주교가 리치몬드와 합류하려 도주했고, 버킹엄이 반란을 일으켰다는 보고가 들어온다. 리처드는 지체 않고 이들과 맞닥뜨릴 준비를 하기로 한다.

4막 4장

어린 왕자들의 죽음을 슬퍼하는 엘리자베스와 요크 공작부인 앞에 마가레트 전 왕비가 나타나, 이 참극은 요크 집안 사람들이 랭커스터 집안 사람들에게 저지른 악행에 대한 응징일 것이라는 가혹한 말을 하고, 자신은 프랑스로 건너가, 신이 내리는 이 복수가 완결되기를 기다리겠다고 말하고 퇴장한다. 곧 리처드가 군대를 이끌고 출진하는 길에, 엘리자베스와 요크 공작부인과 마주친다. 요크 공작부인은 아들 리처드에게 저주를 하고 퇴장한다. 혼자 남은 엘리자베스에게 리처드는 그녀의 딸 엘리자베스와 결혼하고 싶다는 끔찍한 말을 한다. 한동안 계속되는 말씨름 뒤에, 엘리자베스는 리처드에게 짐짓 설득당한 시늉을 하며 퇴장한다. 리치몬드의 함대가 이미 해상에 있다는 보고를 받고, 리처드는 당혹감을 감추지 못한다. 스탠리가 배신할지 모른다는 생각에, 리처드는 스탠리의 아들 조지를 볼모로 삼고, 스탠리로 하여금 징병을 하러 떠나도록 한다. 얼마 안 있어 리치몬드의 함대가 폭풍을 만나 흩어졌고, 버킹엄은 체포되었다는 보고를 받고 리처드는 다시 힘을 얻는다.

4막 5장

스탠리는 리치몬드가 보낸 크리스토퍼 어스위크에게, 자기 아들 조지가 리처드에게 볼모로 잡혀 있으므로 당장은 군대를 이끌고 리치몬드를 도울 상황이 아니라는 말과 함께, 엘리자베스 왕비가 딸 엘리자베스와 리치몬드의 결혼에 찬의를 표했다는 사실을 리치몬드에게 알리라 말하고, 두 사람은 헤어진다.

5막 1장

처형장으로 끌려가는 버킹엄은 마가레트의 저주를 상기한다.

5막 2장

리치몬드와 그의 수하 장수들은 다가오는 리처드와의 결전에 대해 낙관적인 견해를 가지고 말을 나눈다.

5막 3장

리처드가 보즈워스 벌에 도착하여, 무대 한켠에 군막을 친다. 리치몬드도 도착하여, 무대 다른 쪽에 막사를 세우고, 스탠리를 부르러 전령을 보낸다. 리처드도 스탠리에게 군사들을 이끌고 오라는 전갈을 보낸다. 스탠리가 리치몬드에게 와서, 아들이 볼모로 잡혀 있으니 즉시 행동은 못하지만, 리처드의 소집을 받고 늦게 출동함으로써 리치몬드를 간접적으로나마 돕겠다고 말한다. 리치몬드는 기도를 하고 잠자리에 든다. 리처드에 의해 죽임을 당한 원혼들이 차례로 두 막사 사이를 오가며, 리처드에게는 비참한 최후를, 리치몬드에게는 승리를 예언하고 사라진다. 리처드는 악몽에서 깨어나, 자신이 저지른 죄악을 스스로 인정하지만, 전투에 임할 강한 결의를 스스로에게 다짐한다. 리치몬드도 일어나 병사들에게 독전하는 연설을 한다. 리처드 또한 일시적으로 마음이 흔들렸던 것을 부끄럽게 생각하며, 자신의 병사들에게 연설을 한다. 스탠리가 출동을 거부한다는 보고를 받은 리처드는 스탠리 아들 조지의 처형을 명하지만, 전투가 임박하였으므로 처형을 뒤로 미루기로 한다.

5막 4장

케이쓰비는 리처드 왕이 위기에 몰렸으니 원군을 급파하라고 노포크에게 외치고, 곧 수세에 몰린 리처드가 등장하여 그 유명한 대사 — '말 한 필에 내 왕국이다!' — 를 외치며 퇴장한다.

5막 5장

리치몬드는 맞닥뜨린 리처드에게 치명상을 입히고, 리처드의 시신이 무대 밖으로 옮겨진 뒤, 스탠리가 리처드 머리에서 벗긴 왕관을 들고 등장

리처드 3세

하여 리치몬드에게 바친다. 리치몬드는 내전의 종식을 선포하고, 자신과 요크 가문의 왕녀 엘리자베스의 결혼을 선언함으로써 '장미전쟁'에 종지부를 찍는다.

글로스터 공작 리처드의 비극

〈리처드 3세〉는 셰익스피어가 쓴 첫 번째 영국사극 4부작─〈헨리 6세〉 1, 2, 3부와 〈리처드 3세〉─의 마지막 작품이다. 리처드 2세(1367~1400)를 폐위시킨 볼링브로크가 헨리 4세(1367~1413)로 왕위에 오름으로써 랭커스터가의 영국 통치가 시작되었고, 그의 아들 헨리 5세(1387~1422)가 왕위를 물려받아 국위를 떨침으로써 랭커스터 왕가의 위세는 절정에 이르렀다. 그러나 헨리 5세의 유약한 아들 헨리 6세(1421~1471)가 왕위를 물려받으면서 '붉은 장미' 랭커스터가와 '흰 장미' 요크가 사이에 오랜 세월에 걸쳐 왕위 쟁탈을 위한 '장미전쟁'이 치러졌고, 이 내분의 소용돌이를 그려 놓은 작품이 〈헨리 6세〉 3부작이다. 결국 요크가가 랭커스터가를 제압하고, 요크 공작의 장남 에드워드 4세(1442~1483)가 왕위에 오르게 되어 '흰 장미'의 치세가 시작되었음을 알리는 글로스터 공작 리처드의 독백으로 〈리처드 3세〉는 시작한다. 병약한 형 에드워드가 죽은 다음에 왕좌를 차지하려는 야심을 품은 글로스터 공작 리처드가, 형제애고 육친간의 도리고 깡그리 잊은 채, 걸림돌이 될 사람들을 무자비하게 제거하고 왕위에 올라 폭정을 일삼다가, 마침내 오웬 튜더의 손자 리치몬드 백작 헨리가 이끄는 반군에 리처드가 패배함으로써 영국에 새 질서가 정립되는 것으로 극은 끝난다.

　그러나 〈리처드 3세〉를 쓴 셰익스피어의 주된 관심은, 플랜타지네트 왕조의 마지막 임금 리처드를 패퇴시킨 리치몬드 백작이 헨리 7세(1457~

1509)로 등극하고, 동시에 요크가의 왕녀 엘리자베스를 왕비로 맞아들임으로써 랭커스터가와 요크가의 결합을 이루게 되고, 이로써 새로운 왕조를 시작하는 역사적 전환점을 맞게 된다는 외적인 정치적 상황 전개에 있지는 않다. 셰익스피어는 이 작품에서 극악무도한 악인을 주인공으로 삼아 극작을 한다는 과감한 시도를 하였고, 바로 여기에 이 작품이 갖는 특별한 의미가 있다. 악한을 작품의 중심인물로 설정하였을 때 작가가 의도한 것은 무엇이었을까?

셰익스피어와 같은 때에 극작 활동을 했던 크리스토퍼 말로(Christopher Marlowe)가 쓴 〈몰타의 유태인〉(The Jew of Malta)은 1592년 초에 이미 무대 위에서 큰 성공을 거두었다. 이 작품의 주인공인 유태인 바라바스는 상상을 초월하는 악인이다. 그가 저지르는 악행들은 관객을 소스라치게 하는 것을 넘어, 허탈한 웃음마저 터뜨리게 만들 정도로 '악행의 미학'이라고 부를 만한 경지에 도달한 것을 보여주는 괴물이다. 그러나 우리는 바라바스의 악행에 역겨움을 느끼면서도, 그의 악행에 동참하는 것 같은 야릇한 느낌을 가지면서, 전율과 경악을 체험함과 동시에, 우리 스스로가 인정하고 싶지 않은 쾌감마저 맛보게 된다. 셰익스피어가 〈리처드 3세〉를 쓴 것은 1592년 아니면 1593년으로 알려져 있다. 말로의 〈몰타의 유태인〉은 1592년 초에 이미 런던 무대에 올려졌었고, 그 주인공 바라바스는 당시의 명배우 에드워드 알레인(Edward Alleyn)의 명연에 힘입어 런던의 관객들을 매료시킨 극중 인물이었다. 그렇다면 셰익스피어가 그려 놓은 글로스터 공작 리처드가 말로의 바라바스를 연상케 하는 것이 우연이라고 볼 수만은 없을 것이다. 극작가로서 아직은 초기의 단계에 있었던 셰익스피어에게 말로는 극복해야 할 경쟁 상대였을 것이기 때문이다.

그러나 리처드를 그냥 악한이라고만 생각한다면, 이는 그를 정당하게 평가하는 것이 아니다. 실상 〈리처드 3세〉가 관객에 대해 갖는 흡인력은 이 작품의 주인공이 단순히 사악한 인물이라는 데에만 있는 것이 아니다.

상상의 극을 다한 악한 성품과 아울러, 그가 소유한 명민함과 그가 구사하는 언어가 담고 있는 현란한 위트는, 리처드를 셰익스피어의 작품 세계에서뿐만 아니라 극문학 전체를 통틀어 특이한 존재로 만들기에 모자람이 없다. 어떻게 보면, 리처드는 셰익스피어가 극작가로서 창출해낸 최초의 강렬한 무대 인물이라 하여도 틀린 말은 아니다. 혐오감을 갖는 것과 매료된다는 것은 상충되는 독자 — 혹은 관객 — 반응일 것이다. 그러나 〈리처드 3세〉를 읽으며 — 아니면 관극을 하며 — 우리는 '혐오'와 '매료'가 동시에 일어나면서 합일될 수 있다는 사실을 절감한다. 그리고 이 사실 앞에서 우리는 전율한다.

극은 무대에 홀로 나온 곱사등이 리처드가 객석을 향해 들려주는 독백으로 시작한다.

> 이제 우리를 불만으로 침울케 하던 겨울은
> 요크의 태양 아래 찬란한 여름으로 바뀌고,
> 우리 가문을 험상궂게 위협하던 구름장은
> 대양(大洋)의 깊은 품에 잠겨버렸구나.
> 이제 우리들 이마는 승리의 화환으로 둘리우고,
> 전흔 남은 갑주들은 기념품으로 전시되고,
> 준엄한 비상동원령은 즐거운 모임의 소식으로,
> 삼엄한 행군은 상쾌한 무도(舞蹈)로 바뀌었구나.
> 찌푸렸던 군신(軍神)도 이마의 주름을 폈으니 —
> 겁에 질린 적들의 영혼을 두려움으로 떨게 하려
> 철갑 두른 군마(軍馬) 등에 오르는 대신 —
> 이제는 여인의 내실에서 선정적인 비파의
> 탄주에 맞춰 날렵한 발걸음으로 뛰노는구면.
> 헌데 나는 여자 재미 보는 건 꿈도 못 꾸게 생겨,
> 몸치장하려 거울 들여다볼 엄두도 나지 않아.

나는 되는대로 생겨 먹어서, 교태부리며 가벼운
발걸음 옮기는 계집 앞에 나설 만한 매력도 없어.
나는 우아한 신체의 균형도 빼앗긴 상태이고,
교활한 자연의 농간으로 준수한 용모도 박탈되어,
일그러진 미완의 상태로, 사지 이목구비를 절반도
갖추지 못한 채, 이 세상에 때도 안 되어 태어났지.
절름대며 걷는 것이 하도 볼썽사나운 모습인지라,
내가 절뚝거리고 가면, 개들이 나를 보고 짖지.
이런! 이처럼 한가롭게 평화를 구가하는 시절에
나는 시간을 즐겁게 보낼 아무런 방법이 없군.
있다면, 햇빛 아래 나타나는 내 그림자나 보면서,
내 뒤틀어진 육신을 보며 투덜대는 일밖엔 —
그렇다면, 간드러진 말이나 주고받는 이 시절에
어울리는 구애로 사랑을 쟁취하기는 다 틀렸으니,
악당의 진면모를 보이고, 이 시절의 안일한
쾌락을 증오하겠다는 결심이 내게 섰단 말씀이야.

(1막 1장, 1~31행)

이 대사를 들으며 우리는 어떤 느낌을 갖는가? 리처드의 이 첫 대사로
극을 시작함으로써, 셰익스피어는 리처드를 더할 나위 없는 악당으로 우
리 뇌리에 각인시키려 하였던 것일까? 리처드의 이 첫 대사를 들으며, 우
리는 혐오감보다는 오히려 동정하는 쪽으로 마음이 기운다. 관객으로 하
여금 극중 인물의 의식세계에 빠져들게 함으로써, 관객이 의식하지 못하
는 사이에 극중 인물과 자신을 동일시하게 만드는 언어의 마술을 셰익스
피어는 보여준다. 혐오스런 인간이 공감을 불러일으키는 존재로 우리에게
다가올 때, 우리는 이상한 불안감을 갖게 된다. 왜냐하면 그것은 한 혐오
스런 존재가 탄생하도록 만든 인간 내면의 속성을 관객으로 하여금 자신

안에서 보게 만드는 순간이기도 하기 때문이다.

평화가 찾아와 주위의 모든 사람들이 쾌락을 추구하고 사랑의 유희에 탐닉하는 것을 보며, 리처드는 추한 외모로 인해 거기에 동참할 수 없는 자신의 처지를 비관한다. 그러나 그는 비탄에 빠지거나 자격지심으로 위축이 되는 것이 아니라, 오히려 자신에게 주어진 권모술수의 능력을 마음껏 발휘하여 자신에게 주어진 상황을 떨쳐버리고, 그동안 그를 억눌러 온 열등감을 초극하겠다는 결의를 굳힌다. 흔히 리처드를 〈오셀로〉의 이아고와 비견하고는 한다. 그러나 코올리지(Coleridge)가 지적하였듯, 이아고의 경우는 '동기가 없는 악의'('motiveless malignity') 때문에 악행을 저지르는 것이라면, 리처드에게는 분명히 동기가 있다. 그것은 그가 가진 신체적 결함으로 인해 그가 박탈당한 삶의 즐거움을 보상하고도 남을 왕관을 쟁취해 보겠다는 욕망이다. 목표를 달성하기 위해서는 어떠한 간계나 악행도 서슴지 않고 행하겠다는 리처드의 결의는 마키아벨리즘으로 그를 치닫게 하는 것이고, 그 양태를 그려 놓은 것이 〈리처드 3세〉라는 극이다.

왕권 쟁취라는 목표를 설정해 놓은 리처드는 장애가 될 수 있는 모든 사람들을 하나하나 제거해 나간다. 왕좌에 앉아있는 맏형 에드워드는 병으로 죽어가고 있다. 에드워드에게 두 아들이 있지만, 아직은 어리다. 그가 우선 제거해야 될 사람은 둘째 형인 클라런스이다. 혈육이긴 하지만 걸림돌이 되는 존재이므로 클라런스는 당연히 제거돼야 한다. 에드워드에게 클라런스를 모함하여 투옥토록 한 뒤, 리처드는 왕명을 얻어내어 자객들을 시켜 클라런스를 살해한다. 한번 손에 피를 묻힌 리처드가 망설일 일은 이제 아무것도 없다. 왕이 죽자, 어린 조카 에드워드의 섭정이 된 리처드는 곧바로 버킹엄 등을 포섭하여 조카들을 런던 탑에 감금하고, 자신이 왕위를 찬탈하는 데에 걸림돌이 되는 헤이스팅스에게 엉뚱한 죄목을 씌워 처형해 버린다. 그에 앞서 자신이 척살한 헨리 6세의 아들 에드워드의 미망인인 앤에게 구애를 하여 성공하고, 그녀를 아내로 삼음으로써 왕좌를 향한 발걸음을 거침없이 내딛는다. 버킹엄을 사주하여 런던 시민들 앞에서 정권에는 욕심이 전혀 없는 고고한 은둔자의 모습을 보여주는 한 판의 연극을 펼친 다음, 리처드는 시민들의 청원을 마지못해 받아들이는 양 왕좌에 오른다. 일단 왕위에 오른 리처드는 후환을 없애기 위해 런던탑에 감금되어 있는 두 어린 조카들을 살해한다. 자신이 왕위에 오르는 데에 큰 몫을 한 버킹엄은 이제 무용지물일 뿐 아니라, 자신의 비밀을 모두 아는 부담스런 존재이다. 그러므로 버킹엄은 이제 토사구팽(兎死狗烹)을 면할 도리가 없다. 이제 리처드에게 남은 일은 왕위를 노리고 브리타니로부터 군대를 이끌고 쳐들어오는 리치몬드를 막아내고, 국내에서 봉기한 반란군을 토벌하는 것이다. 민심이 이반한 상태에서 리처드는 군대를 이끌고 보즈워스 벌에서 일전을 벌이지만, 결국 전사하고, 리치몬드가 새로운 시대를 여는 것으로 극은 끝난다.

우리는 이 극을 보며 한없이 악행을 저지르는 리처드를 혐오한다. 리처드를 미워하는 사람들이 그를 부를 때 자주 사용하는 '독뱀,' '거미,' '두꺼비,' '바실리스크' 같은 호칭들은 징그럽고 소름끼치는 것들이다. 그리고 무대 위에 리처드가 나타날 때마다, 또 그가 말 한마디 내뱉을 때마다, 관객은 치를 떨지 않을 수 없다. 그러면서도 우리는 그의 한없는 사악함에 우리 자신도 모르는 사이에 넋을 잃고 만다. 마치 조세프 콘라드가 사용한 '혐오스러움의 매혹'('the fascination of the abomination') 이라는 말을 리처드가 입증이라도 하는 듯.

'혐오'는 사악함과 추악함을 접할 때 인간이 갖는 온당한 감정이다. 그리고 리처드가 저지르는 모든 행위는 그가 비열한 인간이라는 것을 분명히 보여준다. 따라서 우리는 리처드를 혐오하지 않을 수 없다. 그러나 리처드에 대한 혐오는 〈오셀로〉의 이아고 같은 인간에 대해서 우리가 갖는 혐오와는 그 성격을 달리한다. 후자는 인간성 깊은 곳에 내재하는,

그 근원을 알 수 없는 '절대악'에 대한 혐오이다. 자기에게 아무런 해악도 끼친 적이 없는 상관 오셀로 장군과 그의 아내 데즈디모나의 행복한 신혼을 악몽으로 바꾸어 버리는 이아고는 분명 악마이다. 우월한 자 앞에서 갖는 열등감에서 비롯한 증오심, 그것이 이아고로 하여금 오셀로의 가정을 파괴토록 하는 것이고, 이를 아는 우리는 결코 이아고의 심리와 행동에 공감을 한다든가, 이아고라는 인간에게 '자아투사'(自我投射, self-projection)를 할 수가 없다. 그에 반해, 우리가 리처드에 대해 갖는 혐오는 어느 정도 연민의 정을 수반하는 것이고, 그가 저지르는 악행에 치를 떨면서도, 그런 악행의 수렁에 빠져드는 리처드를 혐오하면서도 불쌍하게 여기게 된다.

실상 극 속에서 리처드가 보여주는 간악한 행동과 이를 성취하기 위해 그가 짜내는 음험한 계교는 모두 작품을 쓰고 있는 극작가가 구상해 내는 것들이다. 조금 이상하게 들릴지 모르나, '메타드라마'적 시각으로 보면, 셰익스피어는 자신이 그려내고 있는 리처드라는 극중 인물과 '공모'(共謀)를 하는 관계에 있다고 볼 수 있다. 또 그토록 많은 '방백'을 통해 리처드가 관객들을 향해 숨김없이 자신의 속내를 털어 놓는다는 점에서, 리처드와 관객 사이에도 역시 일종의 공모 관계가 은연중에 성립된다고 볼 수 있다. 이렇게 해서 우리는 우리도 모르는 사이에 리처드의 비밀을 공유하는 상태에 놓이게 되고, 리처드의 혐오스런 행동에 치를 떨면서도 심리적으로는 그의 내면세계를 함께 나누고 있는 우리 자신을 발견한다. 셰익스피어 극에서 가장 많은 대사를 들려주는 무대 인물은 햄릿이다. 그리고 햄릿 다음으로 많은 대사를 들려주는 무대 인물이 리처드이다. 자신이 저지르려는 사악한 행위에 대해, 리처드는 거리낌 없이 해학을 섞어가며, 마치 관객으로 하여금 그에 동참이라도 하게 하려는 듯, 설명조로 이야기한다.

1막 2장에서, 리처드는 자기가 척살한 헨리 6세의 시신을 운구하는 앤을 가로막고, 앤이 퍼붓는 저주를 다 받아들이면서 그녀에 대한 사랑을 호소하고, 종국에는 그녀가 마음을 돌리고 구애를 받아들이도록 만드는 데 성공한다. 현실적으로는 도저히 있을 법 하지도 않은 장면을 마무리 지으며, 셰익스피어는 리처드로 하여금 다음과 같은 독백을 들려주도록 한다.

이처럼 비탄에 젖은 여인이 구애를 받은 적이 있던가?
이처럼 비탄에 빠진 여인이 구애를 받아들인 적 있던가?
저것을 차지해야지. 하지만 내 곁에 오래 두진 않을 테다.
아니, 그래, 저것의 남편하고 그자 애비를 내가 죽였고,
그래서 저것이 절치부심하는 증오로 치를 떨지 않았나?
그 증오가 당연함을 입증하는 피 흘리는 시신 곁에서,
입에서는 저주가, 눈에서는 눈물이 쏟아져 나오고,
하느님과, 저것의 양심과, 이 모든 장애가 막고 있는데?
그리고 난 내 입장을 두호해 줄 친구도 없고, 있다면
청천 하늘 아래 악마와 교활하게 속이는 위선일 뿐—
그런데도 저것의 마음을 얻다니! 세상에 이럴 수가!
하!
석 달 전인가, 내가 화가 치밀어 튜크스베리에서
찔러 죽인 그 용감했던 왕자 에드워드를—
제 남편을 벌써 잊어버렸단 말인가?
젊고, 용맹스럽고, 현명하고, 틀림없는 왕재였던,
자연의 아낌없는 혜택을 받아 태어난 에드워드—
그보다 더 출중하고 마음 사로잡는 젊은이를
이 넓은 세상에서 다시는 찾아보지 못할 것—
그런데 이 출중한 왕자를 삶의 전성기에 목숨 끊어,
저를 서글픈 청상과부의 침상에 눕게 만든 내게
눈길을 돌려 제 눈을 욕되게 할 수 있단 말인가?

다 합쳐 보았자 에드워드 반쪽도 안 되는 나에게?
절름발이에다 이렇게 몸뚱이 뒤틀어진 나에게?
공작이란 신분이 무어 대수로운 건가?
그동안 내가 어떤 사람인지 나도 몰랐던 거야.
난 그렇게 생각하지 않는데, 저 여자는 내가
놀랄 만큼 잘생긴 남자라고 보는 게 틀림없어.
경비를 좀 들여 거울도 하나 사들이고,
재단봉재사를 한 이삼사십 명 고용해서,
내 몸치장할 옷맵시를 궁리토록 해야겠어.
내가 나를 좀 괜찮은 사람이라 보게 됐으니,
돈 좀 들어가며 이 자존심을 유지해야겠지.
하지만 우선 저자를 무덤 속에 모시고 나서,
비통해하는 모습으로 '내 사랑'한테 가야지.
내가 거울 하나 살 때까지, 해야, 환하게 비추어라.
내가 걸어가면서 내 그림자를 볼 수 있게 말이다.

(1막 2장, 232~268행)

이 대사에는 자조(自嘲)와 자신감이 뒤섞여 있다. 자신의 추악한 외양에 대한 자조와, 불가능하게 여겨질 일을 언변 하나로 가능한 것으로 만들어 놓은 자신의 능력에 대한 자신감, 이 둘이 뒤범벅되어 들릴 때, 관객은 리처드에 대한 연민을 느끼는 동시에, 목표를 달성하기 위해서 무자비하게 일을 추진해 나갈 기세인 그를 보고 소름이 돋는다. 그러나 리처드를 향해 우리가 느끼는 혐오는, 그 혐오의 대상이 되는 리처드를 우리와는 동떨어진 독립적인 객체로 보면서 갖는 혐오에 국한되는 것이 아니라, 리처드의 마음 움직임에 동참하고 있는 우리 자신을 보면서 갖는 소스라침이기도 하다. 아무리 사악한 무대 인물이라 할지라도, 관객이 그와 감정의 공감대를 형성할 수 있을 때에는, 그는 특이한 무대 인물이 된다.

그리고 이것이 셰익스피어가 〈리처드 3세〉에서 보여주는 극작술의 본체이기도 하다.

　〈리처드 3세〉를 쓰고 있는 셰익스피어와 그가 창출해 낸 리처드라는 무대 인물 사이에 존재하는 '유대'에 대해 이미 언급했다. 그리고 그것이 관객에게 전이되어, 무대 위에서 벌어지는 끔찍스런 상황에 몸서리치면서도, 관객의 의식이 주인공 리처드의 그것과 합일되면서 극이 진행된다는 것에 주목할 것을 강조했다. 이 극을 쓰고 있는 셰익스피어는 작품 속에서 벌어지는 모든 극적 상황을 임의로 구축해 나가는 존재이다. 극 안에서 진행되는 모든 음모와 책략과 간계는 모두 리처드의 머리에서 나오는 것으로 셰익스피어는 그려내고 있다. 그러나 이 극을 쓰고 있는 셰익스피어는 작품 속에서 벌어지는 모든 상황을 마음먹은 대로 엮어 나가는 존재이다. 극 안에서 리처드라는 극중 인물은 자신이 마음먹은 대로 상황을 이끌어 간다는 확신을 잃지 않는다. 마치 양파 껍질 한 겹 위에 또 다른 껍질이 싸고 있듯, 리처드는 자신의 간계와 책략으로 주변 상황을 마음대로 조종하고 이끌어 갈 수 있다고 확신하지만, 그 외곽에는 그를 있게 만든 극작가가 있고, 한갓 무대 인물에 불과한 리처드는 극작가의 붓놀림에 따라 생각하고 행동할 뿐이다. 그렇다면, 만사를 마음먹은 대로 요리할 수 있다고 자부하는 마키아벨리언 리처드는 결국 꼭두각시에 불과한 존재이다. 거의 신과 같은 능력으로 상황을 마음먹은 대로 이끌어 나간다는 자신에 넘친 리처드는 결국 극작가의 의도대로 생각하고 행동하는 존재에 불과할 뿐이고, 리처드가 득의만면하여 목적을 달성하는 상황이 언제까지나 계속될 수는 없다. 마음먹은 대로 성취해 나가고 있다고 굳게 믿고 있는 리처드에게 뜻하지 않은 상황의 반전이 찾아오기 때문이다.

　셰익스피어는 이 극 안에 서로 반향하는 극적 상황들을 설정해 놓았다. 1막 2장에서 리처드가 앤에게 구애하는 장면과, 4막 4장에서 리처드가 형수인 엘리자베스에게 그녀의 딸 엘리자베스를 왕비로 삼을 테니 중신어미 노릇을 해 달라고 설득하는 장면은 피상적으로는 유사한 듯하지만, 각 장면이 자아내는 효과는 대조적이다. 상황 자체로만 본다면, 두 장면은 서로를 반향한다. 전자의 경우, 앤의 남편과 시아버지를 척살한 장본인인 리처드는 앤을 현란한 말솜씨 하나로 굴복시키고, 앤으로 하여금 그의 구애를 받아들이도록 만드는 데에 성공한다. 엘리자베스의 어린 두 아들을 살해하고 나서, 그 딸과 결혼하고 싶다는, 어불성설의 제안을 하여 오는 것은 표면상으로는 앞의 상황과 유사하다. 그러나 후자의 경우, 리처드의 언변은 이미 그 빛이 바랜 지 오랜 것을 우리는 느낀다. 마지못해 리처드의 요구를 수용하는 듯한 말을 하고 엘리자베스가 자리를 뜨지만, 이는 딸마저도 목숨을 잃게 하고 싶지 않은 마음에서 엘리자베스가 어쩔 수 없이 취하는 태도이다. 이와 비슷한 극적 상황의 병치가 또 하나 있다. 1막 4장에서 자객들에게 살해당하기 전, 클라런스는 간수장에게 자신이 꾼 악몽을 소상하게 들려준다. 과거에 저지른 악행을 기억하며, 그에 대한 응보인 양 급작스레 닥친 익사가 얼마나 고통스러웠는지 클라런스는 들려준다. 그리고 5막 3장에서 보즈워스의 결전을 앞에 둔 전날 밤, 리처드에게 찾아드는 악몽은 죽음을 앞둔 자가 갖는 과거의 행적에 대한 죄책감을 무대 위에 형상화한 것이라 보아야 한다. 죽음을 앞둔 두 사람이 꾸는 악몽은 이처럼 서로를 반향할 뿐 아니라, 리처드가 악몽에 시달린다는 사실은 악한 리처드의 힘이 이미 쇠했다는 것을 시사한다. 악몽에 시달리는 리처드는 비로소 예수의 이름을 입에 올린다. 무대에 리처드가 처음 나타날 때부터 그는 만사를 마음먹은 대로 한 치의 오차도 없이 계획하고 실천에 옮기어 온 마키아벨리언이었다. 거의 '전지전능'이랄 정도로 모든 상황을 그의 손 안에 쥐고 요리해 온 그였다. 그러나 결국은 리처드도 운명의 여신이 돌리는 수레바퀴를 벗어날 수 없고, 역사의 흐름을 거스를 수는 없다. 흔히 하는 말로, '데카시부스'(*De casibus virorum illustrium*)적인 몰락이 그에게 이미 운명지어졌기 때문이다.

〈리처드 3세〉 전체를 통해 그 위에 구름장처럼 그늘을 드리우고 있는 것이 있다. 그것은 랭커스터가의 영욕을 몸소 겪었던 비운의 늙은 왕비 마가레트의 존재이다. 마가레트가 무대에 나타나 요크가를 향해 저주를 퍼붓는 순간은 물론이고, 그가 무대에 나타나지 않을 때에도 요크가에 대한 그녀의 저주가 하나하나 실현되는 것을 보며, 관객은 극 전체를 덮고 있는 그녀의 그림자를 느낀다. '네메시스'이기라도 한 양, 요크가를 향해 저주를 퍼붓는 마가레트는 랭커스터가의 일원이라는 개인적 신분을 넘어, 지난날 '검은 갑주의 왕자' 에드워드의 아들 리처드 2세를 폐위시키고 시해한 볼링브로크의 반역 행위를 '원죄'로 보고, 오랜 세월에 걸친 '장미전쟁'을 통해 그 행위를 응징하는 신의 섭리의 한 표상으로 부각되는 것을 관객은 느낀다. 마가레트의 대사 하나를 들어 보자.

> 날 용서하게나. 난 복수에 굶주려 있고,
> 난 지금 그게 이루어지는 걸 보고 뿌듯하다네.
> 내 에드워드를 죽인 자네의 에드워드 죽었고,
> 내 에드워드 값하려 자네의 다른 에드워드도 갔어.
> 나어린 요크는 덤일 뿐이야. 둘 다 합쳐 보았자,
> 내가 잃은 아들 하나와 견줄 수도 없으니 —
> 내 에드워드를 찌른 자네의 클라런스도 죽었고,
> 이 광란의 짓거리를 보고만 있던 것들 —
> 간부(姦夫) 헤이스팅스, 리버스, 본, 그레이 —
> 다 제명대로 못 살고, 어두운 무덤에 누워 있어.
> 리처드 아직 살아있지 — 지옥의 검은 첩자 —
> 영혼을 사들여 지옥으로 보내는 책무 맡아
> 잠시 고용된 하수인 — 하지만, 머지않아, 곧
> 비참한, 받아 마땅한 최후를 맞게 될 게야.
> 땅은 입 벌리고, 지옥은 불타고, 악귀들은 으르렁대고,

성인들은 기도하리니 — 이자를 세상에서 낚아채려고 —
주 하느님께 비오니, 이자가 이룰 책무를 취하여,
내가 살아남아, "개가 죽었다"고 말하게 해 주소서.

                      ...

그때 나는 자네가 내 자리를 빼앗아 앉은 허깨비라 했지.
그때 난 자네를 불쌍한 그림자, 허울뿐인 왕비,
내가 한때 누렸던 영광을 흉내 내는 자라 불렀어.
끔찍스런 볼거리에 선행하는 멋들어진 서사(序辭) —
높이 치켜올려졌다가 내동댕이쳐질 존재 —
결국은 잃게 될 두 예쁜 자식들로 행복에 겨운 어미 —
지난날의 영광을 꿈에서나 누리게 될 자 —
날카로운 시위의 표적이나 될 나부끼는 깃발 —
위엄의 표징에 불과한, 한 번의 숨결, 거품 —
그저 한판 연극이나 메꿀 가짜 왕비에 불과하다고.
자네 남편 지금 어디 있나? 자네 오라비들은?
자네 두 아들들은? 사는 즐거움 어디서 찾나?
누가 간청하고, 무릎 꿇고, "왕비님 강녕하소서" 하나?
자네에게 아첨하던 굽신거리는 귀족들은?
자네 뒤를 떼 지어 따르던 무리는 다 어디 갔나?
이 모두를 짚어 보고, 자네 지금 처지를 보아.
행복한 아내가 아니라, 비탄에 젖은 과부이고,
기쁨에 넘친 어미가 아니라, 자식 잃고 울부짖고,
애소를 듣던 사람이 읍소하는 처지가 되었구려.
한때는 왕비였으나, 수심에 가득 찬 가련한 여인 —
한때는 나를 비웃었으나, 이젠 내게 비웃음 받고,
한때는 모두가 두려워했으나, 이젠 두려움에 떨고,
한때는 모두에게 군림했으나, 이젠 누구도 순종을 않지.
이처럼 사필귀정 이루는 운명의 수레바퀴 휘휘 돌아,

319
작품해설

자넨 지금 흐르는 세월의 먹이가 되고 말았으니,

가진 거라곤 자네가 과거에 누구였었다는 기억뿐—

지금 신세를 생각하면 더욱 괴로울 것이야.

자네는 내 자리를 빼앗었어. 그러니 자네는

그에 걸맞게 내 슬픔도 앗아 가야잖겠는가?

이제 자네의 오만한 목이 내 멍에의 반은 졌고,

난 지금 지친 내 머리를 그 멍에에서 빼낼 테니,

자네가 그 모든 짐을 다 지게나.

잘들 지내시게, 요크 마님, 그리고 비운의 왕비도—

영국이 겪는 슬픔 덕분에 난 프랑스에서 웃음 짓겠네.

(4막 4장, 61~115행)

　관객이 잊을 만하면 무대에 나타나는 음산한 마가레트 왕비는 이 극전체에 어두운 그림자를 던지는 저주의 화신이다. 마가레트는 헨리 6세의 미망인이므로 그는 랭커스터가의 영욕을 한 몸에 담은 여인이고, 랭커스터 가문이 향유한 과거의 영광과 현재의 비운을 대변하는 존재이다. 그리고 마가레트의 현재의 모습에서 우리는 왕권을 쟁취한 요크 가문의 미래를 본다. 지나간 세월, 리처드 2세를 폐위시키고 시해한 볼링브로크에 의해 시작된 랭커스터가의 영광은 볼링브로크의 아들 헨리 5세에 의해 정점에 이르렀다가, 헨리 5세의 아들—'호부견자'(虎父犬子)였던 헨리 6세—의 치세에 이르러 몰락하게 되었고, 뒤를 이어 왕권을 쟁취한 요크가는 병약한 에드워드 4세의 죽음과 동시에 시작된 골육상쟁의 참극을 겪으며 몰락일로에 놓인다. 그리고 그 한가운데에 리처드가 있다. 한 개인으로 보면, 리처드는 자신의 열등감을 초극하는 왕권에의 의지를 실현하고 나서 비참하게 무너지는 비극적 인물이다. 그러나 역사의 흐름이라는 큰 시야에서 리처드를 보면, 그는 영욕의 부침이라는 역사의 리듬 속에서 잠깐 솟아 오른 물거품 같은 존재이다. 〈리처드 2세〉에서 주인공 리처드가 폐위되기 전, 충신 칼라일이, 볼링브로크를 새 임금으로 옹립하려는, 시류에 민감하게 반응하고 처신하는 중신들에게 들려주는 대갈일성을 다시 들어보자. 〈리처드 3세〉에서 벌어지는 상황을 칼라일의 이말이 예언하고 있다.

> 그대들이 임금이라 부르는, 여기 있는 허포드 경은
> 교만한 허포드의 주군에게 흉측한 대역 죄인이오.
> 만약에 그대들 이 사람에게 왕관을 씌운다면,
> 나는 예언하오 — 영국인의 피가 이 땅을 흥건히 적시고,
> 앞으로 다가올 세월은 이 못된 행위로 인해 신음할 것이며,
> 평화는 투르크 인, 이교도들과나 어울리려 떠나가고,
> 이 평화의 온상에는, 친족끼리, 그리고 동족끼리
> 살상하는, 어지러운 전쟁이 판을 칠 것이오.
> 무질서, 경악, 공포, 그리고 폭동이
> 이 나라에 자리잡고, 이 땅을 일컬어
> 골고다 언덕, 죽은 자들 해골더미라 하리오.
> 아, 그대들 이 집안을 꺾고 저 집안을 세우면,
> 이 저주받은 땅에 일찍이 닥친 여느 때보다
> 더 참담한 분란을 불러오는 것 될 것이오.
>
> (〈리처드 2세〉 4막 1장, 134~147행)

칼라일이 예언한 대로, 영국은 오래 지속된 '장미전쟁'을 겪으며 동족의 피로 물들여졌다. 왕위 찬탈과 국왕 시해를 저지른 볼링브로크의 '원죄'에 대한 응보를 치르는 데에는 그만한 희생이 따라야만 했던 것이다. 리처드 2세가 악정을 편 군주였고, 신이 부여한 왕권을 남용하였기에, 역사는 그를 제거하는 도구로 볼링브로크를 선택했다. 그러나 군왕 시해는 용서받을 수 없는 죄악이다. 헨리 4세로 등극한 볼링브로크가 끊임없는 내란에

시달리며 고통스런 삶을 마감할 수밖에 없었던 이유가 그것이다. 비록 그의 아들 헨리 5세가 부왕의 죄업을 씻기 위해 출중한 군왕으로 선정을 베풀고 국위를 떨치기는 하였지만, 조상의 죄업은 대물림이 되는 것이라서, 볼링브로크의 손자 헨리 6세는 요크가의 글로스터 공 리처드에 의해 척살당하고 만다. '붉은 장미' 랭커스터가는 이렇게 해서 겨우 3대에 걸친 왕권을 향유하는 것으로 그 맥이 끊어지고, '흰 장미' 요크가가 뒤를 잇지만, 그 또한 두 대를 못 버티고 글로스터 공 리처드가 저지르는 연속적인 참극으로 인해 자멸의 길을 걷고 만다. 운명의 수레바퀴가 한 번 완전히 구른 것이다.

리처드는 자신의 예리한 판단력과 빈틈없는 계략과 술책으로 왕권을 쟁취하고 유지해 나갈 수 있다고 굳게 믿는다. 크리스토퍼 말로의 〈에드워드 2세〉에 등장하는 모티머처럼, 리처드는 마키아벨리즘 하나로 자신의 야망을 성취할 수 있다고 굳게 믿고 가차 없이 행동한다. 셰익스피어의 리처드 또한 말로가 그려 놓은 주인공들 못지않게 '분에 넘치는 것을 얻으려는 자'('over-reacher')이다. 그러나 분명한 것은, 리처드 또한 도도한 역사의 흐름 속에서 잠시 떠올랐다가 꺼지는 거품에 불과하다는 사실이다. 리처드 자신은 모르고 있지만, 그 또한 역사—아니면 신의 섭리—가 점지한 방향으로 새로운 질서가 확립되어 가는 과정에 필요한 존재이다. 리처드의 포악한 행위가 있었기에, 정의를 구현하려는 새 세력이 잉태된 것이고, 그렇게 본다면, 리처드 또한 역사의 흐름이 필요로 했던 불쌍한 존재였는지도 모른다.

그러나 리처드는 그 나름의 '비극적 장엄성'('tragic grandeur')을 갖는 무대 인물이다. 운명의 여신의 노리개가 된 것을 뼈저리게 느끼고, 죽음이 목전에 닥친 것을 뻔히 알면서도, 맥더프와의 최후의 일전을 마다 않는 맥베스의 모습을 떠올리게 하는 장면이 리처드 삶의 마지막 순간을 장식하기 때문이다.

리처드

말 한 필! 말 한 필! 말 한 필에 내 왕국이다!

케이쓰비

피하십시오, 전하. 제가 말을 구해 보겠습니다.

리처드

빌어먹을 놈! 난 내 목숨을 주사위에 걸었고,

죽음의 주사위 패가 나와도 받아들일 테다.

전장에 리치몬드가 여섯 놈이나 되는 모양이야.

진짜 대신에 오늘 다섯 놈이나 죽였거든─

말 한 필! 말 한 필! 말 한 필에 내 왕국이다!

(5막 4장, 7~13행)

'말 한 필! 말 한 필! 말 한 필에 내 왕국이다!' 리처드의 이 절규를 많은 사람들은 '말 한 필 가져오면, 내 왕국이라도 내주겠다'는 뜻으로 받아들이는데, '내 왕국의 운명이 말 한 필에 달려 있다'는 뜻으로 읽어야 할 것이다. 악당이 극한상황에 몰렸을 때, 목숨 유지를 위해 벌벌 떠는 것처럼 추한 광경은 또 없다. 적어도 리처드는 그런 졸렬한 인간은 아니다. 말 한 필만 있으면, 그 위에 앉아, 끝까지 싸워, 자신의 왕국을 지켜내겠다는 뜻으로 받아들여야만, 과연 리처드다운 견인불발의 정신을 대하는 것 같아 일말의 감동이라도 얻을 수 있다. 리처드가 이어서 들려주는 말이 이런 생각을 뒷받침한다. '난 내 목숨을 주사위에 걸었고, 죽음의 주사위 패가 나와도 받아들일 테다.' 악당의 최후도 웅장함이 있어야 우리는 그를 진정한 악당으로 그나마 대접할 수 있다. 목숨을 부지하기 위해 말 한 필에 왕국이라도 넘겨 버릴 비겁자라면, 우리는 그를 악당은커녕, 버러지로밖에 아니 볼 것이다. 셰익스피어는 적어도 한 미물의 비참한 최후를 보여주기 위해 여태껏 이 긴 극을 쓴 것은 아닐 것이다.

한 편의 비극이 주는 '카타르시스'는, 그것이 고결한 정신이 맞닥뜨려야만 하는 파국이든, 아니면 비열의 극을 다한 타락한 영혼이 받아들여야 하는 응징이든, 그 나름대로의 숭엄성이 있어야 가능하다. 햄릿이 말하듯, '천성은 원하는 대로 주어지는 것이 아니기 때문'('Since nature cannot choose his origin')에, 비록 악인이라 할지라도 최후의 순간에 장엄미를 보여줄 때에 관객은 감정의 정화(淨化)를 체험하게 된다. 리처드는 주어진 처지와 성품의 테두리 안에서 사유하고 행동했다. 태어날 때부터 지녀온 신체적 불구에 대한 열등감을 '머리'의 힘으로 초극해 보려 안간힘 한 리처드는, 사람으로서는 극복하기 힘든 상처 받은 자기애(自己愛)에 대한 보상을 추구하는 가운데, 악행의 수렁으로 빠져든 불쌍한 인간으로 보아야 할 것이다. 흔히 리처드를 중세의 도덕극(morality plays)에 등장하는 '사악함'('Vice' 또는 'Iniquity')의 연장선상에서 보기도 하는데, 이는 무대 위에 살아있는 인간 리처드를 '의인화된 추상적 개념'('personfied abstraction')으로 보는 것이고, 왜 관객이 리처드를 살아있는 인간으로 보는지 그 이유를 미처 파악치 못한 소치이다. 셰익스피어의 〈리처드 3세〉는 권선징악을 표방하는 도덕극이 아니라, 인간성의 내면을 깊이 파헤친 심리극에 가까운 작품이다.

셰익스피어 사극의 가계도

❶ 랭카스터 가(家)

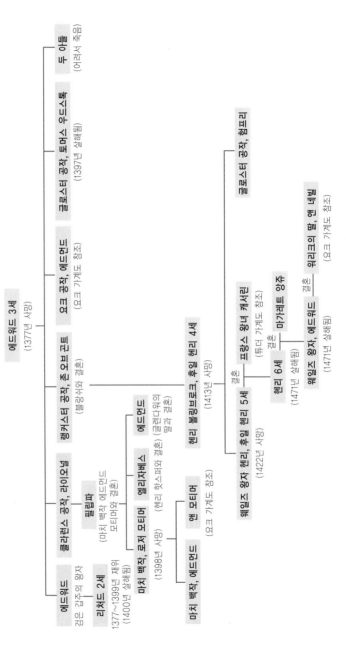

- 에드워드 3세 (1377년 사망)
- 에드워드 검은 갑주의 왕자
- 리처드 2세 1377~1399년 재위 (1400년 살해됨)
- 클라런스 공작, 라이오널
- 필리파 (마치 백작 에드먼드 모티머와 결혼)
- 엘리자베스
- 에드먼드
- 마치 백작, 로저 모티머 (1398년 사망)
- 마치 백작, 에드먼드
- 앤 모티머 (요크 가계도 참조)
- 랭카스터 공작, 존 오브 곤트 (블랑쉬와 결혼)
- 헨리 볼링브로크, 후일 헨리 4세 (1413년 사망)
- 요크 공작, 에드먼드 (요크 가계도 참조)
- 글로스터 공작, 토머스 우드스톡 (1397년 살해됨)
- 두 아들 (어려서 죽음)
- 웨일즈 왕자 헨리, 후일 헨리 5세 (1422년 사망) 결혼 프랑스 왕녀 캐서린 (튜더 가계도 참조)
- 헨리 6세 (1471년 살해됨) 결혼 마가레트 앙쥬
- 글로스터 공작, 험프리
- 웨일즈 왕자, 에드워드 (1471년 살해됨) 결혼 워릭크의 딸, 앤 네빌 (요크 가계도 참조)

325

❷ 요크 가(家)

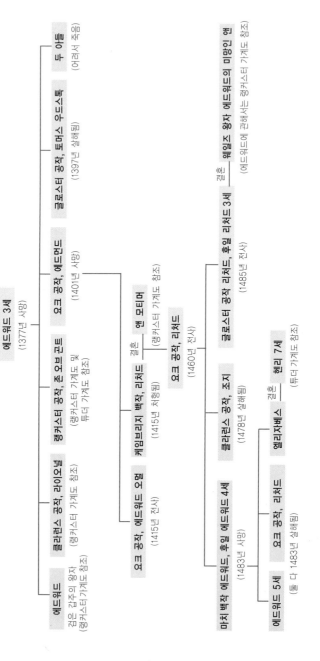

에드워드 3세
(1377년 사망)

에드워드
검은 갑주의 왕자
(랭커스터 가계도 참조)

클라런스 공작, 라이오널
(랭커스터 가계도 참조)

랭커스터 공작, 존 오브 곤트
(랭커스터 가계도 및
튜더 가계도 참조)

요크 공작, 에드먼드
(1401년 사망)

글로스터 공작, 토머스 우드스톡
(1397년 살해됨)

두 아들
(어려서 죽음)

요크 공작, 에드워드 오멀
(1415년 전사)

케임브리지 백작, 리처드
(1415년 처형됨)

결혼 — 앤 모티머
(랭커스터 가계도 참조)

요크 공작, 리처드
(1460년 전사)

마치 백작 에드워드, 후일 에드워드 4세
(1483년 사망)

클라런스 공작, 조지
(1478년 살해됨)

글로스터 공작 리처드, 후일 리처드 3세
(1485년 전사)

결혼 — 엘리자베스 — 헨리 7세
(튜더 가계도 참조)

결혼 — 웨일즈 왕자 에드워드 랭커스터의 미망인 앤
(에드워드에 관해서는 랭커스터 가계도 참조)

에드워드 5세

요크 공작, 리처드
(둘 다 1483년 살해됨)

326

❸ 튜더 가(家)

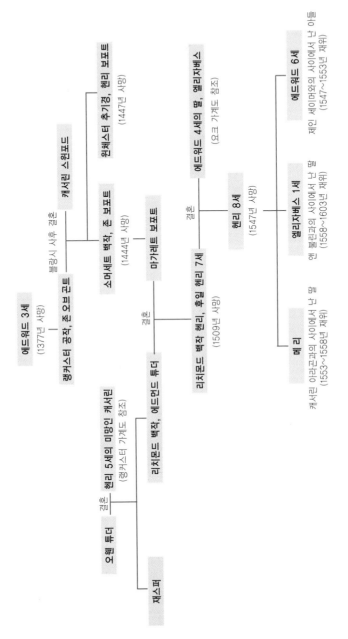

오웬 튜더

재스퍼

에드워드 3세
(1377년 사망)

랭커스터 공작, 존 오브 곤트

캐서린 스윈포드 — 불륜시 사후 결혼

소머세트 백작, 존 보포트
(1444년 사망)

윈체스터 추기경, 헨리 보포트
(1447년 사망)

마가레트 보포트

리치먼드 백작, 에드먼드 튜더

결혼 — 헨리 5세의 미망인 캐서린
(랭커스터 가계도 참조)

결혼

리치먼드 백작 헨리, 후일 헨리 7세
(1509년 사망)

결혼

에드워드 4세의 딸, 엘리자베스
(요크 가계도 참조)

헨리 8세
(1547년 사망)

메 리
캐서린 아라곤과의 사이에서 난 딸
(1553~1558년 재위)

엘리자베스 1세
앤 불린과의 사이에서 난 딸
(1558~1603년 재위)

에드워드 6세
제인 세이머와의 사이에서 난 아들
(1547~1553년 재위)

327

나남 셰익스피어 선집

월리엄 셰익스피어(William Shakespeare) 지음 이성일(연세대 명예교수) 옮김

리처드 2세 *Richard II*

영국역사를 소재로 셰익스피어가 쓴 열 편의 사극 중에서 〈리처드 2세〉는 두 번째 4부작―〈리처드 2세〉, 〈헨리 4세〉 1부와 2부, 그리고 〈헨리 5세〉―의 첫 작품이자, 영국 왕위쟁탈을 위해 벌어진 '장미전쟁'의 시발점이 된, 리처드 2세의 폐위와 암살에 이르는 과정을 그린 비극이다. 왕재가 아니었던 리처드가 폭정과 실정을 거듭함으로써 결국은 폐위되고 감옥에서 비참한 죽음을 맞게 되는 과정을 그려나가는 가운데, 작가는 역사가 냉혹하게 요구하는 사회질서의 재정립을 위한 변혁이 이루어지는 과정에서 한 연약한 인간이 겪게 되는 수난에 초점을 맞춤으로써, 역사의 흐름이라는 대전제와 한 개인이 수용해야 하는 비극적 운명을 작품 안에 부각시킨다. • 신국판 변형 | 220면 | 9,800원

줄리어스 씨저 *Julius Caesar*

〈줄리어스 씨저〉는 로마의 공화정이라는 대의를 위해, 절친한 벗이자 자신을 자식처럼 사랑하여 준 로마의 절대권력자 씨저를 살해하려는 모의에 앞장을 선 브루터스의 비극을 그려낸 작품이다. 셰익스피어가 창출해낸 가장 사변적인 무대인물이 햄릿이라면, 브루터스는 셰익스피어가 〈햄릿〉을 쓰기 전에 이미 무대 위에 올려놓은 사변적 성격이 강한 인물이다. 셰익스피어는 이 작품에서 비정한 권력다툼이 그 주된 속성인 정치의 세계와는 걸맞지 않은 한 이상주의자의 비극을 그려 놓음으로써, 이상과 현실의 괴리, 그리고 자아인식을 미처 달성하지 못한 한 지성인이 정치의 현장에 던져졌을 때 겪어야만 하는 이상의 추락, 그리고 파멸의 과정을 로마역사의 한 장에서 찾아 무대 위에 형상화하였다.

• 신국판 변형 | 216면 | 9,800원

나남 nanam Tel:031)955-4601 www.nanam.net